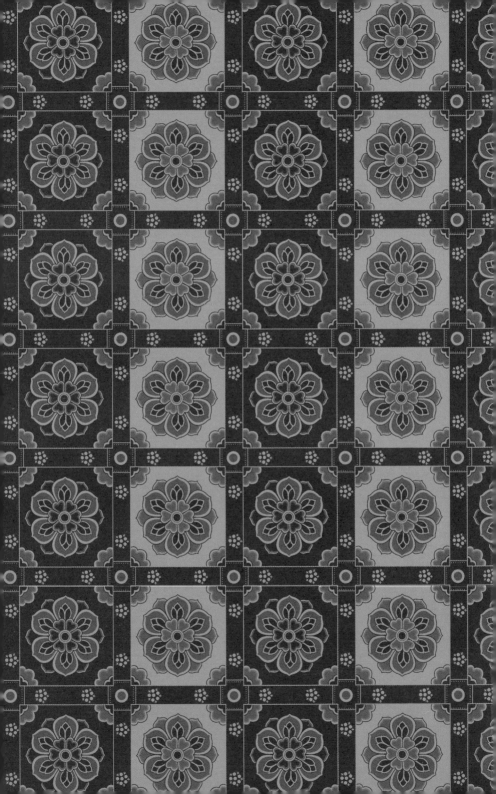

后浪

酉阳杂俎注评

（唐）段成式——（撰）

许逸民——（注评）

北京联合出版公司
Beijing United Publishing Co.,Ltd.

图书在版编目（CIP）数据

西阳杂俎注评 / (唐) 段成式撰 ; 许逸民注评 . -- 北京 : 北京联合出版公司, 2020.2（2023.6 重印）

ISBN 978-7-5596-3416-0

Ⅰ.①酉… Ⅱ.①段… ②许… Ⅲ.①笔记小说－小说集－中国－唐代 Ⅳ.① I242.1

中国版本图书馆 CIP 数据核字 (2019) 第 142548 号

西阳杂俎注评

撰　　者：段成式
注　　评：许逸民
出 品 人：赵红仕
选题策划：**后浪出版公司**
出版统筹：吴兴元
编辑统筹：梅天明
特约编辑：王世建　李　梅
责任编辑：肖　桓
营销推广：ONEBOOK
装帧制造：墨白空间·张　萌

北京联合出版公司出版

（北京市西城区德外大街 83 号楼 9 层　100088）

嘉业印刷（天津）有限公司印刷　新华书店经销

字数 262 千字　889 毫米 × 1194 毫米　1/32　10.5 印张

2020 年 2 月第 1 版　2023 年 6 月第 2 次印刷

ISBN 978-7-5596-3416-0

定价：45.00 元

前　言

　　《酉阳杂俎》是中、晚唐之际出现的一部杂俎体笔记小说。现在的小说史家，一般是以"笔记小说"和"野史小说"对言，认为二者既是对汉魏六朝"古小说"（志怪小说、志人小说）的直接继承和发展，又是对唐以下笔记体作品的概括与区分。二者的分野在于："笔记小说偏重于记叙故事，具文学色彩；野史笔记偏重于记载史料，具史学色彩。"（石昌渝《中国小说源流论》）这里还使用了"杂俎体"这一概念，并非完全因为原本书名如此，更因为《酉阳杂俎》一书确实文备小说诸体，不仅包括本色当行的志怪、传奇，也包括杂事、琐语，乃至于考证与议论，似这般熔诸体为一炉的书，也只有"杂俎"的称呼才可以当之。至于作者在序言中径称自己的书为"志怪小说之书"，而清修《四库全书》又把它著录在子部小说家类琐语之属，这不过反映了不同的时代对小说文体的不同认识，或者说是在认识《酉阳杂俎》一书的主体方面略有差异而已，其实和我们现在的说法并没有本质的区别。

　　《酉阳杂俎》的作者段成式（803？—863），字柯古，临淄邹平（今属山东）人。他是名父之子，其父段文昌曾任唐穆宗朝宰相。说起来段家也算是唐朝的开国元勋，成式五世祖段志玄曾以千人跟随李渊征战，累迁镇军大将军，被封为褒国公。

但后来家道一度中落，至段文昌始得复振。文昌于穆宗时拜相，文宗时为御史大夫，封邹平郡公，太和九年（835）正月卒于剑南西川节度使任所（今四川成都）。段成式的前半生未见登第释褐之事，大抵随其父宦旅居各地，主要是往来于京蜀之间。

段成式的生年，史无明文。今存《送僧》诗有云："形神不灭论初成，爱马乘闲入帝京。四十三年虚过了，方知僧里有唐生。"（《全唐诗》卷五八四）据考，此诗当作于会昌六年（846）武宗死后。上年武宗毁佛，宣宗于六年三月即位，反其道而行之，敕令恢复寺院，故成式感叹"方知僧里有唐生"。诗中明言"四十三年虚过了"，虽属用典（见《史记·蔡泽传》），亦可能实指其年。由此上溯四十四年，则为德宗贞元十九年（803），这大约就是段成式的生年。此时其父正在剑南西川节度使韦皋幕中做校书郎，今之四川成都也就成了段成式的出生之地。

唐宪宗元和二年（807），段文昌得到宰相李吉甫的援手，擢登封尉、集贤校理，再迁左补阙，其家遂迁居长安（今陕西西安）。此时段成式刚满五岁，第一次随父来到京城。至穆宗长庆元年（821），其父为相一年即请退，乃以同平章事充剑南西川节度使，十九岁的段成式亦偕往成都，这当是他第二次入蜀。三年后的冬天，其父又被召为刑部尚书，段成式随之再次进京。文宗太和元年（827），其父以御史大夫出为淮南节度使，段成式也便离开京城，先是到浙西观察使李德裕幕府（治润州，今江苏镇江）任记室，很快又转赴其父所在的扬州（今属江苏）任所。太和四年（830），其父自淮南移镇荆门，段成式也来到荆州（今属湖北）。当年段成式的祖父段谔曾在枝江、江陵一带做地方官，死后即葬于荆州，其父段文昌就是生长在荆州，所以荆州对于段成式来说等于是祖籍。他在荆州生活了三年，太和六年（832）冬其父自荆南节度使改剑南西川节度使，他又随之第三次入蜀。九年三月，其父卒于成都任上，年六十三。这一年岁末或翌年年初，段成式返回长安，《酉阳杂俎·前集》卷十九"开成元年（836）春，成式修行里私第"云云即记此事。这已经是他第三次进京，此后似有一段较长时间的居留。其间于开成初以父荫入官，授秘书省校书郎。开成五年（840）时，以秘书省著作郎充集贤殿修撰（见《金石萃编》卷一〇八《寂照和上碑》题署）。后在会昌三年（843）曾与张善继等人"连职仙署"。又三年，"职于京洛"（见《酉阳杂俎·续集》卷五《寺塔记》小序）。

宣宗大中元年（847），段成式出京"刺安成"，也就是《旧唐书》本传所说的"为吉州刺史"。吉州治庐陵，即今江西吉安。七年，归京。在外凡六年。九年（855），又出为处州（今浙江丽水）刺史。任满时，坐累解印，乃寓居襄阳（今湖北襄樊）。当时在襄阳担任山南东道节度使的徐商，召段成式为幕府从事，这使得段成式有机会与麇集襄阳的温庭筠、温庭皓、余知古、韦蟾、周繇等人往来唱和，诗酒自娱。但时间不长，段成式又于懿宗咸通元年（860）被起用为江州刺史。江州治所在今江西九江。三年以后，入朝任太常少卿。咸通四年（863）六月卒官（《太平广记》卷三五一引《南楚新闻》），年约六十一岁。从上述履历可以看到，段成式一生奔波无定止，足迹遍及今四川、陕西、浙江、河南、江西、湖北等地，说他是一个见多识广、阅历丰富的人应非虚誉。

《旧唐书》卷一六七、《新唐书》卷八九《段文昌传》均附有段成式传记，但少则几十字，多亦不足百字，记事简略，语焉不详，从中根本无法窥见段成式其人的性格及才情。好在唐、宋人笔记中载有十数条段成式逸事，其中虽然有虚饰夸诞之处，但也足以让我们领略到段公的风采。下面不妨略举数例，以呈现段成式其人的几个侧面形象。

一、少好驰猎，狂放不羁。《太平广记》卷一九七引《玉堂闲话》云：

> 成式多禽荒，其父文昌尝患之。复以年长，不加面斥其过，而请从事言之。幕客遂同诣学院，具述丞相之旨，亦唯唯逊谢而已。翌日，复猎于郊原，鹰犬倍多。既而诸从事各送兔一双，其书中征引典故，无一事重迭者。从事辈愕然，多其晓其故实，于是齐诣文昌，各以书示之，文昌方知其子艺文该赡。山简云："吾年四十，不为家所知。"颇亦类此。

又《清异录》卷下云：

> 段成式驰猎饥甚，叩村家主人。老姥出彘臛，五味不具。成式食之，有馀五鼎，曰："老姥初不加意，而殊美如此。"常令庖人具此品，因呼"无心炙"。

二、研精苦学，博闻多识。《旧唐书·段成式传》说："以荫入官，为秘书省校书郎。研精苦学，秘阁书籍，披阅皆遍。"这是开成初年的事，当时成式大约三十四五岁。实际上在此之前，如前引《玉堂闲话》所说馈兔隶事无一重出事，已足以说明成式之博学。《旧唐书》本传还说："解印，寓居襄阳，以闲放自适。家多书史，用以自娱，尤深于佛书。"这是大中末年的事，成式已近甲子之年，仍然好学不倦。段成式的博闻多识，在当时是很出名的，众口相传，甚至搞得神乎其神。如《太平广记》卷一九七引《南楚新闻》云：

> 唐段成式词学博闻，精通三教，复强记，每披阅文字，虽千万言，一览略无遗漏。尝于私第凿一池，工人于土下获铁一片，怪其异质，遂持来献。成式命尺，周而量之，笑而不言。乃静一室，悬铁其室中之北壁。已而泥户，但开一牖，方才数寸，亦缄镝之。时与近亲辟牖窥之，则有金书两字，以报十二时也。其博识如此。

又《云溪友议》卷上云：

> 故太尉李德裕镇渚宫，尝谓宾侣曰："余偶欲遥赋《巫山神女》一诗，下句云：'自从一梦高唐后，可是无人胜楚王。'昼梦宵征巫山，似欲降者，如何？"段记室成式曰："屈平流放湘、沅，椒兰友而不争，卒葬江鱼之腹，为旷代之悲。宋玉则招屈之魂，明君之失，恐祸及身，遂假高唐之楚以惑襄王，非真梦也。我公作神女之诗，思神女之会，唯虑成梦，亦恐非真。"李公退惭其文，不编集于其卷也。

此条是否真为李德裕事，史家尚有疑议，可不作定论，但段成式之评屈、宋，得其妙谛，即令博学如李德裕者，也不免"退惭其文"，则是理之必然。

三、为政有善声。《新唐书》卷四一《地理志》处州丽水县云：

> 东十里有恶溪，多水怪，宣宗时刺史段成式有善政，水怪潜去，民谓之好溪。

"水怪"的说法有些玄，不过段成式于大中十年（856）秋在处州所作的《好道庙记》曾写道：

> 予大中九年到郡，越月方谒。至十年夏旱，悬祭沉祀。毒泉罍石，初无一应，始斋沐诣神，以诚附筭，一掷而吉。其日远峰殷雷，犯电煴云。半夜连震，大雨如瀑。

这是说他带头祈雨，以缓解旱情。如果剥去此事的迷信外壳，或者就可以说段成式在处州任上是关心民情的。这一点在《酉阳杂俎》的诸多故事中也有所反映，如前集卷十四《诺皋记上》云：

> 贾相公耽在滑州，境内大旱，秋稼尽损。贾召大将二人，谓曰："今岁荒旱，烦君二人救三军百姓也。"皆言："苟利军州，死不足辞。"贾笑曰："君可辱为健步，乙日，当有两骑，衣惨绯，所乘马蕃步鬣长，经市出城，君等踪之，识其所灭处，则吾事谐矣。"二将乃裹粮、衣皂衣寻

之。一如贾言，自市至野，二百馀里，映大冢而灭，遂至
石标表志焉。经信而返。贾大喜，令军健数百人，具畚锸，
与二将偕往其所。因发冢，获陈粟数十万斛，人竟不之测。

四、长于文学，尤精骈文。段成式寓居襄阳时，与温庭筠
等人诗酒唱和，颇多风流。他们的唱和之作，后来由段成式结
为一集，《新唐书·艺文志》著录《汉上题襟集》十卷即此也。
这本唱和集早已散佚，段成式、温庭筠等诗作（见《全唐诗》
卷五七五至五八四）今或有其逸篇，但已远非原书面貌。唯此
书当日流行时，被认为"大抵多闺闼中情昵之事"（《古今事文
类聚别集》卷二六），未尝获得佳评。《唐诗纪事》卷五七记有
段、温等人光风亭联唱一事云：

> 光风亭夜宴，妓有醉殴者，温飞卿曰："若状此，便可
> 以'痕面'对'捽胡'。"成式乃曰："捽胡云彩落，痕面月
> 痕消。"又曰："掷履仙凫起，撂衣蝴蝶飘。羞中含薄怒，髻
> 里带馀娇。醒后犹攘腕，归时更折腰。狂夫自缨绝，眉势
> 倩谁描。"韦蟾云："争挥钩弋手，竞耸踏摇身。伤颊讵关
> 舞，捧心非效颦。"飞卿云："吴国初成阵，王家欲解围。拂
> 巾双雉叫，飘瓦两鸳飞。"

这件事尽管表现出段成式诗思敏捷，然而不过掉书袋而已，诸
人所咏实属无聊，仅此一斑，我们也许可以推见《汉上题襟集》
的全貌。

《旧唐书·李商隐传》说："商隐能为古文，不喜偶对。从

事令狐楚幕，楚能章奏，遂以其道授商隐，自是始为今体章奏。博学强记，下笔不能自休，尤善为诔奠之辞。与太原温庭筠、南郡段成式齐名，时号'三十六'。文思清丽，庭筠过之。"《新唐书·李商隐传》也说："商隐俪偶长短，而繁缛过之。时温庭筠、段成式俱用是相夸，号'三十六体'。"按，李商隐、温庭筠、段成式三人都排行十六，故合称其俪偶文风为"三十六体"。今天看来，三人中李商隐文学成就最高，温不及李，段又不及温。清袁嘉毅《卧雪诗话》评论说：

> 段酉阳与温、李并称"三十六体"，非唯不及李，亦不及温。僻典涩体，至不可解，与所著《酉阳杂俎》类书相似。其奇丽似长吉（李贺），实非长吉。其沉厚似昌黎（韩愈），实非昌黎。其纤密似武功（姚合），实非武功。当为唐诗别派，后人亦鲜效之者。

袁嘉毅的批评极为中肯，堪称"三十六体"的盖棺定论。然而话说回来，段成式作诗固以"僻典涩体"，逊于李、温，而所撰骈文却应推为一时作手。宋初姚铉纂《唐文粹》，于《送穷文》一篇弃韩愈作而选段成式作，以至于宋张淏在《云谷杂记》中为韩愈大鸣不平，称："韩退之、段成式皆有《送穷文》，退之之作固不下成式，姚铉编《唐文粹》录成式而不取退之。《平淮西碑》亦只载成式父文昌所作。铉自谓所编掇菁撷华，得唐人文章之精粹，举此一端，则得谓唐文之精粹，可乎？"殊不知宋初仍重骈文，长于骈俪的段氏父子自不能不入选也。

五、该悉内典，爱好小说。《酉阳杂俎·续集》卷六《寺塔记下》"事征"条说："诸上人以予该悉内典，请予独征。"连寺院中的高僧都佩服他对佛典的精熟，这足以证明段成式的佛学造诣甚高。如果有人怀疑段成式有自吹自擂之嫌，那么读了宋黄伯思的下面这段话就应该释然，黄在《东观馀论》中说：

> 段柯古博综坟素，著书倬越可喜。尝与张希复辈游上都诸寺，丽事为令，以段该悉内典，请其独征，皆事新对切。今观《靖居碑》，亦昼上人以其博涉三学，故诿录寺赞也。文伤太拥酿，要为不凡。虽奇涩不至若樊绍述（樊宗师）《绛碑》之甚，然亦轧轧难句矣。碑大中中作，而左金吾长史颜稷所书，殊有楷法。唐中叶以后，书道下衰之际，固弗多得云。（卷下《跋段柯古靖居寺碑后》）

南唐刘崇远《金华子》卷上亦载一事，也能考察段成式的腹笥何如：

> 段郎中成式，博学精敏，文章冠于一时。著书甚众，《酉阳杂俎》最传于世。牧庐陵日，尝游山寺，读一碑文，不识其间两字，谓宾客曰："此碑无用于世矣，成式读之不过，更何用乎？"客有以此两字遍咨字学之众，实无有识者，方验郎中之奥古绝伦焉。

自汉魏以来，中国的志怪小说创作便与内典有着千丝万缕的联系。段成式该悉内典，这与他爱好志怪小说或者是一种互动的关系。不过他虽说该悉内典，却并不痴信鬼神，这一点他曾多次提及。例如，他在《好道庙记》（见《全唐文》卷七八七）中说：

> 予学儒外，游心释老，每远神订鬼，初无所信，常希命不付于管辂，性不劳于郭璞。至于夷坚异说，阴阳怪书，一览辄弃。自临此郡（按指处州），郡人尚鬼，病不呼医，或拜馌墦间，火焚楮镪。故病患率以钓为名，有天钓、树钓、檐钓，所治曰吹曰方，其病多已。予晓之不回，抑知元规忘解牛，太真因毁犀，悉能为祸，前史所著。以好道州人所向，不得不为百姓降志枉尺，非矫举以媚神也。

"非矫举以媚神"，这是段成式的基本立场。这一立场在《酉阳杂俎》的总序和《诺皋记》的小序中也有明确的表述。前者说："夫《易》象'一车'之言，近于怪也。诗人南淇之奥，近乎戏也。固服缝掖者，肆笔之馀，及怪及戏，无侵于儒。无若《诗》《书》之味大羹，史为折俎，子为醯醢也。炙鸮羞鳖，岂容下箸乎？固役而不耻者，抑志怪小说之书也。"后者对上述意见又有新的申发，他说：

> 夫度朔司刑，可以知其情状；葆登掌祀，将以著于感通。有生尽幻，游魂为变。乃圣人定璇玑之式，立巫祝之官，考乎十煇之祥，正乎九黎之乱。当有道之日，鬼不伤人；在观德之时，神无乏主。若列生言灶下之驹掇，庄生言户内之雷霆，楚庄争随兕而祸移，齐桓睹委蛇而病愈，征祥变化，无日无之，在乎不伤人，不乏主而已。成式因览历代怪书，偶疏所记，题曰《诺皋记》。街谈鄙俚，与言

> 风波，不足以辨九鼎之象，广七车之对，然游息之暇，足
> 为鼓吹耳。

可见段成式喜谈志怪，却无意于鬼神、释道，他只是认为征祥变化乃属自然现象，即使形诸笔端，亦不过是一种游息鼓吹，可作为生活正味的调料，并无伤于大雅。

从以上叙述中，我们知道了段成式是一个阅历丰富、知识渊博、精通佛学、爱好志怪的人，而这一切正为他编撰《酉阳杂俎》一书准备了充足的条件。

有了条件也还要有动因才能进入写作状态，段成式的写作动因没有直接的文字交代，我们只能去分析，那么除了前面所引序言中讲到的他对"及怪及戏"持欣赏态度而外，还可以从另外一条旁证材料来推断。段成式寓居襄阳时与温庭筠过从甚密，温庭筠在他的直接影响下也开始撰写志怪小说，后来结集为《乾馔子》三卷。"馔"同"馔"，与"杂俎"一样都是食味，温庭筠以食味喻其书亦本于段成式。《乾馔子》原有序，《郡斋读书志》（衢本）卷一三称："序谓语怪以悦宾，无异馔味之适口，故以《乾馔》命篇。"《直斋书录解题》卷一一也说："序言不爵不觚，非魚非炙，能悦诸心，聊甘众口，庶乎《乾馔》之义。"温书命名尚且与《酉阳杂俎》出于一辙，那么序中所说一定也是捡拾段成式之牙慧。由此不难断言，所谓"语怪以悦宾"，也应是《酉阳杂俎》总体上的一个编纂动因。

当然，因为《酉阳杂俎》形同类书，各部分可以独自成篇，所以我认为这些不同的部分亦非作于一时，因而它们各自又应有自己独立的写作动因。譬如《诺皋记》部分，应该起因于"览历代怪书"以后的一种感情冲动；《广动植》部分，应该起因

于弥补经史未列草木禽鱼之缺憾的愿望;《寺塔记》部分,应该起因于对亡友和旧游的怀念;《〈金刚经〉鸠异》部分,则应该起因于受命讲解《金刚经灵验记》。如此等等,可以说皆有具体而微的直接诱因。

与写作动因相关联的是写作的时间,既然各部分作于不同的时期,那么合为《酉阳杂俎》一书后又是何时问世的呢?因为史料匮乏,这一问题尚未见有人给出确切答案。唯有程毅中先生在《唐代小说史话》中指出:"续集卷五《寺塔记》的前言讲到自己'大中七年归京',可以知道续集写作于大中七年(853)之后。"其实这也只是《寺塔记》上、下两卷如此,是否可以判断续集其他部分同样作于大中七年以后则未必。不过就温庭筠东施效颦结撰《乾𦠆子》而言,推测《酉阳杂俎》(包括前集、续集)的最后结集期限应不晚于大中十三年(859)。鲁莽点说,也许段成式就是在闲居襄阳这一年把陆续写成的各个部分汇编为《酉阳杂俎》一书。温庭筠是此事的目击者,故而产生了撰写《乾𦠆子》的兴趣。

《酉阳杂俎》的命名颇有新意,历代竞相为说,耐人寻味。"酉阳"二字的出处,有人说是取自梁元帝(初封湘东王)萧绎赋中所说"访酉阳之逸典"。梁元帝喜聚书,"逸典"就是秘书。"酉阳"指酉山,刘宋盛弘之《荆州记》云:"小酉山上石穴中有书千卷,相传秦人于此而学,因留之。"(《太平御览》卷四九引)至于"杂俎"二字,俎是宴会时用来盛菜肴的几案,杂俎即是把各种菜肴杂陈在餐桌上,诸般品味全都有。段成式在自序中曾说过:"《诗》《书》之味大羹(祭祀用的肉汁),史为折俎(折解盛于礼器中祭祀牲体),子为醯(xī,醋)醢(hǎi,肉酱）也。炙鸮（xiāo，猫头鹰）羞（馐）鳖，岂容下箸乎？固役而不耻者，抑志怪小说之书也"。显然，他认为自己的书虽然不是"大羹"，但也不失为百味，且有异乎流俗之处，故以《酉阳杂俎》名之，令读者含咀不尽也。

据段成式自序，《酉阳杂俎》"凡三十篇，为二十卷"。今本前集二十卷，子目有《忠志》《礼异》《天咫》《玉格》《壶史》《贝编》《境异》《喜兆》《祸兆》《物革》《诡习》《怪术》《艺绝》《器奇》《乐》《酒食》《医》《黥》《雷》《梦》《事感》《盗侠》《物异》《广知》《语资》《冥迹》《尸穸》《诺皋记》（上、下）、《广动植》（一、二、三、四）、《肉攫部》，恰好三十篇，可证自序乃为前集而作。两《唐书》本传不言卷数，泛称"数十篇"。《玉海》卷五五引《中兴书目》称"《酉阳杂俎》二十卷，唐太常少卿段成式撰。志闻见谲怪，凡三十二类（按，此说疑有讹误）"，又，"段成式《续杂俎》十卷，录异事续之"。《郡斋读书志》（衢本）《直斋书录解题》皆著录为正集二十卷、续集十卷。由此可证，今天通行的前集二十卷、续集十卷的格局，自宋以来已然如此。

商务印书馆辑印的《四部丛刊》初编收有《唐段少卿酉阳杂俎二十卷续集十卷》，为明万历三十六年（1608）李云鹄刻本。李刻本录有宋人序跋三篇，按时间顺序应为宋嘉定七年（1214）周登后序（在《前集》卷末）、宋嘉定十六年（1223）邓复序和淳祐十年（1250）佚名序。这说明《酉阳杂俎》的最早刻本出现在嘉定七年，只有二十卷，无《续集》，至嘉定十六年才有了陈某所刻正续三十卷本，其《续集》底本乃邓复家藏本（详情见邓序中）。后来又有彭奎实重刻三十卷本，淳祐十年佚名序即记其事。上述三个宋本今皆不存，目前传世的三十卷本的较早刻本，当属明万历十六年（1588）赵琦美校、万历三十六年（1608）李云鹄刻本。此外，又有明末毛晋汲古阁刻本，《续集》刻成于崇祯六年（1633），正续皆编入《津逮秘书》。清修《四库全书》所用的底本号称内府藏本，实则全同毛本。他如《学津讨原》本，篇目与赵、毛本同而文字有异。在刻本外还有一个抄本值得注意，那就是《皕宋楼藏书志》所载劳权校本，此本原为明张丑（米庵）收藏，张于泰昌元年（1620）跋其书，称之为宋人写本，劳权则以为"乃从宋刻传抄尔"（见劳权跋）。此本今藏日本静嘉堂。

一开头我们就说，《酉阳杂俎》是一部杂俎体的小说。"杂俎"作为界定笔记小说体裁的术语，是指以志怪为主，内容驳杂，分类编次的小说。这种体裁起源于西晋张华的《博物志》，至《酉阳杂俎》形成典型，当时还有《乾䐷子》《义山杂纂》为其羽翼，宋以后则蔚成流派，多有汇集异闻、杂事、考证于一编者。

《酉阳杂俎》的内容之杂，从篇目上也能看到，如记道书的名为《壶史》，抄佛典的名为《贝编》，述丧葬的名为《尸穸》，志怪异的名为《诺皋记》，其馀如《忠志》记唐朝君王遗事，《礼异》记汉魏六朝礼仪，《天咫》记天象神话，《玉格》记神仙家言，《物革》记事物幻化，《艺绝》记民间伎艺，《酒食》记古今饮食，《医》记医药传闻，《梦》记占卜之事，《盗侠》记剑侠异情，《语资》记名人逸事，《冥迹》记鬼魂转世，《广动植》记动物、植物，《肉攫部》记训鹰诸事，《贬误》记文字正误，《寺塔记》记长安梵宇，《〈金刚经〉鸠异》记佛经应验等，可谓人间、仙界、佛国、冥府无所不有，天文、地理、方物、矿产无所不包。若论其构思和笔法，则纪实、虚拟、转引、考证诸般并用，各得其宜。

清代大学者纪昀主撰的《四库全书总目》，对《酉阳杂俎》有一个总的评价，曰："自唐以来，推为小说之翘楚，莫或废也。"这个评语广为人们引用，至今小说史家仍视为不刊之论。然则"翘楚"之誉，究竟有哪些具体含义呢？小说史家好像也还没有全面的结论。兹不揣谫陋，试根据历代批评意见大致归纳如下：

一、志怪奇之又奇。《四库提要》说："其书多诡怪不经之谈，荒渺无稽之物，而遗文秘籍，亦往往错出其中。故论者虽病其浮夸，而不能不相征引。"《提要》是把《酉阳杂俎》作为志怪小说看待的，故以为虽嫌浮夸而不能或缺。事实上早在宋代，《直斋书录解题》即谓"所记故多谲怪"，也是以志怪为其书之主体。至明胡应麟，则在比较历代志怪书以后作结语说："志怪之书，自《神异》《洞冥》下，亡虑数十百家，而独段氏《酉阳杂俎》最为迥出。其事实谲宕亡根，驰骋于六合九幽之外，文亦健急瑰迈称之。其视诸志怪小说，允谓奇之又奇也。"（《少室山房类稿》卷八三《增校酉阳杂俎序》）胡氏号称博学，尤精考据、辨伪，如此看重《酉阳杂俎》，恐非泛泛之言。

二、传奇空灵而幽渺。段成式生于传奇鼎盛的中唐时期，耳濡目染，对传奇自然烂熟于心。《酉阳杂俎》中的长篇，如《诺皋记》《支诺皋》诸条，亦即传奇体也。故明顾元庆《博异志跋》云："唐人小史中，多造奇艳事为传志，自是一代才情，非后世可及。然怪深幽渺，无如《诺皋》《博异》二种，此其厥体中韩昌黎、李长吉也。"（《顾氏文房小说》）清谭献则说：

《诺皋》《支诺皋》无深言棘语，说部中绵丽者与？"（《复堂日记》卷四）民国初年，王文濡辑《说库》，于《诺皋记》也说："唐人小说颇多幽渺怪异，是编尤觉离奇。理想之空灵，才情之恣肆，堪与《博异志》并传。"看来上述论者对于段成式的才情，无不钦佩有加。

三、标纪唐事足补史缺。唐朝的国史《旧唐书》修撰于五代时期，其时战乱不已，史料多有不足。北宋欧阳修、宋祁撰修《新唐书》，其中列传部分增修了许多《旧唐书》所没有的传记，这些传记的资料有些便取自唐人小说，当然也包括《酉阳杂俎》在内。南宋嘉定七年（1214），周登为前集作后序已指明此点，他说："其载唐事，修史者或取之。"明万历三十六年（1608）李云鹄为《酉阳杂俎》作序，也确信："尔其标纪唐事，足补子京（宋祁）、永叔（欧阳修）之遗。"

四、独创体制，流为别派。鲁迅《中国小说史略》第十篇《唐之传奇集及杂俎》说："（《酉阳杂俎》）或录秘书，或叙异事，仙佛人鬼以至动植，弥不毕载，以类相聚，有如类书，虽源或出于张华《博物志》，而在唐时，则犹之独创之作矣。"这种杂俎体小说形式，当时便有李商隐的《义山杂纂》、温庭筠的《乾馔子》效尤，延及宋代以后，如宋陶毂《清异录》、李石《续博物志》，明都穆《谈纂》、梅鼎祚《青泥莲花记》，清余怀《板桥杂记》、俞蛟《梦厂杂著》等，激流扬波，源远流长。

除了以上四点，如果我们从科学家的视角来判断，那么《酉阳杂俎》一书中所记载的动物、植物、天象、矿物、医药、建筑，以及域外地理、民俗闻见，无不属于珍稀、宝贵的独家资料。难怪海外汉学家，如科技史家英国的李约瑟，史学家美国的劳费尔、谢弗等人，在其所著《中国科学技术史》《中国伊朗编》《唐代的外来文明》中，常常要引据《酉阳杂俎》，这无疑验证了《酉阳杂俎》一书的自然科学史方面的重要价值。南宋时，邓复面对《酉阳杂俎》曾经感慨："今考其论撰，盖有书生终身之所不能及者，信乎其为博矣！"即使是今天，又有几人能仰知天文、俯察地理，通晓人世万事呢？

对于《酉阳杂俎》一书的内容和价值作介绍和判断，我们在这里只能粗略言之。因为这本书注评的条目已占全书的半数，而各条都有评析，已经尽其所言，这里不烦词费。读者如欲知何者为志怪名篇，何者为科技史料，何者剿袭他书，何者出于自撰，不妨耐心披览，自会有得。当年晋简文帝（司马昱）游华林园，对左右说："会心处不必在远，翳然林水，便自有濠濮间想也。"（《世说新语·言语篇》）意思是说，令人神意相得的情景不必在远处，只要置身于幽邃的林木溪水间，便会产生当初庄子游戏于濠水之上，垂钓于濮水之间的畅怡情怀。但愿这个注评本能成为我们眼前的"翳然林水"，能带给读者诸公些许的会心之处。

最后，关于这本书的注释、评析原则，还需简要说明几点：（1）前集、续集各类均选有条目，虽然多寡不一，但应不会失去该卷的重点。不过所选愈多，内容愈杂，无形中增加了评析的难度。（2）注释力求简洁，一般不引书证。注释重点在于传记、年号、典故、名物、地理，间亦疏解语词，这是为了准确理解句意，免生歧见。（3）评析有话则长，无话则短，力求言之有物，言之有据。至于是阐发思想、考释本事，还是分析艺术手法，则视具体条目而定。其中如有迂阔之见，亦无非学力所限，不敢强作解人，自以为是也。（4）《酉阳杂俎》版本众多，文字互有短长。经过比较，此次注评以明末毛晋《津逮秘书》本为底本，凡有讹误脱衍处则据他本校正，事关紧要者乃于注中加以说明。（5）诸条的编次，悉以底本为准。

综上所述，段成式其人是一位博闻强记、富有才情的人，而《酉阳杂俎》一书也是兼有志怪、传奇的百科全书式的一部奇书。正如鲁迅先生所说，其书标目既诡异，"而抉择记叙，亦多古艳颖异，足副其目"（《中国小说史略》）。故其人也其书也，皆当载之史册，传之不朽。作为一介书生，能在千载之下为《酉阳杂俎》作评注，既叹其浩博，亦悟其精妙，进而探究作者之品性、文笔，实在是人生一大幸事。三百多年前，李云鹄为之作序颇能代表读者心声，他说："至于《天咫》《玉格》《壶史》《贝编》之所赅载，与夫《器》《艺》《酒食》《黥》《盗》之琐细，《冥迹》《尸穸》《诺皋》之荒唐，《昆虫》《草》《木》《肉攫》之汗漫，无所不有，无所不异。使读者忽而颐解，忽而发冲，忽而目眩神骇，愕眙而不能禁。譬羹藜含糗者，吸之以三危之露；草蔬麦饭者，供之以寿木之华。屠沽饮市门而淋漓狼藉，令人不敢正视；村农野老，小小治具而气韵酸薄，索然神沮。一旦进王膳侯鲭，金齑玉脍，能不满堂变容哉！"李氏一语而破的，道出了《酉阳杂俎》的魅力所在，听起来都令人感到兴奋。这个注评本实在不敢有何非分之想，即使能得其千万分之一，已足慰在下苦心矣。

许逸民

2000 年 10 月初稿，2017 年 9 月修订

目　录

前集卷一　　唐太宗 / 1　　　　武则天 / 2　　　　瑞龙脑 / 4
　　　　　　　　梁正旦 / 6　　　　北朝婚礼 / 9　　　近代婚礼 / 11
　　　　　　　　吴　刚 / 12　　　一　行 / 13　　　王　布 / 16
　　　　　　　　郑仁本表弟 / 17

前集卷二　　蓬　球 / 20　　　孙思邈 / 21　　　裴沇再从伯 / 24
　　　　　　　　赵　业 / 26　　　罗公远 / 30　　　邢和璞 / 32
　　　　　　　　权同休友人 / 35　卢山人 / 37　　　唐居士 / 41

前集卷三　　陆　操 / 42　　　同泰寺 / 43　　　玄　奘 / 45
　　　　　　　　梵僧不空 / 46　　崔玄晔 / 48

前集卷四　　五方人民 / 51　　突　厥 / 52　　　拨拔力国 / 53
　　　　　　　　郑　细 / 55　　　姜楚公 / 56　　　崔玄亮 / 57
　　　　　　　　南孝廉 / 58

前集卷五　　王　固 / 60　　　郧乡民 / 61　　　梵僧难陀 / 62
　　　　　　　　李秀才 / 65　　　费鸡师 / 67　　　石　旻 / 68
　　　　　　　　翟乾祐 / 70　　　一　行 / 72

前集卷六　　范山人 / 77　　　钱知微 / 78　　　辟尘巾 / 79
　　　　　　　　咸阳宫乐 / 81　　皇甫直 / 83

前集卷七	郑 愻 /85	刘孝仪 /86	鲃议、鲃表 /88
	王彦伯 /93	张万福 /94	
前集卷八	葛 清 /96	崔 氏 /98	王 幹 /99
	介休百姓 /100	元 積 /101	侯君集 /103
	梦 /104		
前集卷九	李彦佐 /107	韦行规 /108	黎 幹 /110
	僧 侠 /112	卢 生 /115	
前集卷十	风声木 /118	珊 瑚 /119	木 囚 /120
	燋 米 /121	壁 影 /121	涤阳道士 /122
前集卷十一	袁 翻 /124	陆 缅 /125	僧灵鉴 /128
前集卷十二	庾 信 /130	徐君房 /133	魏肇师 /135
	梁宴魏使 /137	宁 王 /141	王 勃 /143
	李 白 /144	周 皓 /148	郑 镒 /151
前集卷十三	崔罗什 /153	襄州举人 /156	顾非熊 /157
	李 邈 /159		
前集卷十四	帝 江 /161	张 坚 /162	阿主儿 /163
	乾陀国 /165	段明光 /167	长须国 /168
	贾 耽 /171	野 叉 /172	智 圆 /175
前集卷十五	刘录事 /179	刘积中 /180	戴 詧 /183
	守 宫 /184	惠 恪 /186	河北将军 /187
前集卷十六	崔圆妻 /189	鸽 信 /190	王母使者 /190

夜行游女 / 191　　嗷金鸟 / 192　　白　象 / 193

前集卷十七　乌　贼 / 195　　奔　鲟 / 196　　蚁 / 197
　　　　　　　法　通 / 198

前集卷十八　异　果 / 200　　蒲　萄 / 201　　菩提树 / 203
　　　　　　　无石子 / 206　　紫铆树 / 207　　阿　魏 / 209
　　　　　　　胡　椒 / 210　　阿勃参 / 211

前集卷十九　苔 / 213　　　　牡丹花 / 214　　茄　子 / 217
　　　　　　　异　菌 / 220　　地日草 / 222

前集卷二十　鸳　雏 / 224　　白　鹇 / 225

续集卷一　　旁　㐌 / 226　　智　通 / 228　　叶　限 / 230
　　　　　　　周　乙 / 233　　李和子 / 234　　柳　成 / 236
　　　　　　　崔　汾 / 237　　辛　秘 / 240

续集卷二　　樊　竟 / 244　　王　申 / 245　　姚司马 / 247
　　　　　　　僧太琼 / 250　　韩　幹 / 251　　淮西军将 / 252
　　　　　　　李固言 / 253

续集卷三　　李　简 / 256　　郑琼罗 / 258　　韩　确 / 261
　　　　　　　张　和 / 262　　村人供僧 / 265　　韦　陟 / 266
　　　　　　　崔玄微 / 269

续集卷四　　陆　畅 / 273　　许　彦 / 274　　顾玄绩 / 277
　　　　　　　市人小说 / 281

续集卷五　　素和尚 / 284　　宝应寺 / 285　　宝　骨 / 287

续集卷六　　保寿寺 / 290　　慈恩寺 / 292

续集卷七　　段文昌 / 296　　僧惟恭 / 299　　高　涉 / 301
　　　　　　　王孝廉 / 303

续集卷八　　斗　鸡 / 305　　郎　巾 / 306　　邓州卜者 / 307

续集卷九　　木龙树 / 309

续集卷十　　醋心树 / 311　　王母桃 / 312

前集卷一

唐太宗

贞观中①，忽有白鹊，构巢于寝殿前槐树上，其巢合欢如腰鼓②。左右拜舞称贺，上曰："我常笑隋炀帝好祥瑞③。瑞在得贤，此何足贺！"乃命毁其巢，鹊放于野外。（《忠志》）

【注】

　　①贞观：唐太宗李世民年号（627—649）。按，《通鉴》记此事在贞观二年。　②合欢：连理，联接。腰鼓：唐时的打击乐器，两头大、中腰细，用手拍击。　③隋炀帝：即隋文帝次子杨广（569—618）。仁寿四年（604），弑父自立，改元大业。在位十四年，骄奢淫逸，穷兵黩武，是历史上有名的暴君。大业十四年（618）被缢杀，时年五十。

【评】

　　唐太宗是开国的"明主"，而隋炀帝则是亡国的"昏君"，两相对比，必然有迥异之处。譬如这里所说的对待祥瑞的不同态度，就是一个很好的例证。隋炀帝好祥瑞，却于国事无补，纯属妄诞行为。唐太宗虽不反对祥瑞之说，但提倡"瑞在得贤"，一切为了国家的长治久安，他把隋炀帝侈谈祥瑞的短命王朝视为笑柄。《通鉴》卷一九三也引有唐太宗的一段话，阐述他对待祥瑞的认识，十分精彩，不妨逐录如下："比见群臣屡上表贺祥瑞，夫家给人足而无瑞，不害为尧、舜；百姓愁怨而多瑞，不害为桀、纣。后魏之世，吏焚连理木，煮白雉而食之，岂足为至治乎！"可见唐太宗治国方策是追求"家给人足"的实效，而不在乎有无"祥瑞"出现。也正因为唐太宗有如此清明的政见，所以我国历史上才有了繁荣昌盛的"贞观之治"。

武则天

骆宾王为徐敬业作檄①，极疏大周过恶②。则天览及"蛾眉不肯让人"③，"狐媚偏能惑主"④，微笑而已。至"一抔之土未干⑤，六尺之孤安在"⑥，不悦，曰："宰相何得失如此人！"（《忠志》）

【注】

①骆宾王：初唐诗人，"四杰"之一。字观光，义乌（今属浙江）人。累迁侍御史，出为临海县丞。光宅元年（684），徐敬业起兵讨武则天，军中书檄皆出其手。兵败被杀。一说逃亡后落发为僧。徐敬业：唐初名将李勣（本姓徐，赐姓李）之孙。嗣圣二年（684），武则天废唐中宗李显为庐陵王，立睿宗李旦，以武代李之势已成，于是徐敬业代表元老重臣势力，以恢复李显皇位为号召，于扬州起兵反对武则天。九月起事，十一月兵败，被捕杀。檄（xí）：檄文，官府用以征召、声讨的文告。这里指骆宾王所写的《代李敬业以武后临朝移诸郡县檄》。　②大周：武则天于天授元年（690）称帝，国号周。骆宾王作檄时，武则天尚未称帝，此处系后人追叙，故称大周。　③则天：即武曌（zhào，同"照"，624—

705），唐高宗皇后。上元元年（674），高宗称天皇，武后称天后。弘道元年（683），高宗死，中宗继位，则天临朝称制。天授元年（690）自立为周帝。神龙元年（705），张柬之等发动政变，逼其退位，匡复中宗。中宗上尊号为则天大圣帝。同年十一月死，年八十二。蛾眉：蚕蛾触须，长而弯曲，用来比喻女子的眉毛，借指美色。　④狐媚：如狐之为魅，指阴柔手段。　⑤一抔（póu）：一掬，一捧。"一抔之土"，指高宗陵墓。弘道元年（683）十二月高宗死，次年八月葬于乾陵，九月敬业扬州起兵。自下葬至起兵仅四十馀日，故称抔土未干。　⑥六尺之孤：未成年的孤儿。这里指中宗李显。当时中宗已废为庐陵王，软禁房州，故称遗孤安在。

【评】

　　据《新唐书·骆宾王传》，骆在"武后时，数上疏言事。下除临海丞，鞅鞅不得志，弃官去"。徐敬业起兵，遂入其幕府为艺文令，并站在"拥唐讨武"的立场上，代徐敬业传檄州郡，历数武则天屠兄杀姊，鸩母弑君，蓄谋篡唐称帝的种种罪状，号召天下共讨之。檄文虽说是代他人立言，但就骆宾王而言，亦应属于有感而发，所以写来声情并茂，痛快淋漓，极富于煽动性。武则天读到开头说的"入门见嫉，蛾眉不肯让人；掩袖工谗，狐媚偏能惑主"，还认为不过是等闲人身攻击，并没有当回事，一脸的嬉笑不屑的神情。等到再往下读，"一抔之土未干，六尺之孤安在"，直接揭出了皇位继承权问题，她这才看出了檄文的政治图谋，而且檄文作者的政治抱负和才辩也引起了她的注意。《新唐书·骆宾王传》记述当时的情景十分传神，说是武则天"至'一抔之土未干，六尺之孤安在'，矍然曰：'谁为之？'或以宾王对，后曰：'宰相安得失此人！'""矍（jué）然"是惊视的样子，面对如此洞彻的政见，面对如此犀利的文笔，武则天恐怕是着实吃了一惊。当听说是骆宾王所作之后，武则天的第一反映是"宰相安得失此人"，按照元辛文房《唐才子传》卷一的说法是："有如此才不用，宰相过也。"她首先考虑的不是敌方的威胁，而是感叹己方失去了一个人才。用这条材料来说明徐敬业起兵在朝廷引起的震动，肯定是不全面的，但若用来衬托武则天的性格和识见，却可以说是形象而生动。史称武则天素多智计，兼涉文史，网罗文士，不遗馀力，这里所写的也是一个例证，显示出武则天作为政治家的本色。

瑞龙脑

天宝末^①，交趾贡龙脑^②，如蝉蚕形。波斯言老龙脑树节方有^③。禁中呼为瑞龙脑，上唯赐贵妃十枚^④，香气彻十馀步^⑤。上夏日尝与亲王棋^⑥，令贺怀智独弹琵琶^⑦，贵妃立于局前观之。上数枰子将输，贵妃放康国猧子于坐侧^⑧，猧子乃上局，局子乱，上大悦。时风吹贵妃领巾于贺怀智巾上，良久，回身方落。贺怀智归，觉满身香气非常，乃卸幞头，贮于锦囊中^⑨。

及上皇复宫阙^⑩，追思贵妃不已。怀智乃进所贮幞头，具奏他日事。上皇发囊，泣曰："此瑞龙脑香也。"（《忠志》）

【注】

①天宝：唐玄宗李隆基年号（742—756）。　②交趾：今越南河内西北。龙脑：即龙脑香，是龙脑树树干所含油脂的结晶。《大唐

西域记》卷十《秣罗矩吒国》说:"羯布罗香树,松身异叶,花果斯别。初采既湿,尚未有香。木干之后,循理而析,其中有香,状若云母,色如冰雪,此所谓龙脑香也。"又,《酉阳杂俎》卷十八《木篇》说:"龙脑香树,出婆利国,婆利呼为固不婆律,亦出波斯国。树高八九丈,大可六七围。叶圆而背白,无花实。其树有肥有瘦,瘦者有婆律膏香。一曰瘦者出龙脑香,肥者出婆律膏也。在木心,中断其树,劈取之。膏于树端流出,斫树作坎而承之。入药用,别有法。"　③波斯:今伊朗。　④上:指唐玄宗李隆基。贵妃:指杨贵妃(719—756),小字玉环,蒲州永乐(今山西永济东南)人。资质丰艳,通音律,善歌舞。初为玄宗子寿王李瑁妃。开元时入宫,深得玄宗宠爱。天宝四载(745),封贵妃。十四载,安禄山叛乱,翌年随玄宗逃蜀,至马嵬驿(今陕西兴平西),禁军大将陈玄礼兵变,将其缢死。《旧唐书》卷五一、《新唐书》卷七六有传。　⑤彻:贯通,弥漫。　⑥亲王:据《独异志》卷下,此指宁王李宪。李宪(679—742)为睿宗长子,玄宗李隆基兄,以不干议朝政而得玄宗信重。《旧唐书》卷九五、《新唐书》卷八一有传。棋:指围棋。　⑦贺怀智:唐玄宗时的琵琶高手,生平不详。　⑧康国:即飒秣建国,故址在今中亚撒马尔罕以北,公元六至八世纪为其国势鼎盛时期。猧(wō)子:叭儿狗。　⑨幞头:束发的头巾。　⑩上皇复宫阙:唐玄宗李隆基于天宝十五载(756)六月,逃入蜀中。七月,太子李亨在灵武(今宁夏灵武西南)即帝位,是为肃宗。李隆基被尊为太上皇,至德二年(757)末自蜀返归长安,退居兴庆宫。

【评】

　　交趾进贡的龙脑香(美国学者谢弗认为即樟脑,见《唐代的外来文明》第十章《香料》)做成了蝉或蚕的形状,唐代宫廷中常作为衣饰佩带,香气浓郁,备感珍异。唐玄宗赐给杨贵妃十枚,贵妃佩带着观看玄宗下棋，并适时放出宠犬搅乱棋局，为玄宗解除窘境。贵妃的领巾被风吹落在乐工贺怀智的头巾上，衣香熏染，贺怀智十分珍惜。等到玄宗晚年退居兴庆宫，追思贵妃，贺怀智遂献上被贵妃领巾熏染过的头巾，玄宗闻香思人，不禁感慨涕下。

　　这则记事以龙脑香为中心，先写香的来历和珍异，继写杨贵妃观棋，衣香熏染贺怀智幞头，最后写唐玄宗思念贵妃，闻香伤神，一路拓展，层层递进，物与人交融，且有真情流露，煞是耐读。

梁正旦

　　梁正旦①，使北使乘车至阙下②，入端门③，其门上层题曰朱明观。次曰应门，门下有一大画鼓④。次曰太阳门，左有高楼，悬一大钟。门右有朝堂，门辟，左右亦有二大画鼓。

　　北使入门，击钟磬，至马道北、悬钟内道西北立⑤。引其宣城王等数人后入⑥，击磬，道东北面立。其钟悬外东西厢，皆有陛臣⑦。马道南、近道东有茹茹、昆仑客⑧，道西近道有高句丽、百济客⑨，及其升殿之官三千许人。

　　位定，梁主从东堂中出⑩，云斋在外宿⑪，故不由上阁来。击磬鼓，乘舆警跸⑫，侍从升东阶，南面幄内坐⑬。幄是绿油天皂裙，甚高，用绳系着四柱。凭黑漆曲几⑭。坐定，梁诸臣从西门入，着具服，博山远游冠⑮，缨末以翠羽、真珠为饰，双双佩带剑，黑舄⑯。初入，二人在前导引，次二人并行，次一人擎牙箱、班剑箱⑰，别二十人具省服，从者百馀人。至宣城王前数步，北面有重席为位，再拜，便次出。引王公登献玉。梁主不为兴⑱。

魏使李同轨、陆操聘梁⑲，入乐游苑西门内青油幕下⑳。梁主备三仗㉑，乘舆从南门入，操等东西再拜，梁主北入林光殿。未几，引台使入。梁主坐皂帐，南面。诸宾及群官俱坐定，遣中书舍人殷灵宣旨慰劳㉒，具有辞答。

其中庭设钟悬及百戏㉓。殿上流杯池中行酒具㉔，进梁主者，题曰"御杯"，自馀各题官姓之杯，至前者即饮。又图象旧事，令随流而转，始至讫于坐罢，首尾不绝也。（《礼异》）

【注】

①梁：永元三年（501），萧衍乘南齐君臣残杀之际，自襄阳举兵东下，攻占建康（今江苏南京），于次年称帝，国号梁，建元天监。历四帝，共56年（502—557）。史称萧梁。正旦：正月初一。　②北使：指东魏使者。东魏是从北魏分裂出来的割据政权。永熙三年（534），北魏孝武帝不愿做高欢的傀儡皇帝，到长安投奔宇文泰，高欢遂立元善见为帝（孝静帝），并从洛阳迁都于邺（今河北临漳西南）。历一帝，约十七年（534—550），史称东魏。阙：王宫门前两旁的高建筑物，中间为道。　③端门：梁建康宫城的南门。　④画鼓：有彩绘的鼓。⑤马道：宫中允许上

马的地方。 ⑥宣城王：指萧大器（523—551），字仁宗，梁简文帝萧纲长子。中大通四年（532），封宣成郡王。《梁书》卷八有传。 ⑦陛臣：皇宫前夹殿陛而立的警卫官员。 ⑧茹茹、昆仑客：指今中南半岛和南海诸国（如扶南、丹丹等）来的使者。 ⑨高句丽、百济客：指今朝鲜半岛来的使者。 ⑩梁主：指梁武帝萧衍（464—549）。 ⑪斋在外宿：梁武帝天监十八年（519）受菩萨戒后，吃斋素食，住在很小的便殿内。 ⑫乘舆：皇帝坐的车子。警跸：皇帝出入，左右侍卫为警，止人清道为跸。 ⑬幄：帐篷。 ⑭凭：靠。⑮具服：朝服。博山远游冠：秦汉以后沿用的一种帽子。《晋书·舆服志》说："皇太子及王者后、帝之兄弟、帝之子封郡王者服之。诸王加官者自服其官之冠服，惟太子及王者后常冠焉。太子则以翠羽为缕，缀以白珠，其馀但青丝而已。" ⑯舄（xì）：一种加木底的双层底鞋。 ⑰牙箱：盛牙旗的器具。班剑箱：盛木剑的器具。汉制，朝服带剑，晋以后，代之以木，称班剑，南朝则作为仪仗。 ⑱不为兴：不起身。 ⑲李同轨：同轨（499—546）体貌魁岸，学综诸经。天平中，转中书侍郎。兴和中，兼容通直散骑常侍，使梁。武定四年卒，年四十七。《魏书》卷三六、《北史》卷三三有传。陆操：操字仲志，代（今山西大同）人。仕魏，兼散骑常侍聘梁，使还，为廷尉卿。后徙御史中丞。天保中，为殿中尚书卒。《魏书》卷四〇、《北史》卷二八有传。 ⑳乐游苑：在建康（今江苏南京）城北玄武山南，是梁朝的皇家园林。青油幕：以青绸为幕，供迎宾之用。 ㉑三仗：皇帝的仪卫，一为供奉仗（以左右卫为之），二为亲仗（以亲卫为之），三为勋仗（以勋卫为之）。 ㉒殷灵：殷灵当为梁中书舍人，生平不详。 ㉓百戏：散乐杂伎。 ㉔流杯池中行酒：指曲水流觞，即在环曲的水渠旁宴集，水渠中放置酒杯，杯顺流行至前即取饮。

【评】

夏历正月一日称为元正，又称正旦，是中国古代的重要节日。在魏晋南北朝时代，每年正旦，朝廷都要举行朝会，各国间有时还会派出使者前往祝贺，称为贺正旦使。这里记载的是东魏派李同轨、陆操为使者，来到梁朝参加元正朝会的情形。据《北史·李同轨传》，李同轨于兴和中使萧衍，兴和只有四年，既称"兴和中"，很可能是兴和三年（541），即梁武帝大同七年。《梁书·武帝纪》说："七年春正月辛巳，舆驾亲祠南郊，赦天下，其有流移及失桑梓者，各还田宅，蠲课五年。"看来这一年还是值得庆贺的。

元正朝会的庆贺仪式，西晋的《元会仪咸宁注》中曾有过详细描述，梁朝仪式与西晋大体仿佛。东魏来使先是入宫朝见梁武帝，然后到乐游苑欣赏乐舞杂伎。梁宫城有三重，所以使者先入端门，再入应门，后入太阳门。外宾除东魏使者外，还有东南亚和朝鲜半岛的客人。内宾则由梁武帝长孙宣城王萧大器率领，前后升殿的官员达三千多人，可见规模甚大。梁武帝持斋守戒，平日居住便殿，故朝会时从东堂中出来。参加庆贺的官员一律朝服盛装，依次入班，轮流向梁帝敬酒献玉，梁帝宣旨慰劳使者，主宾各有应酬。最后是殿上演出百戏，宾主在进行曲水流觞之戏。环曲的水上浮具绘有图像故事，首尾不绝，亦是曲水流觞的又一景观。总之，此时正是"五十年间，江表无事"的梁朝全盛时期，元正朝会也就显得格外隆重和盛大。

北朝婚礼

北朝婚礼①，青布幔为屋，在门内外，谓之青庐。于此交拜，迎妇。夫家领百馀人，或十数人，随其奢俭，挟车俱呼："新妇子！"催出来。至新妇登车乃止。婿拜阁日[2]，妇家亲宾妇女毕集，各以杖打婿为戏乐，至有大委顿者[3]。（《礼异》）

【注】

①北朝：南北朝时期，北魏、东魏、西魏、北齐、北周立国于北方，史称北朝，对应宋、齐、梁、陈迭相更替的南朝。　②拜阁：按南北朝婚俗，婚后，新郎礼拜于女家，女家为之宴集，称为拜阁，亦称拜门。　③委顿：疲困。

【评】

以前读《古诗为焦仲卿妻作》，知道"其日牛马嘶，新妇入青庐"是写婚俗，却不能产生具体的印象。现在读段成式的这条记载，什么是"青庐"，为何"牛马嘶"，一切便历历如在目前了。敦煌莫高窟第445窟（盛唐时建）还有一幅嫁娶图，画面上屋外有青庐，帷布搭成，内有桌椅，客人有坐有站，有一人在跳舞，完全可以作为段成式这段文字的插图。由此也可以得知，自汉魏六朝迄于唐代，我国北方地区，新婚夫妇的拜堂仪式是在青庐中进行的。

这条记载提及的婚俗还有催妆和拜门。催妆是指新郎带着亲朋好友前往妇家迎亲，新妇虽然早已整妆完毕，却不肯马上上车，此时新郎便要诵诗或奏乐加以催促，或者如此处所写齐声高喊："新妇子！"催其出来，直至新妇上车。拜门亦即回门，是指婚后数日新女婿陪同新妇回娘家。按照习俗，妇家对拜门女婿可以肆意戏弄，甚至乱杖交加，以致于新婿被打得疲困不堪。如果说催妆是新妇的假意违拒，那么拜门遭打则是新郎获娶新妇必须付出的代价。追根溯源，这种婚俗应该是上古抢婚制残留的影子，一方来推迟，女子违拒，家族抵抗，抢婚者自然要遭受追打。

据《酉阳杂俎·续集》卷四，可知这则记载录自南朝梁、陈间江德藻的《聘北道记》（亦名《北征道里记》）。段成式已然指出："江德藻记此为异，明南朝无此礼也。"

近代婚礼

近代婚礼①，当迎妇，以粟三升填臼②，席一枚以覆井③，枲三斤以塞窗④，箭三只置户上⑤。妇上车，婿骑而环车三匝。女嫁之明日，其家作黍臛⑥。女将上车，以蔽膝覆面⑦。妇入门，舅姑以下⑧，悉从便门出，更从门入，言当躏新妇迹⑨。又妇入门，先拜猪樴及灶⑩。娶妇，夫妇并拜，或共结镜纽。又娶妇之家，弄新妇⑪。腊月娶妇，不见姑⑫。（《礼异》）

【注】

①近代：去唐代不远的时代。此指南北朝以来。　②粟：谷粒（未去皮壳者）。臼：舂米的器具。　③席：蓆的古体字。　④枲（xǐ）：枲麻，纤维可织布。　⑤户：门。　⑥黍臛（huò）：杂以黍米的肉羹。　⑦蔽膝：用来蔽护膝部的围裙。　⑧舅姑：夫家的父母，公婆。　⑨躏（lìn）：踏践。　⑩猪樴（zhí）：猪栏，猪圈。"樴"即木桩。　⑪弄：戏弄。　⑫姑：婆婆。

【评】

这里记载的是唐朝流行的婚俗，"以粟三升填臼"云云是男家的准备，然后新郎在迎亲队伍簇拥下骑马前去迎接新妇。新妇登车以后，新郎要骑马绕车三周才能上路。新妇上车前，要以蔽膝遮住脸，以示内心苦痛，不忍离家。新妇下车进门后，公婆以下亲宾要从便门出去，跟随新妇从大门进来，称为躏新妇迹。新妇进门先拜猪栏和灶台，接着入青庐，夫妇并拜，有时还要共结镜纽，表示同心永好。这时候，贺喜的亲宾可以戏弄新妇凑趣。这里还提到了一条新婚的禁忌，即腊月（阴历十二月）举行婚礼，婆婆要回避，不见新妇。这种禁忌当然没有什么道理，所以唐德宗建中元年（780）礼仪使颜真卿等在上奏中，曾要求予以解除。段成式的上述两条记录，是研究唐代社会生活史和婚姻制度史的重要史料。

吴 刚

旧言月中有桂，有蟾蜍，故异书言，月桂高五百丈，下有一人常斫之①，树创随合②。人姓吴，名刚，西河人③，学仙，有过，谪令伐树④。

释氏书言⑤，须弥山南面⑥，有阎扶树⑦，月过，树影入月中。或言月中蟾、桂，地影也；空处，水影也。此语差近⑧。（《天咫》）

【注】

①斫（zhuó）：用刀斧砍削。 ②创：创伤。 ③西河：今陕西合阳。 ④谪：处罚。 ⑤释氏书：指佛经。 ⑥须弥山：佛教指为世界的中心，山顶为帝释天所居，山腰为四天王所居。四周有七山八海、四大部洲。 ⑦阎扶树：即阎浮树。《长阿含经》：“阎浮提有大树王，名曰阎浮，围七由旬，高百由旬。” ⑧差（chā）

近：比较接近。

【评】

　　中国人对月崇拜起源很早，对于月神的塑造则是逐步丰富和完善的。从神话传说中我们得知月中有嫦娥、蟾蜍、白兔、吴刚、桂树、广寒宫等，嫦娥奔月的传说见于唐李善《文选注》引《归藏》，而吴刚伐树的传说则以此处的记载为早。段成式径称"旧言"，可见他也是得诸传闻。有趣的是他似乎不大相信吴刚伐树说，而认为树影、地影、水影映入水中成像说比较合乎情理。他对自然界的奥秘始终保持着不断探索的精神，很值得称赞。

一　行

　　僧一行①，博览无不知，尤善于数②，钩深藏往，当时学者莫能测。幼时家贫，邻有王姥③，前后济之数十万。及一行开元中承上敬遇④，言无不可，常思报之。寻王姥儿犯杀人罪，狱未具⑤，姥访一行求救。一行曰："姥要金帛，当十倍酬也。明君执法，难以请求，如何？"王姥戟手大骂曰⑥："何用识此僧！"一行从而谢之，终不顾。

　　一行心计浑天寺中工役数百，乃命空其室内，徙大瓮于中，又密选常住奴二人⑦，授以布囊，谓曰："某坊某角有废园，汝向中潜伺，从午至昏，当有物入来。其数七，可尽掩之⑧，失一则杖汝。"奴如言而往。至酉后⑨，果有群豕至⑩，奴悉获而归⑪。一行大喜，令置瓮中，覆以木盖，封于六一泥⑫，朱题梵字数十⑬，其徒莫测。

诘朝⑭，中使叩门急召⑮。至便殿，玄宗迎问曰："太史奏昨夜北斗不见，是何祥也？师有以禳之乎⑯？"一行曰："后魏时⑰，失荧惑⑱，至今帝车不见⑲。古所无者，天将大警于陛下也。夫匹夫匹妇不得其所，则陨霜赤旱，盛德所感，乃能退舍⑳。感之切者，其在葬枯出系乎㉑？释门以瞋心坏一切善㉒，慈心降一切魔。如臣曲见，莫若大赦天下。"玄宗从之。又其夕，太史奏北斗一星见，凡七日而复。

成式以此事颇怪，然大传众口，不得不著之。(《天咫》)

【注】

①一行（683—727）：本名张遂，昌乐（今河南南乐）人。自幼精敏，博览经史，尤精于历象、阴阳、五行之学。二十一岁，隐入嵩山为僧，法名一行。开元五年（717），唐玄宗召至长安，征询治国之道。九年，受命改行历法。首先与梁令瓒共同铸造黄道游仪，并从十二年起在全国十二个地点进行天文观测，归算出相当于子午线纬度的长度等。十三年，着手编历，去世前已完成《大衍历》草稿，后经张说、陈景玄等整编成册。《旧唐书》卷一九一有传。　②数：历数，历法，算术。　③姥（mǔ）：老妇。　④遇：

礼遇。　⑤具：判决，定案。　⑥戟手：伸出食指和中指指人，形似戟，用以形容愤怒的样子。　⑦常住奴：寺院中的奴仆。　⑧掩：藏匿。　⑨酉：用以纪时，指17时至19时。　⑩豕：猪。　⑪悉：尽，全。　⑫六一泥：道家炼丹封炉用的泥。晋葛洪《抱朴子·金丹》："用雄黄水、矾石水、戎盐、卤盐、礜石、牡蛎、赤石脂、滑石、胡粉各数十斤，以为六一泥"。　⑬梵字：古印度文字。　⑭诘朝：诘旦，明日，第二天。　⑮中使：宫中派出的使者，多指宦官。　⑯禳（ráng）：除邪消灾的祭祀。　⑰后魏：即北魏。为与三国曹魏相区别，史亦称后魏。　⑱荧惑：指火星。　⑲帝车：指北斗星。　⑳退舍：退避。　㉑系：拘禁。　㉒瞋心：佛教指怨恨的意念。

【评】

　　用今天的话说，一行精通天文、历算，是一位不折不扣的科学家。然而他自幼出家，苦心修行，又是一位地地道道的佛教徒。二者互为作用，就使得一行既具有科学头脑，处事严守法规，一丝不苟，同时又具有浓厚的恩报思想，办起事来也往往带有宗教的神秘色彩。这里记载的故事，本意是要说明一行知恩必报，为人诚信可嘉。但是，作者明知事情涉及人命官司，国家律令具在，聪明如一行是不敢公然向法律挑战，恣意徇私枉法的，于是笔锋一转，暂不写一行如何求情放人，而接写一行利用星象灾异之说进谏，奉劝唐玄宗"葬枯出系"，实行大赦。唐玄宗后来听从了一行的劝告，想必王姥犯有杀人罪的儿子也获得了赦免。一行完成了他知恩必报的善举，却又没有径直否定法律，这的确展现出一种超常的"智慧"。不过我们不应忘记，如果王姥的儿子确实该当法办，不杀不足以平民愤，那么一行的曲线救援，不还是属于干扰"明君执法"、假公济私的恶劣行为吗？

王 布

永贞年①，东市百姓王布②，知书，藏镪千万③，商旅多宾之④。有女，年十四五，艳丽聪悟，鼻两孔各垂息肉，如皂荚子⑤，其根如麻线，长寸许，触之，痛入心髓。其父破钱数百万治之，不差⑥。

忽一日，有梵僧乞食⑦，因问布："知君女有异疾，可一见，吾能止之。"布被问大喜，即见其女。僧乃取药，色正白，吹其鼻中。少顷，摘去之，出少黄水，都无所苦。布赏之百金，梵僧曰："吾修道之人，不受厚施，唯乞此息肉。"遂珍重而去，行疾如飞。布亦意其贤圣也。

计僧去五六坊⑧，复有一少年，美如冠玉⑨，骑白马，遂扣其门曰："适有胡僧到无⑩？"布遽延入⑪，具述胡僧事。其人吁嗟不悦⑫，曰："马小踠足⑬，竟后此僧。"布惊异，诘其故，曰："上帝失乐神二人⑭，近知藏于君女鼻中。我天人也⑮，奉帝命来取，不意此僧先取之，吾当获谴矣⑯。"布方作礼，举首而失。（《天咫》）

【注】

①永贞：唐顺宗李诵年号（805）。 ②东市：在唐长安城（今陕西西安）朱雀门街东。 ③镪（qiǎng）：成串的钱。 ④宾：尊敬。 ⑤息肉：赘肉，肉瘤。皂荚：也称皂角，落叶乔木，开

淡黄色花，结荚果。　⑥差（chài）：痊愈。　⑦梵僧：域外来华的僧侣。⑧坊：街市里巷。　⑨冠玉：本指装饰帽子的美玉，多用来形容男子的美貌，亦指美男子。　⑩适：刚才。胡僧：同梵僧，也指域外来华僧人。　⑪遽（jù）：急促。　⑫吁嗟：叹息。　⑬踠（wò）足：足扭屈致伤。　⑭上帝：天帝。　⑮天人：神仙。　⑯谴：罪，过错。

【评】

　　一个十四五岁的小女孩患了鼻息肉，竟然成了乐神下凡的藏匿之所，后来不仅惊动天庭遣使来追，而且胡僧预知消息，捷足先取。我们不知道胡僧摘走乐神意欲何为，也不知白马少年如何回复天命，但有一点是再明显不过的，就是小女孩的鼻息肉从此被摘除了。《太平广记》引此事编在医门，说明本来就是一则外科手术的故事。或者因为医者有意神乎其技，或者因为病家对外科手术怀有神秘感，事经再三传播，遂演变成了现在这样的神怪故事。我们在欣赏作者丰富想象力的同时，也须记住故事的本来面目才好。

郑仁本表弟

　　太和中①，郑仁本表弟，不记姓名，常与一王秀才游嵩山②。扪萝越涧，境极幽夐③，遂迷归路。将暮，不知所之，徙倚间④，忽觉丛中鼾睡声。披蓁窥之，见一人布衣，衣甚洁白，枕一幞物⑤，方眠熟。即呼之曰："某偶入此径，迷路，君知向官道否⑥？"其人举首略视，不应，复寝⑦。

　　又再三呼之，乃起坐，顾曰："来此！"二人因就之，且问其所自⑧。其人笑曰："君知月乃七宝合成乎⑨？月势如丸，其影，日烁其凸处也。常有八万二千户修之，予即一数。"因开襆，有斤凿数事⑩，玉屑饭两裹⑪，授与二人，曰："分食此，虽不足长生，可一生无疾耳。"乃起，与二人指一支径："但由此，自合官道矣。"言已⑫，不见。(《天咫》)

【注】

①太和：唐文宗李昂年号（827—835）。　②嵩山：五岳之一，在今河南登封县境。　③幽夐：深邃。　④徙倚：徘徊。　⑤襆（pú）物：襆囊，被囊。　⑥向：前往。官道：官家修的道路，大路。　⑦寝：睡。　⑧自：由来。　⑨七宝：佛教所说"七宝"，指七种珍宝，即金、银、琉璃、砗磲、玛瑙、真珠、玫瑰（见《法华经》）。佛经称"月天子宫，纵广正等，四十九由旬，四面周围，七重垣墙，七宝所成"（《法苑珠林》卷七引《起世经》）。　⑩斤凿：斧头和凿子。　⑪玉屑：玉的碎末。裹：包。　⑫已：停止，完毕。

【评】

这则故事看似寻常，实则运思奇妙。说它看似寻常，是因为整个故事不过是迷路、问路、指路而已，直线发展，全无曲折。说它运思奇妙，则是因为在寻常事态中却蕴含着凡人梦寐以求的机遇，作者以一个似凡似仙的鼾睡者，打通了天上人间的悬隔，抹平了仙凡的界限。写起来好像不很经意，但是"月乃七宝合成"、"八万二千户修之"以及"玉屑饭"等语，却为读者留下了驰骋想象的广阔空间。或许正由于故事写得引人浮想，引人追慕，所以宋元以来文人往往把它援入诗词，用作典故。例如：宋王安石《题扇》："玉斧修成宝月圆，月边仍有女乘鸾。"苏轼《正月一日雪中过淮谒客回作》："从来修月手，合在广寒宫。"刘克庄《最高楼》："懒挥玉斧重修月，不扶铁拐会登山。"谢翱《后桂花引》："修月仙人饭玉屑，瑶鸭腾腾何处热。"金元好问《蟾池》："下界新增养蟾户，玉斧谁怜修月苦。"在这里鼾睡者成了修月仙人，修月仙人又成了月的代称，甚至与月形相近的团扇，也与修月仙人浑然一体了。其实这则故事里引人注意之处，还是其中对月球天体的描述，如说"月势如丸"，其影乃"日烁其凸（《群书故事类编》引作凹）处"，已经相当接近今人的认识了。

前集卷二

蓬　球

　　贝丘西有玉女山[1]。传云，晋太始中[2]，北海蓬球[3]，字伯坚，入山伐木，忽觉异香，遂溯风寻之。至此山，廓然宫殿盘郁，楼台博敞。

　　球入门窥之，见五株玉树。复稍前，有四妇人，端妙绝世，自弹棋于堂上[4]。见球，俱惊起，谓球曰："蓬君何故得来？"球曰："寻香而至。"遂复还戏。一小者便上楼弹琴，留戏者呼之曰："元晖何为独升楼？"球树下立，觉少饥，乃舌舐叶上垂露。

　　俄然，有一女乘鹤西至，逆恚曰[5]："玉华，汝等何故有此俗人！王母即令王方平行诸仙室[6]。"球惧而出门，回顾，忽然不见。至家，乃是建平中[7]。其旧居闾舍，皆为墟墓矣。（《玉格》）

【注】

　　① 贝丘：春秋时齐地，在今山东博兴南。　② 太始：即泰始，晋武帝司马炎年号（265—274）。　③ 北海：今山东昌乐东南。　④ 弹棋：古时博戏的一种。据《后汉书·梁冀传》唐李贤注

引《艺经》，则为两人对局，白黑棋各六枚，其局以石为之，"先列棋相当，更先弹之"。　⑤逆：抵触。恚（huì）：恼怒。　⑥王母：即西王母，传说中的女神，最早见于《山海经》，称其"蓬发戴胜"，"其状如人，豹尾虎齿而善啸"。在《穆天子传》中，变为上帝之女，雍容和蔼。至汉代，变为容貌绝世的仙界首领，有众女仙随从。其事见《汉武故事》《神异经》《西王母传》等。王方平：即王远，字方平，东海（今山东郯城北）人。仕汉为中散大夫，后学道成仙。事见《列仙传》。　⑦建平：按西晋有建兴，东晋有升平，均无建平年号。十六国后赵有建平年号（330—333），相当于晋成帝司马衍咸和五年（330）至八年，不知究竟指何时。

【评】

此则故事在《太平广记》中虽以蓬球命题，却编在女仙门，这就是说蓬球只是一个匆匆过客，玉女山女仙才是故事的主人公。蓬球的遇仙与汉代的王方平颇为相似，但王得成正果，蓬则只有舐叶上甘露的份，为什么？因为蓬球凡心未了，害怕了（"惧而出门"），宁愿回到人世生活。故事中所写仙境，用笔简洁而意象逼真，显然可见出唐传奇的影响，较之《列仙传》写王方平要细致许多。

孙思邈

孙思邈尝隐于终南山①，与宣律和尚相接，每来往，互参宗旨。时大旱，西域僧请于昆明池结坛祈雨②，诏有司备香灯③，凡七日，缩水数尺。忽有老人，夜诣宣律和尚求救，曰："弟子昆明池龙也，无雨久，匪由弟子④。胡僧利弟子脑，将为药，欺天子，言祈雨。命在旦夕，乞和尚法力加护。"宣公辞曰："贫道持律而已，可求孙先生。"

老人因至思邈石室求救，孙谓曰："我知昆明龙宫有仙方三十首⑤，尔传与予⑥，予将救汝。"老人曰："此方上帝不许妄传，今急矣，固无所吝⑦。"有顷，捧方而至。孙曰："尔第还⑧，无虑胡僧也。"至是池水忽涨，数日溢岸。胡僧羞恚而死⑨。孙复著《千金方》三十卷⑩，每卷入一方，人不得晓。及卒后，时有人见之。

玄宗幸蜀，梦思邈乞武都雄黄，乃命中使赍雄黄十斤，送于峨眉顶上⑪。中使上山未半，见一人，幅巾被褐⑫，须鬓皓白，二童青衣丸髻夹侍⑬，立屏风侧，以手指大磐石曰："可致药于此。上有表⑭，录上皇帝。"中使视石上，朱书百馀字。遂录之，随写随灭，写毕，石上无复字矣。须臾，白气漫起，因忽不见。（《玉格》）

【注】

①孙思邈（581—682）：京兆华原（今陕西耀县）人。善谈老庄及百家之说，兼好释典。早年隐居太白山。唐太宗、唐高宗皆曾召见，将授官，固辞不受。精于医学，著有《千金方》《摄生真录》《医家要钞》《五脏旁通道养图》等，对我国中医药学的发展有承前启后的贡献。宋徽宗时被封为妙应真人，中医奉为祖师，号称

药王。《旧唐书》卷一九一、《新唐书》卷一九六有传。终南山：今陕西秦岭，主峰为太白山。　②昆明池：在长安（今陕西西安）城内，西汉时开凿，周四十里，至唐文宗太和时废坏干涸。　③有司：主管官吏。　④匪：同"非"。　⑤三十首：原作"三千首"，今据《类说》引改。　⑥尔：你。予：我。　⑦固：通"故"，因而，所以。　⑧第：且。　⑨恚（huì）：怨恨。　⑩三十卷：原作"三千卷"，今据《类说》卷四二引《酉阳杂俎》改。　⑪赍（jī）：送与。峨眉顶：峨眉山顶。在今四川峨眉山市境。　⑫幅巾：古代男子用绢一幅束发，故称幅巾。褐：粗麻或粗毛织成的短衣，是卑贱者的穿着。　⑬丸髻：圆形发髻。　⑭表：奏章，用于陈情谢贺。

【评】

　　《旧唐书·孙思邈传》说："思邈自云开皇辛酉岁生，至今年九十三矣，询之乡里，咸云数百岁人，话周齐间事，历历如眼见，以此参之，不啻百岁人矣。然犹视听不衰，神采甚茂，可谓古之聪明博达不死者也。"在当时的民间传说中，孙思邈已经是"数百岁人"，人们把他看作活神仙毫不足怪。这里的记载是说孙与胡僧斗法，解救了昆明池龙，作为回报，龙王献出仙方三十首，而孙则依据仙方撰著《千金方》，普济众生。姑不论其传说是如何夸饰和荒诞，但孙思邈以其高尚的医德和高明的医术名重一时，并以其医学实践经验撰为《千金要方》《千金翼方》等行世，这在中国医学史上却是不争的事实。清修《四库全书》收录孙著《千金要方》九十三卷，认为此书"凡诊治之诀，针灸之法，以至引导养生之术，无不周悉"。至于为何称为《千金方》，孙思邈的解释是："人命至重，贵于千金。一方济之，德逾于此。"（《千金要方序》）此亦可见孙之医德的确堪称永世师表。

裴沆再从伯

同州司马裴沆常说^①，再从伯自洛中将往郑州^②，在路数日。晚程偶下马，觉道左有人呻吟声，因披蒿莱寻之。荆丛下见一病鹤，垂翼俯咮^③，翅关上疮坏无毛，且异其声。

忽有老人，白衣曳杖，数十步而至，谓曰："郎君年少，岂解哀此鹤耶？若得人血一涂，则能飞矣。"裴颇知道，性甚高逸，遽曰："某请刺此臂血不难。"老人曰："君此志甚劲，然须三世是人，其血方中。郎君前生非人，唯洛中胡芦生，三世是人矣。郎君此行，非有急切，可能却至洛中，干胡芦生乎^④？"裴欣然而返。

未信宿至洛^⑤，乃访胡芦生，具陈其事，且拜祈之。胡芦生初无难色，开襆取一石合^⑥，大若两指，援针刺臂滴血下，满其合，授裴曰："无多言也。"及至鹤处，老人已至，喜曰："固是信士^⑦！"乃令尽其血涂鹤。言与之结缘，复邀裴曰："我所居去此不远，可少留也。"裴觉非常人，以丈人呼之^⑧，因随行。

才数里，至一庄，竹落草舍，庭庑狼藉^⑨。裴渴甚，求茗^⑩，老人指一土龛："此中有少浆，可就取。"裴视龛中，有杏核一扇如笠，满中有浆，浆色正白。乃力举饮之，不复饥渴，浆味如杏酪。裴知隐者，拜请为奴仆。老人曰："君有世间微禄，纵住亦不终其志。贤叔真，有所得，吾久与之游，君自不知。今有一信，凭君必达。"因裹一襆，物大如羹椀，戒无窃开。复引裴视鹤，鹤所损处，毛已生矣。又谓裴曰："君向饮杏浆^⑪，当哭九族亲情，且以酒色为诫也。"

裴还洛，中路阅其附信，将发之，襆四角各有赤蛇出头，裴乃止。其叔得信，即开之，有物如干大麦饭，升馀。其叔后因游王屋^⑫，不知其终。裴寿至九十七矣。（《玉格》）

【注】

①同州：今陕西大荔。司马：州府佐官。　②再从：同曾祖的亲属关系。洛中：今河南洛阳一带。郑州：今属河南。　③咮（zhòu）：鸟嘴。　④干（gān）：求取。　⑤信宿：连宿两夜。　⑥襆（fú）：包袱。　⑦信士：诚实的人。　⑧丈人：通称老人。　⑨狼藉：散乱不整的样子。　⑩茗：茶。　⑪向：以往。　⑫王屋：王屋山，在今河南济源境内。

【评】

这则故事在《酉阳杂俎·前集》卷二编在《玉格》篇，所谓玉格即道教的书架，也用来代指道书，裴沉再从伯便是一个热衷道教之人。故事的引线是病鹤，白衣仙人用取血疗鹤测试裴氏的学道诚意。故事的核心是饮杏浆，这已深入到仙人的日常生活，但终因为裴氏尚有"世间微禄"，尘缘未了，最后只能返归世俗。不过经仙人指点，"以酒色为诫"，裴氏亦得享高寿。"以酒色为诫"一语虽系顺口说出，实际上却是本则故事的思想精髓。

赵　业

明经赵业①，贞元中②，选授巴州清化县令③。失志成疾，恶明，不饮食四十馀日。忽觉空中雷鸣，顷有赤气如鼓，轮转至床，腾上，当心而住。

初觉精神游散，奄如梦中，有朱衣平帻者④，引之东行。出山断处，有水东西流，人甚众，久立视。又之东，行一桥，饰以金碧。过桥北，入一城。至曹司中⑤，人吏甚众。见妹婿贾奕，与己争杀牛事，疑是冥司⑥，遽逃避。至一壁间，墙如石黑，高数丈，听有呵喝声。

朱衣者遂领入大院，吏通曰："司命过人⑦。"复见贾奕，因与辨对。奕固执之，无以自明。忽有巨镜径丈，虚悬空中。仰视之，宛见贾奕鼓刀⑧，赵负门，有不忍之色，奕始伏罪。

朱衣人又引至司，入院，一人被褐帔紫霞冠⑨，状如尊像，责曰："何故窃拨襆头二事⑩，在滑州市⑪，隐橡子三升？"因拜之无数。

朱衣者复引出，谓曰："能游上清乎⑫？"乃共登一山，下临流水，其水悬注腾沫，人随流而入者千万，不觉身亦随流。良久，住大石上，有青白晕道。

朱衣者变成两人，一道之，一促之，乃升石崖上立，坦然无尘。行数里，旁有草如红蓝[13]，茎叶密无刺，其花拂拂然飞散空中。又有草如苣[14]，附地，亦飞花，初出如马勃[15]，破，大如叠[16]，赤黄色。过此，见火如山，横亘天，候焰绝乃前。

至大城，城上重谯[17]，街列果树，仙子为伍，迭谣鼓乐[18]，仙姿绝世。凡历三重门，丹臒交焕[19]，其地及壁，澄光可鉴。上不见天，若有绛晕都覆之[20]。正殿三重，悉列尊像。见道士一人，如旧相识，赵求为弟子，不许。诸乐中如琴者，长四尺，九弦，近头尺馀方广，中有两道横，以变声。又如一酒榼[21]，三弦，长三尺，腹面上广下狭，背丰隆[22]。

顷有过录[23]，乃引出阙南一院，中有绛冠紫霞帔，命与二朱衣人坐厅事，乃命先过戊申录[24]。录如人间词状[25]，首冠人生辰，次言姓名、年纪，下注生月日；别行横布六旬甲子；所有功过，日下具之，如无，即书无事。赵自窥其录，姓名、生辰月日，一无差错也。过录者数盈亿兆，朱衣人言："每六十年，天下人一过录，以考校善恶，增损其算也㉖。"

朱衣者引出北门，至向路㉗，执手别，曰："游此，是子之魂也。可寻此行，勿返顾，当达家矣。"依其言，行稍急，蹶倒㉘，如梦觉，死已七日矣。赵著《魂游上清记》，叙事甚详悉。（《玉格》）

【注】

①明经：唐时科举制度，经州县乡试后解送礼部的考生，通称乡贡，其中又有秀才、明经、进士、孝悌力田等不同类别。《唐六典》说："凡贡举人，有博识高才、强学待问、无失俊选者为秀才，通二经已上者为明经；明闲时务、精熟一经者为进士，通达律令者为明法；其人正直清修，名行孝义，旌表门闾，堪理时务，亦随宾贡，为孝悌力田。"（卷三十《京县畿县天下诸县官吏》"功曹司功参军"条）赵业：《太平广记》引作"赵裴"。　②贞元：唐德宗李适年号（785—805）。　③巴州清化县：今四川巴中。　④平帻（zé）：即平巾帻，类似于平顶帽子。　⑤曹司：官署。　⑥冥司：阴间，地府。　⑦司命：星神。职司人世寿夭。　⑧鼓刀：屠宰时敲击其刀有声，即所谓"鼓刀以屠"。　⑨被：同"披"。褐帔：黄黑色披肩。　⑩幞（pú）头：束发的头巾。　⑪滑州：今河南滑县东。　⑫上清：道教认为人天两界外别有三清，是神仙居住的仙境。《西阳杂俎》卷二《玉格》说："道列三界诸天数，与释氏同，但名别耳。三界外曰四人境，谓常融、玉隆、梵度、贾奕四天也。四人天外曰三清，大赤、禹余、清微也。"《云笈七签》卷三说："其三清境者，玉清、上清、太清是也。亦名三天，其三天者，清微

天、禹余天、大赤天是也。" ⑬ 红蓝：一年生草木菊科植物，高三四尺，夏季开红黄色花。古人用来制胭脂或红色颜料。以之入药，称红花。　⑭ 苣：莴苣。　⑮ 马勃：菌类植物。　⑯ 叠：通"碟"，盘子。　⑰ 重谯（qiáo）：城上的两层望楼。　⑱ 迭谣：轮流歌唱。⑲ 丹臒（huò）：涂饰的红色颜料。　⑳ 都：全。　㉑ 酒榼（kē）：盛酒器。　㉒ 丰隆：高高凸起。　㉓ 过录：核检簿录。　㉔ 戊申录：戊申年出生者的簿录。　㉕ 词：判词，判决书。　㉖ 算：古代计数的筹码。　㉗ 向路：来时的路。　㉘ 蹶倒：跌倒。

【评】

　　篇末已明确交代，这则故事取自赵业撰写的《魂游上清记》。《魂游上清记》显然出于虚构，是单篇传奇的一种典型笔法。现在这篇传奇早已散佚，我们只能通过段成式的摘述窥其梗概。

　　赵业的魂游是进入了一个梦境，这个梦境就是仙人居住的上清界，于是便有了关于人的生死寿夭的种种见闻。如果把魂游理解为做梦，那么它不过是一种正常的心理现象。特别是故事说赵业"不饮食四十馀日"，精神早已处于恍惚状态。加上平日郁郁不得志（即所谓"失志"），早有追求解脱、追求升仙的欲望，于是这种内心的意念自然流露到梦中，也就幻化成跳出三界的虚幻仙境，所以说魂游不过是内心意念出没的一种形式罢了，没什么可奇怪的。

　　《魂游上清记》的侧重点是写上清仙境，至少段成式是这样理解的，因而他摘编后列入了《酉阳杂俎》的《玉格》篇，与其他道家故事为伍。但是，《太平广记》的编者却认为这则故事的要点在死去活来，把它看成了一则再生故事，直接以上清为冥府，视同一般鬼魂故事而编入了"再生"一类。唐宋人的不同视角也是值得我们注意的。

罗公远

　　玄宗学隐形于罗公远①，或衣带，或巾脚，不能隐。上诘之②，公远极言曰："陛下未能脱屣天下③，而以道为戏，若尽臣术，必怀玺入人家④，将困于鱼服也⑤。"玄宗怒，慢骂之⑥。公远遂走入殿柱中，极疏上失⑦。上愈怒，令易柱破之。复大言于石碨中⑧，乃易碨观之，碨明莹，见公远形在其中，长寸馀。因碎为十数段，悉有公远形。上惧，谢焉⑨，忽不复见。后中使于蜀道见之，公远笑曰："为我谢陛下⑩。"（《壶史》）

【注】

　　① 玄宗：即唐明皇李隆基（685—762），睿宗第三子。先天元年（712）即帝位，次年改元开元。在位初期励精图治，社会安定，经济发展。自天宝后，日渐骄逸，政治趋于腐败，终致发生安史之乱。天宝十五载（756），亡命入蜀。七月，太子李亨（肃宗）即帝位，尊之为太上皇。回京后幽居兴庆宫，抑郁而死。罗公远：唐术士。《新唐书》卷二〇四《方技传》称罗思远，"能自隐"。又据《太平广记》卷二二"罗公远"条说，他本是鄂州（今湖北武汉）人，幼时因能调遣江龙而被刺史推荐给唐玄宗。又一说是彭州（今四川彭州市）人，修道于漓沅间，历周、隋、唐，年数百岁，乍老乍少。　② 诘：责问。　③ 脱屣（xǐ）天下：视天下（江山）如脱屣（鞋），看得很轻，毫不介意。　④ 怀玺：隐瞒帝王身份。　⑤ 鱼服：指白龙化为鱼，被渔者射伤事，比喻尊贵者微服私行的危险。按汉刘向《说苑·正谏》："昔白龙下清泠之渊，化为鱼，

渔者豫且射中其目。白龙上诉天帝，天帝曰：'当是之时，若安置而形？'白龙对曰：'我下清泠之渊化为鱼。'天帝曰：'鱼固人之所射也。若是，豫且何罪夫！'"故张衡《东京赋》说："白龙鱼服，见困豫且。"　⑥慢骂：随口辱骂。　⑦疏：条陈。　⑧碛（xì）：柱下石。　⑨谢：道歉。　⑩谢：告别。

【评】

　　道教在南北朝后期有新的发展，中经隋朝，至唐玄宗时达于极盛。史称唐玄宗一再给老子加封尊号，亲注《道德经》令人诵习，甚至亲受道士的法箓，他酷好仙术已经到了走火入魔的地步。这里所说的罗公远，在当时是广为人知的神仙者流，据说来去无迹，最擅长隐遁之术。唐玄宗向罗神仙学隐形术，常常要露出些马脚，不能彻底隐身，因而对罗神仙十分不满。罗神仙自有他的道理，"怀玺入人家，将困于鱼服"（就是说你如果学成了，随意出入百姓家，势必会遭遇危险）是一条，其实还有更重要的一条，见于《太平广记》卷二二记载："陛下玉书金格，已简于九清矣。真人降化，保国安人，诚宜习唐虞之无为，继文景之俭约，却宝剑而不御，弃名马而不乘。岂可以万乘之尊，四海之贵，宗庙之重，社稷之大，而轻狎小术，为戏玩之事乎？"也就是说你作为帝王，理应以唐尧、虞舜、汉文帝、汉景帝为学习榜样，一心治理好国家，怎么可以弃社稷、宗庙于不顾，醉心幻术，耽于游戏呢？罗公远的劝说称得上是义正词严，掷地有声。可惜唐玄宗是鬼迷心窍，一点听不进去，反而恼羞成怒，追杀不休。罗神仙遂施展隐身绝技，或在殿柱中，或在石碛内，极尽嘲弄之能事，最后不辞而别。后来唐玄宗一朝果然由盛而衰，发生安史之乱，玄宗逃命于蜀中，罗神仙还不忘托人带话予以讥诮。仅此一件事来说，处身方外的罗公远倒是一位明白人，而唐玄宗竟也有玩物丧志、想入非非的一面。

邢和璞

邢和璞偏得黄老之道①，善心算②，作《颍阳书疏》③，有叩奇，旋入空。或言有草④，初未尝睹⑤。成式见山人郑昉说⑥：崔司马者⑦，寄居荆州⑧，与邢有旧。崔病积年且死，心常恃于邢。崔一日觉卧室北墙有人勵声⑨，命左右视之，都无所见。卧室之北，家人所居也。如此七日，勵不已。墙忽透明如一粟。问左右，复不见。

经一日，穴大如盘。崔窥之，墙外乃野外耳。有数人，荷锹镵，立于穴前。崔问之，皆云"邢真人处分开此⑩，司马厄重⑪，倍费功力"。有顷，导驺五六⑫，悉平帻朱衣⑬，辟曰⑭："真人至。"见邢舆中，白帢垂缕⑮，执五明扇⑯，侍卫数十，去穴数步而止，谓崔曰："公算尽⑰，璞为公再三论，得延一纪⑱，自此无苦也。"言毕，璧如旧。旬日，病愈。

又曾居终南⑲，好道者多卜筑依之。崔曙年少⑳，亦随焉。伐薪汲泉，皆是名士。邢尝谓其徒曰："三五日有一异客，君等可为予各办一味也㉑。"数日，备诸水陆㉒，遂张筵于一亭，戒无妄窥。众皆闭户，不敢馨欬㉓。

邢下山延一客，长五尺，阔三尺，首居其半，绯衣宽博㉔，横执象笏。其睫疏长，色若削瓜㉕，鼓髯大笑，吻角侵耳。与邢剧谈㉖，多非人间事故也。崔曙不耐，因走而过庭。客熟视，顾邢曰："此非泰山老师乎㉗？"邢应曰："是。"客复曰："更一转，则失之千里，可惜！"及暮而去。邢命崔曙，谓曰："向客㉘，上帝戏臣也㉙。言泰山老师，颇记无？"崔垂泣言："某实泰山老师后身，不复忆，幼常听先人言之。"

　　房琯太尉祈邢算终身之事㉚，邢言："若来由东南，止西北，禄命卒矣。降魄之处㉛，非馆非寺，非途非署。病起于鱼飧㉜，休于龟兹板㉝。"后房自袁州除汉州㉞，及罢归，至阆州㉟，舍紫极宫。适雇工治木，房怪其木理成形，问之，道士称："数月前，有贾客施数段龟兹板，今治为屠苏也㊱。"房始忆邢之言。有顷，刺史具鲙邀房㊲，房叹曰："邢君神人也。"乃具白于刺史，且以龟兹板为托㊳。其夕，病鲙而终。(《壶史》)

【注】

　　①邢和璞：唐玄宗时人，隐颍阳石堂山。事见《新唐书·艺文志》《新唐书·方技传》。黄老之道：指道家。黄谓黄帝，老谓老子，道家以黄老为祖，故称道家为黄老。　②心算：筹算。　③《颍阳书疏》：《新唐书·艺文志》子部历算类著录"邢和璞《颍阳书》三卷"，应是一部讲运命历算之学的书。　④草：算草，底稿。　⑤未尝：并没有。　⑥山人：指隐士。　⑦司马：唐时府州上佐之一，多用来安置贬谪大臣。　⑧荆州：今属湖北。

⑨ 劚（zhú）：挖。　⑩ 处分：吩咐。　⑪ 厄：灾难。　⑫ 导驺：开道的骑卒。　⑬ 平帻：平顶的帽子。　⑭ 辟：开辟，指吆喝开道。　⑮ 帢（qià）：同"帕"，白纱做的便帽。绶：丝带。　⑯ 五明扇：一种掌扇。相传为尧所作，秦汉时公卿大夫用之，魏晋时只限帝王使用，成为仪仗。　⑰ 算：筹码，指年寿。　⑱ 一纪：十二年。　⑲ 终南：指终南山。　⑳ 崔曙：唐有诗人名崔曙（？—739），少孤贫，苦读于少室山中。开元二十六年（738）进试及第，释褐为河内尉。二十七年卒。不知此处所说崔曙是否此人。　㉑ 各：此字原缺，今据《太平广记》补。　㉒ 水陆：指水陆所产，山珍海味。　㉓ 謦欬（qǐng kài）：咳嗽。　㉔ 绯：红色。　㉕ 削瓜：削皮的瓜，青绿色。　㉖ 剧谈：开怀畅谈。　㉗ 泰山老师：疑即《神仙传》所说泰山老父。《太平广记》卷一一一引《神仙传》说："泰山老父者，莫知姓字。汉武帝东巡狩，见老翁锄于道旁，头上白光高数尺，怪而问之。老人状如五十许人，面有童子之色，肌肤光华，不与俗同。帝问有何道术，对曰：'臣年八十五时，衰老垂死，头白齿落。遇有道者，教臣绝谷，但服术饮水，并作神枕，枕中有三十二物。其三十二物中，有二十四物以当二十四气，八毒以应八风。臣行之，转老为少，黑发更生，齿落复出，日行三百里。臣今一百八十岁矣。'帝受其方，赐玉帛。老父后入岱山（泰山）中，每十年五年，时还乡里。三百馀年，乃不复还。"　㉘ 向客：先前那位客人。　㉙ 上帝戏臣：天帝的戏狎小臣。　㉚ 房琯（697—763）：字次律，河南（今河南洛阳）人。安史之乱时，唐玄宗幸蜀，琯追及之，即日拜文部尚书，同中书门下平章事。至德元载（756），奉使至灵武册封肃宗。后出为邠州、汉州刺史。宝应二年，于返京途中卒于阆州，年六十七。《旧唐书》卷一一一、《新唐书》卷一三九有传。　㉛ 降魄：道家称肉身终结为降魄，等于说死去。　㉜ 飧（sūn）：饭食。　㉝ 龟兹（qiū cí）：

西域国名，故址在今新疆库车。　㉞袁州：今江西宜春。汉州：今四川广汉。　㉟阆州：今四川阆中。　㊱屠苏：房屋。　㊲刺史：一州的行政长官。这里指阆州刺史。鲙（kuài）：同"脍"，生鱼片制成的菜肴。　㊳以龟兹板为托：托付刺史在他死后能以龟兹板为棺木。

【评】

邢和璞是初唐朝的有名术士，在《新唐书·方技传》中附见于《张果传》——张果即张果老，后来的"八仙"之一。《新唐书》称邢和璞"喜黄老"，"善知人夭寿"。这里所写的崔司马、崔曙、房琯三事，皆有关于夭寿。崔司马行将寿终之际，因和邢有情分，遂通过邢的争取，得以延长了十数年寿命。这样的说法很有欺骗性，因为人病得即使只剩一口气，也有恢复健康的可能，谁也无法认定他本来的寿限是在此前还是此后。也就是说，邢所谓"公算尽，仆为公再三论，得延一纪"，是根本无法验证的，只能看作术士的诳语。不过这个诳语对病人也许可以产生强烈的暗示作用，成为战胜病魔的一个转机。所以，这里写崔司马独自见到有人凿穿北墙，使自己重见光明，确实能够形象地表现出危重病人渴求复生的愿望，其寓意是很深刻的。至于写崔曙是泰山老师后身、房琯将死于旅途道观，无非要神化邢的未卜先知伎俩，事属荒诞不经，大可一笑置之。

权同休友人

秀才权同休友人①，元和中落第②，旅游苏、湖间③。遇疾贫窘，走使者本村野人④，雇已一年矣，疾中思甘豆汤，令其取甘草。雇者久而不去，但具火汤水⑤，秀才且意其怠于祗承⑥。复见折树枝盈握，仍再三搓之，微近火上，忽成甘草。秀才心大异之，且意必有道者。良久，取粗沙数掊，挼挼⑦，已成豆矣。及汤成，与饮无异，疾亦渐差⑧。

秀才谓曰："余贫迫若此，无以寸步⑨。"因褫垢衣授之⑩："可以此办少酒肉，予将会村老，丐少道路资也。"雇者微笑："此固不足办，某当营之。"乃斫一枯桑树，成数筐札⑪，聚于盘上，噀之⑫，悉成牛肉。复汲数瓶水，顷之，乃旨酒也⑬。村老皆醉饱，获束缣三千⑭。

秀才惭谢雇者曰："某本骄稚，不识道者久，今返请为仆。"雇者曰："予固异人，有少失，谪于下贱⑮，合役于秀才。若限未足，复须力于他人。请秀才勿变常，庶卒某事也⑯。"秀才虽诺之，每呼指，色上面靦靦不安⑰。雇者乃辞曰："秀才若此，果妨某事也。"因说秀才修短穷达之数⑱，且言："万物无不化者，唯淤泥中朱漆箸及发，药力不能化。"因去，不知所之也⑲。（《壶史》）

【注】

①秀才：乡贡举人中有博识高才者为秀才。　②元和：唐宪宗李纯年号（806—820）。落第：应试未被录取。　③苏：指苏州（今属江苏）。湖：指湖州（今属浙江）。　④走使者：供奔走支使的人。　⑤具火汤水：烧开水。　⑥祗承：敬谨奉行。

⑦ 掊（póu）：通"抔"，手捧。挼（ruó）：揉搓。搢（zùn）：推挤。 ⑧差：同"瘥"，病愈。 ⑨无以寸步：寸步难移。 ⑩褫（chǐ）：脱下。 ⑪札：木片。 ⑫噀（xùn）：喷。 ⑬旨酒：美酒。 ⑭束缣：整匹的缣帛。 ⑮谪（zhé）：被贬降职或流放。 ⑯庶：但愿，表示希望。 ⑰色上面蹙（cù）蹙不安：脸色显得很局促。 ⑱数：命运。 ⑲所之：到哪里去。

【评】

　　这则故事也写遇仙，但主人公（权同休友人）并不想求道成仙，而仙人也不想点化主人公成仙。这里所展示的只是仙家的种种异乎常人的手段，诸如折枝成甘草，斫枯桑变牛肉，取沙为豆，汲水成酒等，仿佛今天舞台上的幻术，的确精彩纷呈，引人入胜。在这些幻术的背后，如果说还能给我们一点有益的联想的话，那就是"走使者"（谪于下界的仙人）的忠于职守、甘于受罚，不因为是仙而骄人，也不因为是仙而无法无天。特别是他告别秀才之前，一则让秀才知道了自己前定的"修短穷达"的命运，一则又让秀才明白"万物无不化者"的道理，即是说前定的命运经过努力也有改变的可能性。这个临行赠词蕴含着一定的哲理，不啻为喻世良言。

卢山人

　　宝历中①，荆州有卢山人②，常贩烧朴石灰，往来于白洑南草市③，时时微露奇迹，人不之测。贾人赵元卿好事④，将从之游⑤，乃频市其所货⑥，设果茗⑦，诈访其息利之术⑧。卢觉，竟谓曰："观子意似不在所市，意有何也？"赵乃言："窃知长者埋形隐德⑨，洞过蓍龟⑩，愿垂一言⑪。"卢笑曰："今且验：君主人午时有非常之祸也，若是吾言，当免，君可告之。将午，当有匠饼者，负囊而至，囊中有钱二千馀，而必非意相干也⑫。可闭关⑬，戒妻孥勿轻应对⑭。及午，必极骂⑮，须尽家临水避之。若尔⑯，徒费三千四百钱也。"时赵停于百姓张家，即遽归语之。张亦素神卢生，乃闭门伺也。

欲午，果有人状如卢所言，叩门求籴⑰，怒其不应，因足其户。张重簀捍之⑱。顷聚人数百，张乃自后门，率妻孥回避之。差午⑲，其人乃去，行数百步，忽蹶倒而死。其妻至，众人具告其所为。妻痛切，乃号适张所⑳，诬其夫死有因。官不能评，众具言张闭户逃避之状。识者谓张曰："汝固无罪，可为办其死。"张欣然从断，其妻亦喜。及市橇就舆㉑，正当三千四百文。

因是，人赴之如市。卢不耐，竟潜逝。至复州界㉒，维舟于陆奇秀才庄门。或语陆："卢山人，非常人也。"陆乃谒。陆时将入京投相知，因请决疑㉓。卢曰："君今年不可动，忧旦夕祸作。君所居堂后，有钱一瓿㉔，覆以板，非君有也，钱主今始三岁，君慎勿用一钱，用必成祸。能从吾戒乎？"陆矍然谢之[25]。

及卢生去，水波未定，陆笑谓妻子曰："卢生言如是，吾更何求乎！"乃命家童锹其地，未数尺，果遇板，彻之，有巨瓮，散钱满焉。陆喜，其妻以裙运幻草贯之。将及一万，儿女忽暴头痛不可忍。陆曰："岂卢生言将征乎？"因奔马追及，且谢违戒[26]。卢生怒曰："君用之，必祸骨肉。骨肉与利轻重，君自度也。"棹舟去之不顾。陆驰归，醮而瘳焉[27]，儿女豁愈矣。

卢生到复州，又常与数人闲行，途遇六七人，盛服俱带，酒气逆鼻。卢生忽叱之曰："汝等所为不悛[28]，性命无几！"其人悉罗拜尘中[29]，曰："不敢，不敢。"其侣讶之，卢曰："此辈尽劫江贼也。"其异如此。

赵元卿言："卢生状貌，老少不常，亦不常见其饮食。"尝语赵生曰："世间刺客，隐形者不少。道者得隐形术，能不试。二十年可易形，名曰脱离[30]。后二十年，名籍于地仙矣[31]。"又言："刺客之死，尸亦不见。"所论多奇怪，盖神仙之流也。（《壶史》）

【注】

①宝历：唐敬宗李湛的年号（825—826）。 ②荆州：今属湖北。山人：山居者，指隐士。 ③草市：城外非正式的集市。

④贾（gǔ）人：商人。　⑤将：将要。　⑥市：买。货：出卖。　⑦茗：茶。　⑧息利：利息。　⑨窃：私下。　⑩洞：洞晓，透彻。蓍（shī）龟：用蓍草或龟甲占卜。　⑪垂：赐，施。　⑫意：心意，意图。干：求取。　⑬关：门闩。　⑭孥（nú）：儿子。　⑮极：亟，急。　⑯尔：如此，这样。　⑰籴（dí）：买进粮食。　⑱重（chóng）簟：竹席重叠。　⑲差：比较，稍微。　⑳适：到……去。　㉑槥（huì）：棺材。舆：车。　㉒复州：今湖北监利、洪湖一带。　㉓决疑：判断疑案。　㉔甒（wǔ）：陶制容器，多用来盛酒。　㉕矍（jué）然：急遽的样子。　㉖谢：道歉。　㉗醮（jiào）：祭祀。瘗（yì）：埋葬。　㉘悛（quān）：悔改。　㉙罗拜：罗列而拜，环绕下拜。　㉚脱离：即脱胎，脱离凡胎。　㉛地仙：住在人间的仙人。晋葛洪《抱朴子·论仙》："按《仙经》云：'上士举形升虚，谓之天仙。中士游于名山，谓之地仙。下士先死后蜕，谓之尸解仙。'"《仙术秘库》："地仙者，有神仙之才，无神仙之分，得长生不死，而作陆地游闲之神仙，为仙乘中之中乘者也。"

【评】

卢山人本来是一个"状貌老少不常，亦不常见其饮食"的地仙，原可以遨游名山，逍遥方外。但是，他却似乎尘缘深厚，不仅劳作贩卖、自食其力如凡人，而且处处为人解忧，时时劝人向善，喜怒哀乐也与凡人相同。这里主要写了两件事，一件是预先警示张家及时避祸，逃过一场人命官司，就是俗语常说的花钱免灾。另一件是奉劝陆秀才不可取不义之财，陆不听，遂殃及儿女，幸好悔悟得早，事情也就有惊无险。张、陆两家皆凡人，围绕两家所发生的事，正反映了唐代社会真实的人情世态，可恨也罢，可悲也罢，总之是让我们体味到了一点唐人的日常生活场景。至于卢山人的未卜先知、点化愚顽，表面看来是为了表现仙凡有别，而实质上恐怕还是代表了人们希望超越自身限制，追求美好人性和安定生活的愿望。

唐居士

长庆初①，山人杨隐之在郴州②，常寻访道者③。有唐居士④，土人谓百岁人，杨谒之，因留杨止宿。及夜，呼其女曰："可将一下弦月子来⑤。"其女遂帖月于壁上，如片纸耳。唐即起祝之曰："今夕有客，可赐光明。"言讫，一室朗若张烛⑥。（《壶史》）

【注】

①长庆：唐穆宗李恒年号（821—824）。　②山人：隐居不仕的人。郴州：今属湖南。　③道者：方士，有道术的人。　④居士：信奉佛道而在家修行者，亦指道行高深的人。　⑤下弦月：农历每月二十二日或二十三日，月相呈ᗡ形，称为下弦月。　⑥张：陈设。

【评】

道术的奇幻常有出人意料之外者，这位唐居士居然能够帖月于壁，光夺灯烛，其鱼龙曼衍之手段莫测，令人顿生许多遐想。读至这里，不由联想到清代蒲松龄《聊斋志异》中的《劳山道士》篇，蒲写道："师乃剪纸如镜，粘壁间。俄顷，月明辉室，光鉴毫芒。"又说："壁上月，纸圆如镜而已。"当初颇以为蒲氏笔下生花，极富创造力，殊不知蒲老夫子亦有所本，并非全出己撰。文学创作中后人借鉴前人，青出于蓝而胜蓝，于此略见一斑。

前集卷三

陆　操

　　魏使陆操至梁^①，梁王座小舆^②，使再拜^③，遣中书舍人殷炅宣旨劳问^④。至重云殿，引升殿，梁主着菩萨衣^⑤，北面^⑥。太子已下，皆菩萨衣，侍卫如法。操西向以次立^⑦，其人悉西厢东面。一道人赞礼佛词^⑧，凡有三卷，其赞第三卷中称为魏主、魏相高并南北二境士女^⑨。礼佛讫，台使与其群臣俱再拜矣^⑩。（《贝编》）

【注】

　　①陆操：字仲志，代（今山西大同）人。仕魏，以兼散骑常侍聘梁，使还，号廷尉卿，后徙御史中丞。天保中，卒于殿中尚书。《北史》卷二八有传。　②梁王：指梁武帝萧衍。小舆：舆车，王室用的轻车，小行幸乘之。　③再拜：一种礼仪。拜了又拜，表示恭敬。　④中书舍人：专掌起草诏敕兼转呈臣下章奏。劳问：慰问。殷炅，本书《前集》卷一《礼异》作"殷灵"，诸史无传，未详孰是。　⑤菩萨衣：僧服。按《魏书·萧衍传》："衍每礼佛，舍其法服，着乾陀袈裟……其臣下奏表上书，亦称衍为皇帝菩萨。"　⑥北面：面向北。　⑦西向：坐西向东。　⑧道人：僧人的别称。赞礼：典礼时司仪唱读仪式。　⑨魏主：指北魏孝武帝

元修。魏相高：指魏大丞相高欢。士女：泛指民众。　⑩台使：谒者台官员，掌宾赞、承旨传旨、劳问等事。

【评】

在中国佛教史上，梁武帝萧衍"佞佛"是出了名的。据《续高僧传·慧约传》记载，天监"十八年己亥，四月八日，天子发宏誓心，受菩萨戒。乃幸等觉殿，降雕玉辇，屈万乘之尊，申在三之敬，暂屏衮服，恭受田衣，宣度净仪，曲尽诚肃"，于时"大赦天下，率土同庆"。此后，他又在大通元年（527）、中大通元年（529）、中大同元年（546）、太清元年（547）四度"舍身"同泰寺为奴，皇太子以下内外百官"共敛珍宝而赎之"。他不仅自身持戒，也让"王侯子弟，皆受佛戒"（《魏书·萧衍传》），甚至其臣下奏表上书，亦要称之为"皇帝菩萨"。梁朝如此崇佛，当时朝廷上下究竟会是一种什么景象呢？只要看一下梁武帝在重云殿接见北魏使者的场面，就能明白一二。

同泰寺

魏李骞、崔劼至梁同泰寺①，主客王克、舍人贺季及三僧迎门引接②。至浮图中③，佛旁有执板笔者，僧谓骞曰："此是尸头④，专记人罪。"骞曰："便是僧之董狐⑤。"复入二堂，佛前有铜钵，中燃灯。劼曰："可谓'日月出矣，爝火不息'⑥。"（《贝编》）

【注】

①李骞：字希义，赵郡平棘（今河北赵县）人。博涉经史，文藻富盛。在魏累官散骑常侍、尚书左丞，并以本官兼散骑常侍使梁。入齐，重赠使持节、侍中、都督殷沧二州都军事、车骑大将军、仪同三司，出为殷州刺史，卒于官。《魏书》卷三六、《北史》卷三三有传。崔劼：字彦玄，贝丘（今山东临清南）人。魏末，累迁中书侍郎。兴和三年（541），以兼通直散骑常侍使于梁。入齐，拜齐州大中正，转五兵尚书、中书令，加开府仪同三司。《魏书》卷六七、《北齐书》卷四二、《北史》卷四四有传。同泰寺：在梁都建业（今江苏南京）宫城北掖门外路西。寺有浮图九层，大殿六所，小殿及堂十馀所，东西般若台各三层，大佛阁七层，所铸十方金像、十方银像极壮丽。梁武帝经常至寺讲经、设会、舍身。　②主客：即主客曹郎，是负责外交事务的官员。王克：王缋孙。美容貌，善容止，仕梁历司徒右长史、尚书仆射。入陈，位尚书右仆射。《南史》卷二三有传。舍人：指中书通事舍人。贺季：原作"贺季友"，按《梁书》《南史》无贺季友其人，"友"字疑涉下"及"字重出而误，《酉阳杂俎》卷七"刘孝仪"条称"梁贺季"可证，今据删。贺季为贺玚子，贺革弟，明《三礼》，历官尚书祠部郎，兼中书通直舍人，累迁步兵校尉、中书黄门郎、兼著作。《梁书》卷四八有传。　③浮图：佛塔。　④尸头：比丘名。梵语尸利沙迦，汉译为尸头，见《大威德陀罗尼经》卷十八。　⑤董狐：春秋时晋国史官，直笔记事，无所顾忌。事见《左传·宣公二年》。　⑥日月出矣，爝火不息：语出《庄子·逍遥游》："日月出矣，而爝火不息，其于光也，不亦难乎！"爝（jué）火：小火。

【评】

《梁书·武帝纪》记载："大同七年，夏四月戊申，魏遣使来聘。"这和《北史》卷四十四《崔劼传》说劼于兴和三年（541）使梁正相符合，那么，此条所记应该就是541年夏季的事，其来源则应该是王克接待完来使后所写的书面报告，即所谓《语辞》。

这里写的是魏使李骞、崔劼使梁时，由王克、贺季陪同到同泰寺参观。因为是外交场合，魏使处处想表现自己的学识，甚至在言语之间暗含讥讽，以便在外交上取得凌驾对方的有利地位。譬如，崔劼见佛堂上点着灯，就脱口引用了《庄子·逍遥游》中的语句，这看似掉书袋，实际上却有所戏谑。那意思是说，大白天还点着灯，这灯火能跟日月之光争辉吗？暗喻梁朝实不能与魏国相匹敌。史称南北朝时期的外交官员均需具备善清谈、能赋诗的条件，由此亦可见其一斑。

玄　奘

国初①，僧玄奘往五印取经②，西域敬之。成式见倭国僧金刚三昧言③，尝至中天④，寺中多画玄奘麻屩及匙箸⑤，以彩云乘之⑥，盖西域所无者。每至斋日，辄膜拜焉⑦。（《贝编》）

【注】

① 国初：指唐朝初年。按玄奘（zàng）西行求法在贞观元年（627），一说三年。　② 玄奘（600—664）：俗姓陈，名祎，洛州缑氏（今河南偃师）人。隋末出家，唐武德三年（620）于成都受具足戒。贞观元年，只身前往天竺（印度）求法。历游五天竺，宣讲大乘教义。十九年（645），返回长安，太宗礼遇甚隆，命于长安弘福寺组织译经，特建慈恩寺，召为上座。显庆三

年（658），移居西明寺。次年，居玉华宫。回国十九年，共译出佛经七十五部，总计千馀卷。《旧唐书》卷一九一有传。五印度：或称五天竺，简称五天，即东、南、西、北、中五方之天竺。　③倭国：唐朝对日本的称呼。　④中天：指中天竺。　⑤麻屧（juē）：草鞋。匙箸：筷子。　⑥乘：驾乘。　⑦膜拜：礼佛时合掌加额，长跪而拜。

【评】

玄奘西天取经在唐初，而段成式是晚唐人，中间相隔二百年。二百年后，段成式亲耳听日本僧人说，至今在中印度的寺院墙壁上，多画有玄奘当年所穿的草鞋及所用过的筷子，因为这是当地所没有的，所以往往附缀上五彩祥云，加以神化，而且每逢斋日还要顶礼膜拜。作为第一手资料，这无疑证明了玄奘在印度享誉之高，同时也为《旧唐书》本传所说"贞观初，随商人往游西域。玄奘既辩博出群，所在必为讲释论难，蕃人远近咸尊伏之"，提供了翔实的注脚。

梵僧不空

梵僧不空①，得总持门②，能役百神，玄宗敬之。岁常旱，上令祈雨，不空言："可过某日，今祈之，必暴雨。"上乃令金刚三藏设坛请雨③，连日暴雨不止，坊市有漂溺者。遽召不空，令止之。不空遂于寺庭中，捏泥龙五六，当溜水④，胡言骂之⑤。良久，复置之，乃大笑。有顷，雨霁。（《贝编》）

【注】

① 不空（705—774）：唐初高僧。本北天竺婆罗门，梵名阿月佉跋折罗。幼随舅父来中国，开元十二年（724）在洛阳出家。二十九年，奉唐玄宗令乘船往师子国（今斯里兰卡），并游历五天竺（印度），于天宝五载（746）返回长安。十二载，又奉诏往河西，住武威开元寺译经。至德元年（756）入京，住兴善寺。备受肃宗礼遇。大历九年圆寂，年七十。《宋高僧传》卷一有传。　② 总持：梵语陀罗尼的意译，谓持善不失，持恶不生，无有漏忌。　③ 金刚三藏：指金刚智三藏（661—732），本南印度摩赖耶国人，梵名跋日罗菩提。年十六出家，精研佛法。开元八年（720）到洛阳，先后住资圣寺、大荐福寺译经。二十年，卒于洛阳，年七十一。《宋高僧传》卷一有传。　④ 溜：通“霤”，屋檐滴水处。　⑤ 胡言：外国话，这里当指梵语。

【评】

金刚智三藏祈雨事，《宋高僧传》卷一《唐洛阳广福寺金刚智传》所记较此处为详，录如下：“后随驾洛阳，其年自正月不雨迨于五月，岳渎灵祠，祷之无应。乃诏智结坛祈请。于是用不空钩、依菩萨法，在所住处起坛，深四肘，躬绘七俱胝菩萨像，立期以开光，明日定随雨焉。帝使一行禅师谨密候之。至第七日，炎气爞爞，天无浮翳。午后，方开眉眼，即时西北风生，飞瓦拔树，崩云泄雨，远近惊骇。而结坛之地，穿穴其屋，洪注道场。质明，京城士庶皆云：‘智获一龙，穿屋飞去。’求观其处，日千万人，斯乃坛法之神验也。”

不空奉诏止雨，《宋高僧传》卷一《唐京兆大兴善寺不空传》亦有详细记载：“空之行化利物居多，于总持门最彰殊胜，测其忍位莫定高卑。始者玄宗尤推重焉，尝因岁旱，敕空祈雨，空曰：‘过某日可祷之，或强得之，其暴可怪。'敕请本师金刚智设坛，果风雨不止，坊市有漂弱者，树木有拔仆者。遽召空止之，空于寺庭中捏泥媪五六，溜水，作梵语骂之，有顷开霁矣。"

有了上面两段记述，再读《酉阳杂俎》的文字，便感到顺畅了许多，所记事实也就更清楚了。总之，这次祈雨和止雨曾吸引了京城千万人观看，在当时堪称轰动性新闻。只是段成式的记述虽早于《宋高僧传》，却可能得自传闻，未核高僧碑传，故反不如后者所记为详也。

崔玄暐

天后时，任酷吏罗织①，位稍隆者，日别妻子②。博陵崔玄暐③，位望俱极，其母忧之曰："汝可一迎万回④，此僧宝志之流⑤，可以观其举止，知其祸福也。"及至，母垂泣作礼，兼施银匙箸一双。万回忽下阶，掷其匙箸于堂屋上，掉臂而去⑥。一家谓为不祥。

经数日，令上屋取之，匙箸下得书一卷，观之，乃谶纬书也⑦，遽令焚之。数日，有司忽即其家，大索图谶⑧，不获，得雪⑨。时酷吏多令盗夜埋蛊⑩，遗谶于人家，经月，告密籍之⑪。博陵微万回⑫，则灭族矣⑬。（《贝编》）

【注】

①　天后：指武则天。自显庆（656—661）末起，武后乘唐高宗多病之机，威势日重，遂专国柄。上元元年（674），高宗称天皇，武后称天后。罗织：虚构罪名以陷害无辜。　②　隆：高。日：每日，随时。　③　崔玄昹：原作崔玄晖，今据两《唐书》本传改。崔玄昹（638—706）：博陵安平（今属河北）人。本名晔，避武则天祖讳改今名。历凤阁舍人、天官侍郎，长安三年（703）授鸾台侍郎、同平章事。当时来俊臣、周兴等酷吏诬陷良善，无故籍没数百家，他为之陈冤，终得雪免。唐中宗复位，以诛张易之兄弟有功，迁中书令，封博陵郡公，又进爵为王。不久为武三思构陷，贬白州司马，流古州，于道病卒。《旧唐书》卷九一、《新唐书》卷一二〇有传。　④　万回：唐初异僧。据《太平广记》卷九二引《谈宾录》及《两京记》所说，万回是阌乡人，俗姓张，生而痴顽，有异能，一日往返于长安与安西间，故号万回。武则天曾迎入内庭，指画吉凶，随事为验。　⑤　宝志（418—514）：亦作"保诔"、"宝诔"南朝梁僧人。俗姓朱，金城（今江苏句容）人。据《高僧传》卷一〇载，自宋泰始元年（465）后，言行怪异，"时或赋诗，言如谶记"，世人争相问祸福。齐武帝、梁武帝事之若神圣。天监十三年卒，年九十六。　⑥　掉臂：摆动胳膊走开，表示不顾而去。　⑦　谶（chèn）纬书：谶书和纬书，即诡为隐语以预决吉凶的书。　⑧　图谶：宣扬符命占验的书。　⑨　雪：昭雪。　⑩　蛊（gǔ）：诱惑，毒害。　⑪　经月：一个月。籍：籍没，没收。　⑫　微：如果不是，如果没有。　⑬　灭族：诛灭全族。

【评】

武则天于天授元年（690）改唐为周，以女主身份号令天下，称圣神皇帝。她在位期间的作为对社会、经济、文化的发展产生了何种影响，绝非三言两语所能道尽，这里姑且置之不论。与此处记载相关的事实是，武则天在谋取权力的过程中，曾经大肆剪除异己，滥杀无辜。唐初元老重臣如长孙无忌、褚遂良、于志宁、裴炎等，或贬或诛，李氏宗室诸王亦杀戮殆尽，更有多家世族以谋反罪名遭灭族。武则天执政后，又疑臣民不忠，乃重用酷吏周兴及来俊臣等广事罗织，消灭政敌。这里所说的崔玄暐就是其中一例，如果不是神僧万回预先代为化解，一旦被酷吏从家中搜出栽赃的图谶，势必要被满门抄斩了。这则故事的立意显然是为异僧张目，似乎崔玄暐可以借此最终躲过当时的政治陷害。而事实上并非如此，在弥漫一时的悲剧氛围中，躲得过初一，躲不过十五，崔玄暐后来被贬白州（今云南南华），流放古州（今广西永福西北），死于跋涉途中，即便再有异僧佑护也无能为力了。

前集卷四

五方人民

东方之人鼻大，窍通于目[1]，筋力属焉[2]。南方之人口大，窍通于耳。西方之人面大，窍通于鼻。北方之人，窍通于阴，短颈。中央之人，窍通于口。（《镜异》）

【注】

①窍：眼、耳、口、鼻等器官的孔。　②属：归属。

【评】

这则记事当取自《博物志》卷一《五方人民》篇，但有少许改动。《博物志》原文是："东方少阳，日月所出，山谷清，其人佼好。西方少阴，日月所入，其土窈冥，其人高鼻、深目、多毛。南方太阳，土下水浅，其人大口多傲。北方太阴，土平广深，其人广面缩颈。中央四析，风雨交，山谷峻，其人端正。"两相比较，后出者反而过于简略，语意不够明了。至于《太平广记》引《酉阳杂俎》而题作《四方蛮夷》，其立足点无疑是以中央之国自居，藐视四裔，这既违背了段成式的客观描述立场，也与张华的博闻本意相去十万八千里。

突　厥

突厥之先曰射摩[①]，舍利海有神，神在阿史德窟西[②]。射摩有神异，海神女每日暮，以白鹿迎射摩入海，至明送出，经数十年。后部落将大猎，至夜中，海神谓射摩曰："明日猎时，尔上代所生之窟，当有金角白鹿出。尔若射中此鹿，毕形与吾来往，或射不中，即缘绝矣。"

至明入围，果所生窟中有白鹿金角起，射摩遣其左右固其围，将跳出围，遂煞之。射摩怒，遂手斩阿吪首领，仍誓之曰："自煞此之后，须以人祭天。"即取阿吪部落子孙斩之以祭也。至今突厥以人祭纛[③]，常取阿吪部落用之。

射摩既斩阿吪，至暮还，海神女执射摩曰："尔手斩人，血气腥秽，因缘绝矣。"（《镜异》）

【注】

①突厥：突厥是六世纪初叶崛起于阿尔泰山西南麓的一个强大的游牧部落结合名称。突厥人最早居住在准噶尔盆地以北，后来又迁移到吐鲁蕃盆地西北的博格多山麓。5世纪中叶，柔然汗王国的势力曾到达准噶尔盆地和塔里木盆地的北部，突厥族人不得不受柔然汗国的役属，并被迫迁居到阿尔泰山的西南麓。　②阿史德：即阿史那。《隋书》卷八四《北狄传》说："或云，其（突厥）先国于西海之上，为邻国所灭，男女无少长尽杀之。至一儿，不忍杀，刖足断臂，弃于大泽中。有一牝狼，每衔肉至其所，此儿因食之，得以不死。其后遂与狼交，狼有孕焉。彼邻国者，复令人杀此儿，而

狼在其侧。使者将杀之，其狼若为神所凭，倏然至于海东，止于山上。其山在高昌西北，下有洞穴，狼入其中，遇得平壤茂草，地方二百馀里。其后狼生十男，其一姓阿史那氏，最贤，遂为君长，故牙门建狼头纛，示不忘本也。"　③纛（dào）：军中的大旗。

【评】

这是一则有关突厥先民的神话传说。在我国史籍中，关于突厥的缘起有数种说法，分别见于《周书·突厥传》《北史·突厥传》《隋书·突厥传》。史学家吕思勉先生归纳数种说法，得出结论说："今案诸说虽异，亦有可相沟通者。大约突厥之先，尝处于一海子之上；其海在高昌之西；其国为邻国所破，遁居高昌北山中；出山之后，转徙而至平凉；沮渠氏亡，再奔茹茹；茹茹处之金山；其人工于铁作，故为茹茹所倚重。其国凡有十姓，孑遗一儿，与狼交而生十子之说，为其族之神话；逮居金山，邻近本有契骨诸族，亦自有其神话，二者稍相糅合，于是阿贤设之前，更有所谓讷都六设，而其故国，亦自无名号变而有索国之称矣。以凉州附塞之族，播迁于漠北荒瘠之区，其能抚用其众，稍致盛强，固其所也。"（《两晋南北朝史》第十六章《晋南北朝四裔情形》）又据《周书》记载，突厥于西魏大统十一年（545）开始与中国交往。

拨拨力国

拨拨力国①，在西南海中，不食五谷，食肉而已。常针牛畜脉取血，和乳生食。无衣服，唯腰下用羊皮掩之。其妇人洁白端正②，国人自掠卖与外国商人，其价数倍。土地唯有象牙及阿末香③，波斯商人欲入此国④，团集数千，赍彩布，没老幼共刺血立誓，乃市其物。自古不属外国。战用象牙排、野牛角为矟⑤，衣甲弓矢之器，步兵二十万。大食频讨袭之⑥。

【注】

①拨拔力国：一作弼琶啰国（《诸蕃志》卷一），其地在今非洲索马里沿海的柏培拉。　②其妇人洁白端正：据考，拨拔力国原是白种人之一支派含族人，在穆斯林征服各国前，居于地中海南岸肥沃之狭长地带。（见杨博文《诸蕃志校释》）　③阿末香：一种香料，又名龙涎，即抹香鲸的分泌物。　④波斯：我国史籍中所称波斯有二，一在西亚，即今之伊朗，一在南海，即今苏门答腊岛的东北岸一带。这里指后者。　⑤矟（shuò）：兵器，长矛、矟。　⑥大食：唐对阿拉伯帝国的称呼。

【评】

这则记载是我国史籍最早记载拨拔力国的史料，后来《新唐书·西域传下》大食传中亦称："海中有拨拔力种，无所附属。不生五谷，食肉，刺牛血和乳饮之。俗无衣服，以羊皮自蔽。妇人明皙而丽。多象牙及阿末香，波斯贾人欲往市，必数千人纳毡剕血誓，乃交易。兵多牙角，而有弓、矢、铠、矟，士至二十万，数为大食所破略。"这显然是《酉阳杂俎》记述的摘要。再后来南宋的赵汝适在其所著《诸蕃志》中，才有了新的说法。《诸蕃志》卷上《弼琶啰》说："弼琶啰国，有四州，馀皆村落，各以豪强相尚。事天不事佛。土多骆驼、绵羊，以骆驼肉并乳及烧饼为常馔。产龙涎、大象牙及大犀角。象牙有重百馀斤，犀角重十馀斤。亦多木香、苏合香油、没药，玳瑁至厚。他国悉就贩焉。又产物名骆驼鹤，身顶长六七尺，有翼能飞，但不甚高。兽名徂蜡，状如骆驼，而大如牛，色黄，前脚高五尺，后低三尺，头高向上，皮厚一寸。又有骡子，红、白、黑三色相间，纹如经带，皆山野之兽，往往骆驼之别种也。国人好猎，时以药箭取之。"这里所说的"骆驼鹤"、"徂蜡"和有纹带的"骡子"，分别指今驼鸟、长颈鹿和斑马。与唐朝人乃至北宋人相比，南宋时对今非洲索马里一带已有了更多的了解。

郑 絪

郑絪相公宅，在昭国坊南门[①]，忽有物投瓦砾，五六夜不绝。乃移于安仁西门宅避之[②]，瓦砾又随而至。经久，复归昭国。

郑公归心释门，禅室方丈[③]。及归[④]，将入丈室，蟢子满室[⑤]，悬丝去地一二尺，不知其数。其夕，瓦砾亦绝。翌日，拜相。（《喜兆》）

【注】

①郑絪（752—829）：字文明，郑州荥阳（今属河南）人。宪宗立，拜中书侍郎、同平章事。元和四年（809）罢相。《旧唐书》卷一五九、《新唐书》卷一六五有传。相公：宰相的敬称。昭国坊：唐长安（今陕西西安）城的街巷。　②安仁：指安仁坊，也在长安城内。　③禅室方丈：《太平广记》引《祥异集验》作"宴处常在禅室"。　④及归：同上书作"及归昭国"。　⑤蟢子：一种长脚蜘蛛，古名蟏蛸。

【评】

见到蜘蛛，以为喜事将临，这是唐朝人的一种习俗。唐孔颖达《毛诗正义》疏解"蟏蛸在户"（《豳风·东山》）句说："蟏蛸，长踦，一名长脚。荆州、河内人谓之喜母。此虫来着人衣，当有亲客至，有喜也。幽州人谓之亲客，亦如蜘蛛，为网罗居之。"叫喜母也好，叫亲客也罢，总之属于喜兆。这种见蟢而喜的说法，其实早在唐以前就有了。三国时曹植《令禽恶鸟论》说："得蟢者莫不训而放之，为利人也。"北齐时刘昼《新论·鄙名》说："今野人昼见蟢子者，以为有喜乐之瑞。"所谓"野人"，自然是指民间，可见汉魏以来大江南北普遍流传此说。因此，这条记载把"蟢子满室悬丝"作为拜相的前兆毫不足怪，反倒是"有物投瓦砾"云云，有些故弄玄虚了。

姜楚公

姜楚公皎^①，常游禅定寺，京兆办局甚盛^②。及饮酒，座上一妓绝色，献杯整鬟，未尝见手，众怪之。有客被酒^③，戏曰："勿六指乎？"乃强牵视，妓随牵而倒，乃枯骸也。姜竟及祸焉。（《祸兆》）

【注】

① 姜楚公皎：即姜皎（673—722）。皎，秦州上邽（今甘肃天水）人。玄宗时授殿中少监，甚得宠信。参与蒴除太平公主，以功进殿中监，封楚国公。开元五年（717），玄宗用大臣议，诏令其归田自娱，后又召为秘书监。十年，因泄露禁中语，杖流钦州，死于途中。《旧唐书》卷五九、《新唐书》卷九一有

传。　②京兆：指京兆尹。京兆尹是首都长安的行政长官。　③被酒：中酒，喝醉了。

【评】

据两《唐书》记载，姜皎是唐玄宗在藩时的旧人，所以玄宗即位后，甚得宠信。其宠信程度已超越了君臣界限，请看《旧唐书》的叙述："（唐玄宗）数召入卧内，命之舍敬，曲侍宴私，与后妃连榻，间以击毬斗鸡，常呼之为姜七而不名也。兼赐以宫女、名马及诸珍物，不可胜数。玄宗又尝与皎在殿庭玩一嘉树，皎称其美，玄宗遽令徙植于其家，其宠遇如此。"正因为如此亲近，所以才能够参与玄宗翦除异己的密谋，事后因功晋升公爵。同时他弟弟姜晦亦为吏部侍郎，兄弟二人当朝用事，权倾一时。侍中宋璟等人，认为权宠太甚绝非久安之道，多次奏请对皎加以抑制，玄宗终于在开元五年（717）诏令姜皎回家自娱。不料几年后又起为秘书监，再次获得宠幸。这一次大臣们也就不客气了，于开元十年抓住他泄露禁中机密一事大作文章，最后将他杖流岭南。他在流放途中发病，了结了一生。事情就是这样，物极必反，姜皎邀宠作势，迟早要走向反面。当他不无得意地闲游禅定寺，京兆尹恭迎大驾、隆重接待之日，正是他盛极而衰之时。俗话说："善有善报，恶有恶报。不是不报，时候未到。时候一到，一切都报。"姜皎随后不久惹祸，完全出于必然，枯骸献酒之说当属传闻附会之词。

崔玄亮

崔玄亮常侍在洛中①，常步沙岸，得一石子，大如鸡卵，黑润可爱，玩之。行一里馀，砉然

而破^②。有鸟大如巧妇^③，飞去。（《物革》）

【注】

① 崔玄亮（768—833）：字晦叔，山东磁州（今河北磁县）人，居洛阳（今属河南）。历歙州、湖州刺史，与白居易、元稹时有唱酬。大和三年（829），告病归洛闲居。四年，迁散骑常侍。五年，拜太子宾客，分司东都。七年，出为虢州刺史，卒于任所。《旧唐书》卷一六五、《新唐书》卷一六四有传。　② 砉（xū）然：破裂声。　③ 巧妇：鹪鹩的俗称。全身灰色，有斑，常取茅苇毛毳为巢，大如鸡卵，系以麻发，甚精巧。

【评】

在河岸沙滩上捡拾卵石是很平常的事，如果不是卵石有异是根本不值一提的。妙就妙在崔玄亮捡在手里的黑卵石，居然是一颗鸟蛋，在手温孵化下，育成雏鸟，破壳飞去。或者可以说，崔玄亮捡拾到的黑卵石一样的东西，原本就是鹪鹩编织精巧的巢，所以才有小鸟的离巢而去。无论如何，这样的事情虽有点匪夷所思，但也在情理之中，玄则玄矣，却不涉神怪。

南孝廉

进士段硕^①，常识南孝廉者，善斫鲙^②，縠薄丝缕^③，轻可吹起。操刀响捷，若合节奏。因会客衒技^④，先起鱼架之，忽暴风雨，雷震一声，鲙悉化为蝴蝶飞去。南惊惧，遂折刀，誓不复作。（《物革》）

【注】

①进士：唐时科举制度，经州县乡试后解送中央的考生，通称乡贡，其中又有秀才、明经、进士、孝悌力田等不同类别。《唐六典》说："凡贡举人，有博识高才，强学待问，无失俊选者为秀才；通二经已上者为明经；明闲时务，精熟一经者为进士，通达律令者为明法；其人正直清修，名行孝义，旌表门闾，堪理时务，亦随宾贡，为孝悌力田。"（卷三十《京县畿县天下诸县官吏》"功曹司功参军"条）　②斫（zhuó）鲙（kuài）：切生鱼片。　③縠（hù）：绉纱。　④衒（xuàn）：通"炫"，炫耀。

【评】

古人的菜单中，最重食鲙。鲙是生切的鱼片或鱼丝，配以调料即可食用。做鱼鲙贵在刀工，所切要薄要细。上佳的刀工堪称绝技，颇为人称羡，每见于文人诗赋中。如后汉傅毅的《七激》说："涔养之鱼，脍其鲤鲂。分毫之割，纤如发芒。散如绝谷，积如委红"。（《艺文类聚》卷五七引）又如桓麟的儿子桓郴写的《七设》，有句说："三牲之供，鲤鲔之鲙。飞刀徽整，叠似蚋羽。"（《北堂书钞》卷一四五引）以上是说鱼片、鱼丝薄如蚊翼，细如发芒。再譬如晋人潘岳的《西征赋》说："饔人缕切，鸾刀若飞。"（《文选》卷一〇）潘尼的《钓赋》说："乃命宰夫，脍此潜鳞。电割星流，芒散缕解。随风离锷，连翩雪累。"（《艺文类聚》卷六六引）唐大诗人杜甫亦有诗说："饮化莼丝熟，刀鸣鲙缕飞。"（《陪王汉州留杜绵州泛房公西湖》）又说："饔子左右挥霜刀，脍飞金盘白雪高。"（《观打鱼歌》）以上是说斫工飞刀逞技的。至于段成式的这则记述，更是发挥想象达到极致，把鱼片比作蝴蝶翅膀，在风雨中翩翩飞去。因为段成式的想象太美了，从此鱼鲙这道美食也便称作"化蝶鲙"了。

前集卷五

王　固

于頔在襄州①，尝有山人王固谒见于。于性快②，见其拜伏迟缓，不甚知书生③。别日游宴，不复得进，王殊怏怏④。因至使院，造判官曾叔政，颇礼接之。

王谓曾曰："予以相公好奇，故不远而来，今实乖望矣。予有一艺，自古无者，今将归，且荷公见待之厚⑤，今为一设。"遂诣曾所居，怀中出竹一节及小鼓，规才运寸⑥。

良久，去竹之塞，折枝连击鼓子。筒有蝇虎子数十⑦，分行而出，为二队，如对阵势。每击鼓或三或五，随鼓音变阵，天衡地轴⑧，鱼丽鹤列⑨，无不备也。进退离附，人所不及。凡变阵数十，乃行入筒中。

曾观之大骇，方言于于公，王公已潜去。于悔恨，令物色求之，不获。（《诡习》）

【注】

　①于頔（dí，？—818）：字允元，河南（今河南洛阳）人。唐

德宗贞元十四年（798），为襄州刺史，充山南东道节度观察，扩军聚敛，恣意虐杀，俨然专有汉南之地，以凌上威下为务。宪宗即位，威肃四方，稍稍戒惧。《旧唐书》卷一五六、《新唐书》卷一七二有传。襄州：今湖北襄阳。　②快：放肆，直率。　③知：相知，相亲。　④怏怏：不满意、不服气的样子。　⑤荷（hè）：承当。　⑥规：法度，规矩。运寸：直径一寸，此指小鼓。　⑦蝇虎子：蜘蛛的一种，体小脚短，色白或灰，不结网，常于壁上捕食苍蝇。　⑧天衡地轴：指阵形、阵法。　⑨鱼丽鹤列：也指阵形、阵法。"鱼丽"见《左传·桓公五年》注引《司马法》："战车二十五乘为偏，以车居前，以伍次之，承偏之隙而弥缝缺漏也。五人为伍。此盖鱼丽阵法。""鹤列"见《庄子·徐无鬼》注："鹤列，陈兵也。"

【评】

　　这是一则驯蝇虎的趣事，写来不温不火，给人以很直观的感受。唐时百戏、杂技繁多，舞象犀之类驯兽表演屡见记载，驯蝇虎或亦其一种。史称于頔在襄州颇骄纵，这则故事正讥其用人唯以貌取，因而痛失子羽。

郧乡民

　　元和末①，均州郧乡县有百姓②，年七十，养獭十馀头，捕鱼为业，隔日一放出。放时，先闭于深沟斗门内，令饥，然后放之。无网罟之劳，而获利相若③。老人抵掌呼之，群獭皆至，缘衿藉膝，驯若守狗。户部郎中李福④，亲观之。（《诡习》）

【注】

①元和：唐宪宗李纯年号（806—820）。 ②均州郧乡县：今湖北郧县。 ③相若：相等。 ④户部郎中：尚书省户部头司户部司长官，辅佐尚书、侍郎掌全国户籍、土地、赋役等政令。李福：字能之，唐宗室，宰相李石的弟弟。开成三年（838），授监察御史。历商、郑、汝、颍、滑五州刺史，入为刑部、户部尚书，乾符初，加检校司空、同平章事。《旧唐书》卷一七二、《新唐书》卷一三一有传。

【评】

这是一则养獭捕鱼的实录，得自李福的亲身经历，平实可信。当时养獭捕鱼者必定很少，少见多怪，故段成式认为这是一种很特异的行为，就将此事编入《诡习》之中，与王固的驯蝇虎等列齐观。今天看来，一为生产本领，一为杂耍小技，本自有高下、虚实之别，是不该混为一谈的。

梵僧难陀

丞相张魏公延赏①，在蜀时，有梵僧难陀得如幻三昧②，入水火，贯金石，变化无穷。初入蜀，与三少尼俱行，或大醉狂歌，戍将将断之。及僧至，且曰："某寄迹桑门③，别有药术。"因指三尼："此妙于歌管。"戍将反敬之，遂留连为办酒肉，夜会客，与之剧饮④。

僧假裲裆巾帼⑤，市铅黛⑥，伎其三尼⑦。及坐，含睇调笑，逸态绝世。饮将阑⑧，僧谓尼曰："可为押衙踏某曲也⑨。"因徐进对舞，曳绪回雪⑩，迅赴摩跌，技又绝伦也。良久，曲终而舞不已。僧喝曰："妇女风邪⑪！"忽起取戍将佩刀，众谓酒狂，各惊走。僧乃拔刀斫之，皆踣于地⑫，血及数丈。戍将大惧，呼左右缚僧。僧笑曰："无草草。"徐举尼，三支筇杖也⑬，血乃酒耳。

又尝在饮会，令人断其头，钉耳于柱，无血。身坐席上，酒至，泻入脰疮中⑭，面赤而歌，手复抵节⑮。会罢，自起提首安之，初无痕也。时时预言人凶衰，皆谜语，事过方晓。

成都有百姓供养，数日，僧不欲住，闭关留之。僧因是走入壁角，百姓遽牵，渐入，唯馀袈裟角，顷亦不见。来日壁上有画僧焉，其状形似。日日色渐薄，积七日，空有黑迹。至八日，迹亦灭，僧已在彭州矣⑯。后不知所之。（《怪术》）

【注】

①张魏公：即张延赏（727—787），蒲州猗氏（今山西临猗）人。历荆南、剑南西川节度使。贞元初，迁中书侍郎、同平章事。《旧唐书》卷一二九、《新唐书》卷一二七有传。　②梵僧：古印度来的僧人。　③桑门：梵语"沙门"的异译，指僧徒。　④剧饮：豪饮。　⑤裲裆（liǎng dāng）：长度及腰，只蔽胸背的上衣。

巾帼：妇女的头巾和发饰。　⑥铅黛：妇女的化妆品。铅指铅粉，用以涂面；黛指黛墨，用以画眉。　⑦伎：同"技"。　⑧阑：残尽。　⑨押衙：唐方镇使府的幕职。这里是称上文的戍将。踏：踏歌，联臂踏地为歌舞。　⑩曳绪：抽丝，形容舞姿连贯。回雪：形容舞姿如雪回旋。　⑪风：通"疯"，疯狂。　⑫踣（bó）：倒毙。　⑬筇杖：竹杖。　⑭脰（dòu）：脖子。　⑮抵节：击节，打拍子。　⑯彭州：今属四川。

【评】

　　这是一则关于杂技、幻术的故事。杂技、幻术是我国的乡土技艺，但自汉以来，已深受西域的影响。西域传来的节目以幻术为最多，据《史记·大宛传》《汉书·张骞传》注记载，其节目有"吞刀、吐火、植瓜、种树、屠人、截马"。又据《后汉书·西南夷传》，尚有"自支解、易牛马头"等。这些节目多形象残酷，有类苦刑。到了唐代，宫廷杂剧以散乐百戏为主，规模盛大，节目多种多样，而民间则流行幻术，传统节目仍是"鱼龙漫衍"（鱼龙变幻）和"吞刀吐火"、"自支解"之类。这里所写的是中唐时期梵僧的几次表演，有一次是以三支筇杖变为三少尼起舞，拔刀砍之，血流数丈，一切逼真，情景可怖。又一次是自残身躯，将头颅割下钉在柱子上，脖子断处还能饮酒，饮后头颅面赤，后来把头复位，连点痕迹都没有。最后一次是不耐烦被成都百姓供养，隐入墙壁，七日后壁上无踪迹，人已在百里外的彭州。凡此种种，未必实有其事，但可以反映出唐代的幻术一定十分精彩，其变化之多，足以眩人耳目，惊心动魄。

李秀才

虞部郎中陆绍①，元和中②，尝看表兄于定水寺，因为院僧具蜜饵、时果，邻院僧亦陆所熟也，遂令左右邀之。良久，僧与一李秀才偕至，乃环坐，笑语颇剧③。

院僧顾弟子煮新茗，巡将匝而不及李秀才④。陆不平曰：“茶初未及李秀才⑤，何也？”僧笑曰：“如此秀才，亦要知茶味？且以馀茶饮之。”邻院僧曰：“秀才乃术士，座主不可轻言⑥。”其僧又言：“不逞之子弟⑦，何所惮！”秀才忽怒曰：“我与上人素未相识⑧，焉知予不逞徒也？”僧复大言：“望酒旗，玩变场者⑨，岂有佳者乎！”李乃白座客：“某不免对贵客作造次矣⑩。”

因奉手袖中，据两膝，叱其僧曰：“粗行阿师，争敢辄无礼！柱杖何在，可击之！”其僧房门后有筇杖子，忽跳出，连击其僧。时众亦为蔽护，杖伺人隙捷中，若有物执持也。李复叱曰：“捉此僧向墙。”僧乃负墙拱手，色青气短，唯言乞命。李又曰：“阿师可下阶。”僧又趋下，自投无数⑪，衄鼻败颡不已⑫。众为请之，李徐曰⑬：“缘对衣冠⑭，不能煞此为累。”因揖客而去。

僧半日方能言，如中恶状，竟不之测也。（《怪术》）

【注】

①虞部郎中：尚书省工部第三司虞部司长官，掌管京城街巷种植、山泽苑囿及百官时蔬薪炭供给与畋猎等事。　②元和：唐宪宗李纯年号（806—820）。　③剧：厉害，热烈。　④匝：环绕一周。　⑤初：从没有。　⑥座主：佛教语，指大众一座之主。　⑦不逞：不得志，为非作歹。　⑧上人：佛教称具备德智善行的人。　⑨酒旗：酒店的标帜。变场：唐时表演转变（说唱故事）的场所。　⑩造次：轻率。　⑪投：投地，磕头。　⑫衄（nǜ）：鼻孔出血。败颡（sǎng）：碰破额头。　⑬徐：缓慢。　⑭缘：因为。衣冠：指士大夫。

【评】

唐朝初年设科取士，秀才科与进士科同置，秀才的声望甚至高于进士科。后来由于种种原因，秀才科废止。开元、天宝以后，凡称秀才，一般即是称进士科，或者是泛指读书应举的人。这则故事发生在元和年间，在开元、天宝后，所谓李秀才者显然并无功名，只是泛指李姓书生。而且从院僧指斥"望酒旗，玩变场"来推测，大约当时不少读书人耽于饮宴嬉游，不务正业，所以李秀才不容分说便被归入纨绔子弟之列。李秀才恼羞成怒，以道术惩治院僧，总算出了一口恶气。李秀才是否真的有此神奇法力用不着深究，我们从这里所看到的，是故事的传播者对道术的欣赏与神往。的确，道教在唐朝曾大行其道，上自帝王，下至百姓，信神求仙，炼丹服食，几乎无所不在。明了上述背景，再看李秀才，也就会知道其人不过是士大夫对道教心存幻想的化身，这其中也表现了道家者流对佛教的轻侮和排击。

费鸡师

蜀有费鸡师，目赤，无黑睛，本濮人也[①]。成式长庆初见之[②]，已年七十馀。或为人解灾，必用一鸡，设祭于庭[③]。又取江石如鸡卵，令疾者握之。乃踏步作气嘘叱，鸡旋转而死，石亦四破[④]。

成式旧家人永安，初不信，尝谓曰："尔有大厄[⑤]。"因丸符逼令吞之，复去其左足鞋及袜，符展在足心矣[⑥]。又谓奴沧海曰："尔将病。"令袒而负户，以笔再三画于户外，大言曰："过！过！"墨遂透背焉。（《怪术》）

【注】

① 濮：今山东鄄城北。　② 长庆：唐穆宗李恒年号（821—824）。这里说长庆初见之，当时段成式大约十九或二十岁。　③ 设祭于庭：唐韦绚《戎幕闲谈》也记有费鸡师事，所述较详。关于用鸡设祭事，韦书说："凡有病者来告，鸡师即抱一鸡而往。及其门，乃持咒其鸡，令入内，抵病者之所。鸡入而死，病者差，鸡出则病者不起矣。"（《太平广记》卷四二四引）　④ 石亦四破：同上书说："又以石子置病者腹上，作法结印。其石子断者，其人亦不起也。"　⑤ 厄：灾难。　⑥ 符展在足心矣：有关书符事，同上书说："又能书符，先焚符为灰，和汤水与人吞之，俄复吐出，其符宛然如不烧。"

【评】

韦绚（801—?）和段成式是同一时代的人。段在长庆（821—

824）初随父抵蜀，韦在太和（827—835）中为西川节度使巡官，亦在蜀。韦所撰《戎幕闲谈》，主要记录西川节度使李德裕的琐闻逸事，间亦涉及当时成都的社会生活。韦听到费鸡师事应在段后，可能因为事情越传越神，所以韦之所记较段为详。若仔细体味两人叙述时的心理，段似乎尚在疑似之间，而韦已入其彀中，尽信无疑矣。段所写发生在家人身上的两条实例，无一是为了治病，倒像是幻术表演。虽说是亲身见闻，但和手到病除之事毕竟不同，段成式不免心存疑问，冷眼作壁上观也。

石　旻

众言石旻有奇术，在扬州①，成式数年不隔旬与之相见，言事十不一中，家人头痛嚏咳者，服其药，未尝效也。至开成初②，在城亲故间，往往说石旻术不可测。

盛传宝历中③，石随钱徽尚书值湖州④，尝在学院⑤，子弟皆以文丈呼之。于钱氏兄弟求兔汤饼⑥，时暑月，猎师数日方获。因与子弟共食，笑曰："可留兔皮，聊志一事。"遂钉皮于地，垒墼涂之⑦，上朱书一符，独言曰："恨校迟⑧，恨校迟。"钱氏兄弟诘之，石曰："欲共诸君共记卯年也。"至太和九年⑨，钱可复凤翔遇害⑩，岁在乙卯⑪。（《怪术》）

【注】

①扬州：今属江苏。段成式大约从太和元年（827）至四年在扬州。　②开成：唐文宗李昂年号（836—840）。　③宝历：唐敬宗李湛年号（825—826）。　④钱徽（755—829）：字蔚章，湖州吴兴（今属浙江）人。元和中，为翰林学士，拜中书舍人。十一年（816），请罢淮西之征，触怒宪宗，出为虢州刺史。穆宗立，召入为礼部尚书。以科举徇私案，贬江州刺史，改华州。太和二年（828），以吏部尚书致仕。三年卒，年七十五。《旧唐书》卷一六八、《新唐书》卷一七七有传。　⑤学院：指湖州州学。　⑥钱氏兄弟：指钱徽子可复、可及兄弟。兔汤饼：用兔肉煮成的汤面。　⑦墼（jī）：用泥土抟成的圆块。　⑧恨校迟：可惜考校晚了。　⑨太和九年：835年。　⑩凤翔遇害：太和九年，郑注为凤翔节度使，钱可复为节度副使。甘露之变时，郑注引兵入京接应，中途闻事败而返，郑注与钱可复等皆为监军所杀。事见《旧唐书》卷一六八《钱可复传》。凤翔，今属陕西。　⑪岁在乙卯：太和九年为乙卯年。秦汉以后，以十二生肖配十二支，卯代表兔。

【评】

段成式虽然喜欢怪异之谈，但绝非听风就是雨的盲从之辈。譬如对于石旻这个人，众人都说石旻有奇术，他偏不信。因为他和石旻在扬州打交道多年，石旻无论是预言某事，还是指人治病，都没有应验过。而且早在石旻来扬州之前，他们就曾见过面，知道石旻“尤妙打弹”（即善于玩藏钩猜中的游戏），但那不过是善于察人“举止辞色”的手段（见《酉阳杂俎》卷六《艺绝》）而已，并不存在神奇之处。所以，当十数年后，他又听人们说起石旻，吹得神乎其神的时候，好像还是不以为然。即使记下石旻以兔皮预言太和九年（乙卯）将要发生的事，也有些聊备一说的意思。

翟乾祐

云安井^①，自大江泝别派^②，凡三十里。近井十五里，澄清如镜，舟楫无虞^③。近江十五里，皆滩石险恶，难于沿泝。

天师翟乾祐^④，念商旅之劳，于汉城山上结坛^⑤，考召追命群龙。凡一十四处，皆化为老人，应召而止。乾祐谕以滩波之险，害物劳人，使皆平之。一夕之间，风雷震击，一十四里，尽为平潭矣^⑥。惟一滩仍旧，龙亦不至。乾祐复严敕神吏追之，又三日，有一女子至焉，因责其不伏应召之意。女子曰："某所以不来者，欲助天师广济物之功耳^⑦。且富商大贾，力皆有馀，而佣力负运者^⑧，力皆不足。云安之贫民，自江口负财货至近井潭，以给衣食者众矣，今若轻舟利涉，平江无虞，即邑之贫民无佣负之所，绝衣食之路，所困者多矣。余宁险滩波以赡佣负，不可利舟楫以安富商。所以不至者，理在此也。"乾祐善其言，因使诸龙皆复其故。风雷顷刻，而长滩如旧。

天宝中^⑨，诏赴上京，恩遇隆厚。岁馀，还

故山，寻得道而去⑩。(《怪术》)

【注】

①云安：今重庆云阳。因县有盐井，故称云安井。　②大江：长江。别派：支流，此指云安西之小汤溪。　③虞：忧患。　④天师：僧道术士的尊称。意思是说天授为人道之师。翟乾祐：据《仙传拾遗》："翟乾祐，云安人也。庞眉广颡，巨目方颐，身长六尺，手大尺馀。每揖人，手过胸前。尝于黄鹤山师事来天师，尽得其道，能行气丹篆，陆制虎豹，水伏蛟龙。卧常虚枕。往往言将来之事，言无不验。"(《太平广记》卷三〇引)又据《历世真仙通鉴》："翟法言，字乾祐，夔州人。少喜《老子》，悦志清修。年四十一矣，忽得真人授以宝笈灵文三科，乃筑静室恪修。能召遣鬼神，常拯人疾苦，炼黄白物，施济穷者。后乃尸解去。"　⑤汉城山：在云阳县北十五里。　⑥平潭：平湖。　⑦济物：济人，拯人疾苦。　⑧佣力：受雇出卖劳力。　⑨天宝：唐玄宗李隆基年号（742—756）。　⑩寻：不久。

【评】

翟天师驱遣群龙排除险滩，疏通水道，本想兴利除害，造福一方。孰料其中一龙另有见解，认为如果轻舟利涉成为事实，势必剥夺了当地贫民佣负为生的饭碗，两害相较取其轻，不如维持险滩以赡佣负。翟天师从谏如流，又让群龙将已排除的十四处险滩恢复原状。看起来翟天师始终在为民众着想，但归根结底险滩阻碍航运，不利于民生的发展，佣负者虽暂时保住了饭碗，却也失去了一次彻底改善生存现状的机会。这其中所蕴含的思想，恐怕主要还是人们想排除险滩，而在当时条件下又无能为力的一种情绪渲泄，暂时保住饭碗之说不过是聊以自慰而已。

一　行

玄宗既召见一行①，谓曰："师何能？"对曰："惟善记览。"玄宗因诏掖庭②，取宫人籍以示之。周览既毕，覆其本，记念精熟，如素所习。读数幅之后，玄宗不觉降御榻，为之作礼，呼为圣人③。

先是一行既从释氏，师事普寂于嵩山④。师尝设食于寺，大会群僧及沙门⑤，居数百里者，皆如期而至，聚且千馀人。时有卢鸿者⑥，道高学富，隐于嵩山，因请鸿为文，赞叹其会。至日，鸿持其文至寺，其师受之，致于几案上。钟梵既作⑦，鸿请普寂曰："某为文数千言，况其字僻而言怪，盍于群僧中选其聪悟者⑧，鸿当亲为传授。"乃令召一行。既至，伸纸微笑，止于一览，复致于几上。鸿轻其疏脱，而窃怪之⑨。俄而群僧会于堂，一行攘袂而进⑩，抗音典裁⑪，一无遗忘。鸿惊愕久之，谓寂曰："非君所能教导也，当从其游学。"

一行因穷大衍⑫，自此访求师资，不远数千里。尝至天台国清寺⑬，见一院，古松数十步，门有流水。一行立于门屏间，闻院中僧于庭布算，其声籁籁。既而谓其徒曰："今日当有弟子求吾算法，已合到门，岂无人道达耶？"即除一算，又谓曰："门前水合却西流，弟子当至。"一行承言而入，稽首请法[14]，尽受其术焉，而门水旧东流，今忽改为西流矣。

邢和璞尝谓尹愔曰[15]："一行其圣人乎[16]？汉之洛下闳造《太初历》[17]，云：'后八百岁当差一日，则有圣人定之。'今年期毕矣，而一行造《大衍历》正其差谬，则洛下闳之言信矣。"

一行又尝诣道士尹崇，借扬雄《太玄经》[18]。数日，复诣崇，还其书。崇曰："此书意旨深远，吾寻之数年，尚不能晓。吾子试更研求，何遽还也？"一行曰："究其义矣[19]。"因出所撰《太衍玄图》及《义诀》一卷以示崇。崇大嗟服，曰："此后生颜子也[20]。"

至开元末[21]，裴宽为河南尹[22]，深信释氏，师事普寂禅师，日夕造焉。居一日，宽诣寂，寂云："方有小事，未暇款语，且请迟回休憩也[23]。"宽乃屏息，止于空室。见寂洁正堂，焚香端坐。坐未久，忽闻叩门，连云："天师一行和尚至矣。"一行入，诣寂作礼，礼讫，附耳密语，其貌绝恭，但颔云："无不可者。"语讫礼，礼讫又语，如是者三，寂惟云："是，是，无不可者。"一行语讫，降阶入南室，自阖其户。寂乃徐命弟子云："遣钟，一行和尚灭度矣[24]。"左右疾走

视之，一行如其言灭度。后宽乃服衰绖葬之^㉕，自徒步出城送之。（《怪术》）

【注】

①一行（683—727）：俗姓张，名遂，昌乐（今河南南乐）人。少聪敏，博览经史，尤精历象、阴阳、五行之学。年二十一，隐于嵩山，以普寂为师。开元五年（717）入京。九年，受命改行历法。十三年，撰成《大衍历》草稿。十五年卒，年四十五。《旧唐书》卷一九一有传。　②掖庭：宫中官署，掌宫人事。　③圣人：对佛、菩萨等得道者的尊称。　④普寂（650—739）：俗姓冯，河东（今山西永济）人。从神秀学禅法，尽得其道。开元初，居嵩山嵩阳寺，徒侣甚众，天下好禅者皆称受法其门。生性凝重寡言，持戒清慎，为世人所称。以开元二十七年（739）寂于上都兴唐寺，寿八十九。《旧唐书》卷一九一有传。　⑤沙门：泛指佛教僧侣。　⑥卢鸿：一作卢鸿一，字浩然，范阳（今北京西南）人，徙居洛阳（今属河南）。博学能诗，善书法，尤工于画山水树石。隐于嵩山，开元初，玄宗屡次征召，不赴。六年（718），至东都洛阳，拜谏议大夫，固辞还山，授徒以终。《旧唐书》卷一九二、《新唐书》卷一九六有传。　⑦梵：诵唱佛经。　⑧盍：何不。　⑨窃：暗中。　⑩攘袂：揎袖捋臂，奋起的样子。　⑪抗音典裁：高声裁断。　⑫大衍："大"即大数；"衍"即演，指用大数以演卦。这里也可指造《大衍历》。《易·系辞上》："大衍之数五十。"韩康伯注引王弼曰："演天地之数，所赖者五十也。"孔颖达疏引京房说："五十者谓十日、十二辰、二十八宿也。"一行用《易》大衍之数立说，故所造历名《大衍历》。　⑬天台国清寺：在今浙江天台山。　⑭稽首：跪拜礼。　⑮邢和璞：唐初术士，喜黄老之学，著有《颍阳书》。事见《新唐书》卷二〇四。尹愔：秦州天水（今属

甘肃）人。博学，尤精《老子》。初为道士，玄宗召对，拜谏议大夫、集贤院学士，专管集贤院、国史馆图书。开元末卒。《新唐书》卷二〇〇有传。　⑯ 其：句中语气词，表示反问。　⑰ 洛下闳：即落下闳，字长公，巴郡阆中（今属四川）人。汉武帝时，与邓平、唐都合作创制《太初历》。事见《史记》卷二六《历书》，《汉书》卷二一上《律历志》。《太初历》：我国第一部有完全文字记载的历法。秦统一中国后，在全国颁行统一的历法，即颛顼（zhuān xū）历。颛顼历行用夏正，以十月为岁首，岁末置闰。一直延用到汉武帝元封七年（前 104），始改用洛下闳等创制的新历，并改此年为太初元年。后人称为《太初历》。《太初历》以正月为岁首，以没有中气的月份为闰月，使月份与季节配合得更为合理。　⑱《太玄经》：西汉扬雄撰。体例模仿《周易》，试图运用阴阳、五行思想及当时的天文历法知识，以占卜的形式来解释世界，其中包含有一些辩证法观点。　⑲ 究：明白。　⑳ 颜子：指颜回（前 521—前 490），孔子的弟子。字子渊，也称颜渊。在孔子弟子中以德行著称，后世儒家尊为“复圣”。　㉑ 开元：唐玄宗李隆基年号（713—741）。　㉒ 裴宽（681—755）：绛州闻喜（今属山西）人。开元二十一年（733）为户部侍郎。迁吏部，出为蒲州刺史。徙河南尹，不屈附权贵，有政声。《旧唐书》卷一〇〇、《新唐书》卷一三〇有传。河南尹：河南府（今河南洛阳）行政长官。　㉓ 迟回：滞留。　㉔ 灭度：梵语涅槃的意译，指僧人死亡。　㉕ 衰（cuī）：一种丧服。绖（dié）：用麻做的丧带，系在头上或腰上。

【评】

　　一行从开元十三年（725）起开始编制新历，经过两年时间写成初稿，定名为《大衍历》。一行不幸逝世，年仅四十五岁。初稿后经张说和历官陈玄景等整理成书，于开元十七年颁行全国。开元二十一年，《大衍历》还传入东邻日本，行用近百年。据天文学家研究测定，当初洛下闳等人创制的《太初历》，采用135个月为一交食周期，一周期中太阳通过黄白交点二十三次，两次为一食年，即一食年等于346.66日，比今测值346.62日大0.04，这样长期积累下来，误差便会很大。洛下闳自己也知道《太初历》存在缺点，所以有预见性地说"后八百年当差一日"。一行的《大衍历》以定气（将周天平分为二十四等分，太阳每到一点为一个节气）编太阳运动表，为了解决两个节气之间实际时间的不等，还在计算中使用了不等间矩的二次差内插法。经过检验，《大衍历》不仅比《太初历》，而且比唐代已有的其他历法都更为精密。事实说明，一行既是一位佛学家，又是一位天文学家。这里的几则记载则有关他的成长与成名。首先，他有着惊人的记忆力和悟性，可谓一目十行，过目成诵。其次，他除了天赋聪敏，还能够广求名师，刻苦学习，先后在嵩山和天台山学习佛教经典和天文数学。后来他的佛教译述很多，成了密宗的领袖人物。他的天文数学成就亦很高，在计算行星的不均匀运动时，《大衍历》使用了具有正统函数性质的表格和含有三次差的近似的内插公式，这在数学上也是一个创举。一行的事例告诉我们，一个人的成功单靠聪悟的天赋是不够的，更重要的还要有"不远数千里"访师学艺的勤奋精神。

前集卷六

范山人

李叔詹尝识一范山人，停于私第①，时语休咎必中②，兼善推步禁咒③。止半年，忽谓李曰："某有一艺，将去，欲以为别，所谓水画也。"

乃请后庭上掘地为池方丈，深尺馀，泥以麻灰，日汲水满之。候水不耗，具丹青墨砚，先援笔叩齿，良久乃纵笔毫水上。就视，但见水色浑浑耳。

经二日，拓以稚绢四幅④。食顷，举出观之，古松怪石，人物屋木，无不备也。李惊异，苦诘之⑤，惟言善能禁彩色，不令沉散而已。（《艺绝》）

【注】

①私第：私家住所。　②休咎：吉凶。　③推步：推算星历命运。禁咒：以符咒禳灾祛邪。　④稚绢：新绢。　⑤苦：竭力。

【评】

在水上敷陈色彩，然后铺上白绢，揭起来就成为一幅绚丽的山水画，这确实称得上是一种绝技，所以段成式将之归入卷六的《艺绝》之属。近据传媒报道，有画家置油漆于水中，搅和为各种图案，用纸拓为画，号称首创者，不知今之画家曾读《酉阳杂俎》否？

钱知微

天宝末[1]，术士钱知微尝至洛[2]，遂榜天津桥表柱下卖卜[3]，一卦帛十匹。历旬，人皆不诣之。一日，有贵公子意其必异，命取帛如数卜焉。钱命蓍布卦成[4]，曰：“予筮可期一生[5]，君何戏焉？”其人曰：“卜事甚切，先生岂误乎？”钱云：“请为韵语，曰：‘两头点土，中心虚悬。人足踏跋，不肯下钱。’”其人本意，卖天津桥绐之[6]。其精如此。（《艺绝》）

【注】

①天宝：唐玄宗李隆基年号（742—756）。　②术士：以方术为业的人。洛：指唐东都洛阳（今属河南）。　③天津桥：在东都皇城南门（端门）前洛水上。卖卜：以占卜为生计。　④蓍（shī）：一种草，古人以其茎节作占卜用具。　⑤筮（shì）：按蓍草数目的变化求卦象，从而推测吉凶的一种占卜法。　⑥绐（dài）：欺骗。

【评】

据《新唐书·兵志》，初唐时，“天下以一缣易一马”。又据《新唐书·百官志·工部》，凡工匠“雇者日为绢三尺”。这就是说，在唐代初期，一匹马的价格等于一匹缣（帛），而一个工匠干一天活的工钱等于三尺绢（帛）。如此计算下来，钱知微的“一卦帛十匹”

等于十匹马的价值，对于工匠来说则等于要干一个月的活，可见他的卦资是很高的。正因为标价高，所以十多天没有人光顾他的卦摊。大概这位贵公子认为他索价离谱儿，成心要跟他开个玩笑，于是就拿眼前的天津桥作卦底，让钱知微来猜，结果钱猜着了（很可能是通过察颜观色猜到的），但这一切终归是一场游戏，似不能给人一点有益的启迪。

辟尘巾

高瑀在蔡州①，有军将甲知回易②，折欠数百万，回至外县，去州三百馀里。高方令锢身勘甲③，忧迫，计无所出，其类因为设酒食开解之④。

坐客十馀，中有称处士皇甫玄真者⑤，衣白若鹅羽，貌甚都雅⑥。众皆有宽勉之辞，皇但微笑曰：“此亦小事。”众散，乃独留，谓甲曰：“予尝游海东，获二宝物，当为君解此难。”甲谢之，请具车马，悉辞，行甚疾。

其晚至州，舍于店中，遂晨谒高。高一见，不觉敬之。因请高曰：“玄真此来，特从尚书乞甲性命⑦。”高遽曰：“甲欠官钱，非瑀私财，如何？”皇请避左右，言：“某于新罗获一巾子⑧，辟尘，欲献此赎甲。”于怀中探出授高。高才执，已觉体中虚凉，惊曰：“此非人臣所有，且无价矣。甲之性命，恐不足酬也。”皇甫请试之。

翌日，因宴于郭外⑨。时久旱，埃尘且甚，高顾视马尾鬣及左右骖卒数人⑩，并无纤尘。监军使觉⑪，问高："何事尚书独不沾尘坌⑫，岂遇异人，获至宝乎?"高不敢隐。监军固求见处士⑬，高乃与俱往。监军戏曰："道者独知有尚书乎? 更有何宝，顾得一观。"皇甫具述救甲之意，且言药出海东，今馀一针，力弱不及巾，可令一身无尘。监军拜请曰："获此足矣。"皇即于巾上抽与之。针，金色，大如布针。监军乃札于巾试之，骤于尘中，尘唯及马鬃尾焉。高与监军日日礼谒⑭，将讨其道要。一夕，忽失所在矣。（《器奇》）

【注】

①高瑀（?—834）：渤海蓨（今河北景县）人。历陈、蔡二州刺史，入为太仆卿。太和初，授检校左散骑常侍、许州刺史、忠武节度使。三年，加检校工部尚书。六年，移授徐州刺史。征为刑部尚书，复授检校右仆射、陈许蔡节度使。八年卒。《旧唐书》卷一六二、《新唐书》卷一七一有传。蔡州：今河南汝南。　②军将甲知回易："甲"，原"田"，今据《太平广记》卷四〇四引《酉阳杂俎》改。下同。回易：指经营公廨，本钱交易取息。　③锢身：以盘枷锢其身，是一种刑罚。勘：查问。　④类：同类，同伙。因：于是。　⑤处士：有德才而隐居不仕的人。皇甫玄真：九华山道士赵知微的弟子，学道十五年，黄白术得其要妙。于咸通十二年（871）入京寓玉芝观，次年复归九华，从此不复至京洛。事见《太平广记》卷八五引《三水小牍》。　⑥都雅：闲雅。　⑦尚书：指

高瑀。高为刑部尚书。　⑧新罗：朝鲜半岛古代国家，故地在今半岛东南部。　⑨郭：外城。　⑩鬣（liè）：马颈上的长毛。䭾卒：侍从的骑士。　⑪监军使：唐时，为控制藩镇节度使，派宦官为监军使，负责监视刑赏，奏察违谬之事。　⑫尘坌（bèn）：尘土。　⑬固：坚决。　⑭礼谒：以礼谒见。

【评】

辟尘又称却尘，就是不沾灰尘。旧题南朝梁任昉所撰《述异记》卷上说有一种海兽，其角可以辟尘，"致之于座，尘埃不入"，名为却尘犀。在唐人笔记小说中，还有却尘褥、辟尘簪的记载。前者见苏鹗《杜阳杂编》卷上，说元载宠姬薛瑶英有却尘之褥，"其褥出自句丽国。一云是却尘之兽毛所为也"。后者见康骈《剧谈录》卷下，说李德裕有暖金带、辟尘簪，"皆稀世之宝"。这里说的"海兽"究竟是何物，未见有人考证，不知其详。但以其角制成的饰物，以其毛织成的巾褥，看来在唐代是有的，而且来自今朝鲜半岛。辟尘巾和辟尘针在当时肯定是宝物，皇甫玄真为了救人性命，自愿献宝，当然是一种侠义行为，而节度使高瑀和监军使将宝物据为己有，则属于徇私枉法的受贿行为。段成式记下此事，或许是出于奇货共欣赏的心理，然而我们在赏玩之馀，也还看到其中的是是和非非。

咸阳宫乐

咸阳宫中①，有铸铜人十二枚，坐皆三五尺，列在一筵上②。琴筑笙竽，各有所执，皆组缓花彩③，若生人④。筵下有铜管，上口高数尺⑤。其一管空，一管内有绳⑥，大如指。使一人吹空管，一人纫绳⑦，则琴瑟竽筑皆作，与真乐不异。

有琴长六尺，安十三弦，二十六徽⑧，皆七宝饰之⑨，铭曰"玙璠之乐"⑩。

玉笛长二尺三寸，二十六孔，吹之则见车马，出山林，隐隐相次，息亦不见，铭曰"昭华之管"⑪。（《乐》）

【注】

①咸阳宫：秦孝公时所筑的宫殿，遗址在今陕西咸阳。②筵（yán）：竹制的垫席。③组绶：系佩玉用的丝带，这里指衣饰。④生人：活生生的人。⑤上口：原作"吐口"，今据《京杂记》改。⑥一管内有绳："一管"二字原缺，今据同上书补。⑦纫：捻，拉。⑧徽：系琴弦的绳子。⑨七宝：佛教所说的七宝有金、银、琉璃、砗磲、玛瑙、真珠、玫瑰等多种不同的说法，这是泛指多种宝物。⑩玙璠：美玉。⑪昭华：美玉。

【评】

在《酉阳杂俎·续集》卷四《贬误》第二条中，段成式曾明确说到："开成初，予职在集贤，颇获所未见书。"他对自己有机会博览群书是很得意的。通观《酉阳杂俎》一书的资料来源，除了得诸道听途说的传闻而外，其馀便直接采自前人的著述。即如此处所说咸阳宫中的铸铜乐人和琴、笛，就完全是抄袭《西京杂记》的。按《西京杂记》是一部杂载西汉逸事琐闻的小说，其作者有刘歆、葛洪、吴均等不同说法，以东晋葛洪说为近是。段成式摘录的内容见于今本《西京杂记》卷三，文字则大同小异。只有《西京杂记》的记载开头有总括语说"高祖初入咸阳宫，周行库府，金玉珍宝，不可称言。其尤惊异者"云云，后又有结语说："高祖悉封闭以待项羽，羽并将以东，后不知所在。"可见咸阳宫中的实物在汉初已散亡，段成式猎奇存异，列于卷六《乐》篇之首，大约有聊备典故之意。

皇甫直

蜀将军皇甫直别音律①，击陶器能知时月②，好弹琵琶。元和中③，尝造一调，乘凉，临水池弹之。本黄钟而声入蕤宾④。因更弦，再三奏之，声犹蕤宾也。直甚惑不悦，自意为不祥⑤。

隔日，又奏于池上，声如故。试弹于他处，则黄钟也。直因切调蕤宾，夜复鸣奏于池上，觉近岸波动，有物激水如鱼跃⑥，及下弦则没矣⑦。

直遂集客车水竭池，穷池索之。数日，泥下丈馀，得铁一片，乃方响蕤宾铁也⑧。(《乐》)

【注】

①别：辨别。音律：五音六律，指音乐。　②时月：节令。　③元和：唐宪宗李纯年号（806—820）。　④黄钟：古乐十二律的第一律，声调最宏大响亮。蕤（ruí）宾：古乐十二律的第七律。　⑤意：意料。　⑥激：阻遏水流使飞溅。　⑦下：完成，结束。　⑧方响：唐代宴乐中常用的打击乐器，由十六枚厚薄不一的长方铁板组成，分两排悬于架上，演奏时用小铁槌击打。

【评】

皇甫直精通音律，尤善弹琵琶。他在水边弹琵琶，能使深埋在水底的蕤宾铁板发生共鸣，可见其技艺已达到出神入化的程度。

这则记载后来又被段成式的儿子段安节收入《乐府杂录》中，不过人物、情节略有变化。《乐府杂录》说：武宗初，朱崖李太尉有乐吏廉郊，尝宿平泉别墅，值风清月朗，携琵琶于池上，弹蕤宾调，忽有一物锵然跃出池岸之上，视之，乃一片方响，即蕤宾铁。记事的末尾还特意说明，此事是因为"指拨精妙，律吕相应"而造成的。从此以后，"蕤宾铁响"便成为一个典故，专门用来赞扬弹奏技艺的精妙超绝。清人阎尔梅有诗说："蕤宾铁响应黄鹂，纨扇轻摇唱竹枝。"（《刘君因携琴见访醉后赠之》）即是因琴而发的赞词。

前集卷七

郑 悫

历城北有使君林①，魏正始中②，郑公悫三伏之际③，每率宾僚避暑于此。取大莲叶，置砚格上④。盛酒三升，以簪刺叶，令与柄通，屈茎上轮菌如象鼻⑤，传吸之，名为碧筩杯。历下学之⑥，言酒味杂莲气香，冷胜于水。(《酒食》)

【注】

①历城：今山东济南。 ②正始：三国魏齐王曹芳年号（240—249）。 ③郑公悫：未详，当时应任历城刺史。三伏：即初伏、中伏、末伏，是一年中最热的天气。 ④砚格：放砚台的木格。 ⑤轮菌：卷屈的样子。 ⑥历下：同历城。

【评】

《酉阳杂俎·前集》卷七所录一为酒食之属，一为医药之属，前者杂记古今酒食品目、制法，后者则记名医奇药兼及传闻，二者均无小说意味。唯酒食之属有关古代饮食、烹饪，有足资考证之处。如此处所说碧筩酒，既见于后世《酒谱》（宋窦革《酒谱·酒之事》引），又见于唐宋人诗（唐人诗："酒味杂莲气，香冷胜于冰。轮菌如象鼻，潇洒绝青蝇。"宋苏轼《泛舟城南会者五人分韵赋诗》："碧筩时作象鼻弯，白酒微带荷心苦。"），明清人亦喜用来代指酒事。碧筩说白了就是荷叶柄，而一旦与酒相关联，顿时于俗中见雅，从此碧筩与饮酒之事便也连为一体了。

刘孝仪

梁刘孝仪食鲭鲊[①]，曰："五侯九伯，令尽征之[②]。"魏使崔劼、李骞在坐[③]，劼曰："中丞之任[④]，未应已得分陕[⑤]。"骞曰："若然，中丞四履[⑥]，当至穆陵[⑦]。"孝仪曰："邺中鹿尾[⑧]，乃酒肴之最。"劼曰："生鱼熊掌，《孟子》所称[⑨]。鸡跖猩唇[⑩]，《吕氏》所尚。鹿尾乃有奇味，竟不载书籍，每用为怪[⑪]。"孝仪曰："实自如此，或是古今好尚不同。"梁贺季曰[⑫]："青州蟹黄[⑬]，乃为郑氏所记[⑭]。此物不书，未解所以。"骞曰："郑亦称益州鹿尾[⑮]，但未是珍味。"（《酒食》）

【注】

①刘孝仪（484—550）：名潜，以字行，彭城（今江苏徐州）人。刘孝绰弟。累迁尚书左丞，兼御史中丞。大同十年（544），出为临海太守。中大同元年（546），入守都官尚书。太清元年（547），为豫章内史。大宝元年病卒，年六十六。《梁书》卷四一、《南史》卷三九有传。鲭（zhēng）鲊（zhǎ）：用腌鱼烹煮成的菜肴。　②五侯九伯，令尽征之：这是套用《左传·僖公四年》管仲引用召康公命令太公的话："五侯九伯，汝实征之，以夹辅周室。"原意是"五等诸侯、九州之伯，皆得征讨其罪"（晋杜预

注），暗喻梁朝为中央政府，可以征讨东魏等地方政府，以此藐视魏使。　③崔劼：字彦玄，贝丘（今山东临清南）人。魏孝静帝兴和三年（541），以通直散骑常侍出使梁朝。事见《北史》卷四四本传。李骞：字希义，赵郡平棘（今河北赵县）人。以尚书左丞、兼散骑常侍使梁。事见《魏书》卷三六本传。　④中丞：指刘孝仪，时任御史中丞。　⑤分陕：陕即今河南陕县。相传周初，周公旦和召公奭分陕而治，周公治陕以东，召公治陕以西。事见《公羊传·隐公五年》。后人遂以中央官员出任地方官为"分陕"。崔劼的话是反击刘孝仪之词，意思是说，如此说来，你这御史中丞恐怕是被贬作地方官了吧。　⑥四履：东西南北四境的界限。　⑦当至穆陵：语出《左传·僖公四年》："赐我先君履：东至于海，西至于河，南至于穆陵，北至于无棣。"意思是征服的范围，东到大海，西到黄河，南到穆陵，北到无棣。穆陵即今湖北麻城北与河南光山、新县接界处之穆陵关。　⑧邺中：指邺城（今河北临漳西南）。　⑨《孟子》所称：《孟子·告子上》说："孟子曰：'鱼，我所欲也，熊掌亦我所欲也，二者不可得兼，舍鱼而取熊掌者也。'"　⑩鸡跖（zhí）：鸡爪，古人以为美味。《吕氏春秋·用众》说："善学者若齐王之食鸡也，必食其跖数千而后足，虽不足，犹若有跖。"猩唇：猩猩的嘴唇，古人也以为美味。《吕氏春秋·本味》说："肉之美者，猩猩之唇。"　⑪用为怪：因此而奇怪。　⑫贺季：贺玚次子。明《三礼》，历官尚书祠部郎，兼中书通事舍人，累迁步兵校尉，中书黄门郎，兼著作。《梁书》卷四八、《南史》卷六二有传。　⑬青州：今山东淄博。　⑭郑氏：疑指东汉经学家郑玄。　⑮益州：今四川成都。

【评】

　　这则记事与卷三"同泰寺"条所记，同是梁大同七年（魏孝静帝兴和三年，541）接待东魏使者的生动记录。"同泰寺"条是梁主客郎王克、中书通事舍人贺季陪同魏使参观同泰寺,《西阳杂俎》以其事涉佛事,故编入《贝编》篇。而此条则是梁御史中丞刘孝仪出面宴请魏使,王克、贺季亦是陪客,双方的辞令由肴馔引发,故《西阳杂俎》以之列入《酒食》篇。追溯其史料出处,亦应见于主客王克接待后的书面总结报告。

这一段外交辞令,梁、魏双方都在掉书袋。刘孝仪由鲭鲊联想到汉娄护的"五侯鲭"(汉成帝时,娄护传食帝母舅王氏五侯间,各得其欢心竞相馈赠珍膳,护合之以为鲭,世称"五侯鲭"),再引《左传·僖公四年》管仲的话,以梁为正统,藐视东魏。魏使当即反唇相讥,说你刘孝仪这样说,也等于把自己看成了地方诸侯,难道你已经从中央下放了吗?刘孝仪自知语失,乃顾左右而言他,重新捡起一个话头,称赞魏地的鹿尾是一道美味。魏使随即说鹿尾堪比生鱼、熊掌、鸡跖、猩唇,但却不见于典籍记载,令人奇怪。刘孝仪说这恐怕是因为古今好尚不同,对前面的话表现出一种和解的姿态。但此时梁朝一方的贺季又发出挑战,说在郑玄的注中连青州蟹黄都提到了,为什么不写鹿尾呢?魏使反驳说,郑玄不是没提到过鹿尾,他曾说到益州鹿尾,只不过并非珍味而已。在整个谈话过程中,双方互有攻防,寸步不让,唯恐有辱使命。这使我们具体看到了南北朝时期各国使臣在折冲樽俎之间所进行的外交较量,简直就是活生生的历史影像。

鲃议、鲃表

何胤侈于味^①,食必方丈^②,后稍欲去其甚者,犹食白鱼、鲃脯^③、糖蟹^④,使门人议之。

学生钟岏《议》曰⑤：“鲋之就脯，骤于屈伸⑥，而蟹之将糟，躁扰弥甚⑦。仁人用意，深怀如怛⑧。至于车螯、母蛎⑨，眉目内缺，惭浑沌之奇⑩，唇吻外缄，非金人之慎⑪。不荣不悴，曾草木之不若⑫；无馨无臭，与瓦砾而何异⑬。故宜长充庖厨，永为口实⑭。”

后梁王琳⑮，京兆人⑯，南迁于襄阳⑰。天保中⑱，为舍人⑲。涉猎有才藻，善剧谈⑳，常为《鲋表》，以讥刺时人。其词曰：“臣鲋言：伏见除书㉑，以臣为糁熬将军、油蒸校尉、臛州刺史㉒，脯腊如故。肃承将命，含灰屏息㉓，凭笼临鼎，载兢载惕㉔。臣闻高沙走姬，非有意于绮罗；白鮹女儿，岂期心于珠翠㉕。臣美愧夏鳝㉖，味惭冬鲤，常怀鲐腹之诮㉗，每惧鳖岩之讥㉘，是以噈流湖底，枕石泥中。不意高赏殊宏，曲蒙钧拔，遂得超升绮席㉙，忝预玉盘。爰厕玟筵㉚，猥颁象箸㉛，泽罩紫腴㉜，恩加黄腹。方当鸣姜动椒，纡苏佩榄㉝。轻瓢才动，则枢盘如烟㉞；浓汁暂停，则兰膏成列㉟。宛转绿斋之中㊱，逍遥朱唇之内。衔恩噬泽，九殒弗辞。不任屏营之诚㊲，谨列铜铨门㊳，奉表以闻。”

诏答曰：“省表具知，卿池沼搢绅㊴，陂池俊乂㊵，穿蒲入荇，肥滑有闻，允堪兹选，无劳谢

也。"（《酒食》）

【注】

①何胤（446—531）：字子季，更字胤叔，庐江灊（今安徽霍山）人。齐武帝永明十年（492），迁侍中。郁林王继位，胤为王后从叔，甚见亲重。建武四年（497）辞官，隐居会稽。普通初，迁吴，居虎丘讲佛典。中大通三年卒，年八十六。《南齐书》卷五四、《梁书》卷五一、《南史》卷三〇有传。　②方丈：极言肴馔之盛。语出《孟子·尽心下》："食前方丈，侍妾数百人，我得志，弗为也。"赵岐注："极五味之馔食，列于前，方一丈。"　③鳝（shàn）脯：用黄鳝做成的鱼干。　④糖蟹：用饴糖腌制的螃蟹。　⑤钟岏：字长岳，颍川长社（今河南许昌）人。官至府参军、建康平，著有《良吏传》十卷。《梁书》卷四九有传。议：一种文体，用以论事、说理或陈述意见。　⑥鳝之就脯，骤于屈伸：这两句是说，黄鳝就要被做成肉干之前，剧烈地屈伸挣扎。　⑦蟹之将糖，躁扰弥甚：这两句是说，螃蟹即将被做成糖蟹之前，极度焦躁不安。《齐民要术》中记载腌制糖蟹的方法说："九月内，取母蟹，得则著水中，勿令伤损及皮者，一宿，则腹中净。先煮薄糖，著活蟹于冷糖瓮中，一宿。煮蓼汤和白盐，特须极咸。待冷，瓮盛半汁，取糖中蟹，纳著盐蓼汁中，便死。泥封二十日，举蟹脐，著姜末，还复脐如初。纳著坩瓮中，百个各一器，以前盐蓼汁浇之令没，密封勿令漏气，便成矣。"　⑧仁人用意，深怀如怛：这两句是说，仁人君子怀有恻隐之心，不忍心食用鳝脯、糖蟹。　⑨车螯：一作砗螯。蛤类。母蛎：即牡蛎。　⑩眉目内缺，惭浑沌之奇：这两句是说，车螯、母蛎之属没有头脸眉目，活在世上有些惭愧。"浑沌"本指天地形成前元气状态，这里指天地。　⑪唇吻外缄，非金人之慎：这两句是说，车螯、母蛎之属的嘴紧闭着，但这

和三缄其口的铜像毫无关系。"金人之慎"，语出《孔子家语》："孔子观周，遂入太祖后稷之庙。庙堂右阶之前，有金人焉，三缄其口而铭其背曰：古之慎言人也。"　⑫ 不荣不悴，曾草木之不若：这两句是说，车螯之属不枯不荣，连草木都不如。　⑬ 无馨无臭，与瓦砾而何异：这两句是说，车螯之属不香不臭，和砖头瓦块没什么两样。"臭"同嗅，气味。　⑭ 故宜长充庖厨，永为口实：这两句是说，所以车螯之属应该永远打入厨房，满足人们的口腹之欲。　⑮ 后梁：南朝梁岳阳王萧詧降西魏，封梁王，次年被立为梁帝，都江陵（今属湖北），史称后梁（555—587）。王琳：原作"韦琳"，据《太平广记》卷二四六"王琳"条改。《太平广记》同条称："后梁王琳，明帝时为中书舍人，博学有才藻，好臧否人物，众畏其口。"　⑯ 京兆：今陕西西安。　⑰ 襄阳：今属湖北。　⑱ 天保：北齐文宣帝高洋的年号（550—559）。　⑲ 舍人：指中书舍人，掌参议表章、草拟诏敕之事。　⑳ 剧谈：戏谑之语。　㉑ 除书：委任官职的诏令。　㉒ 臛（huò）：鱼羹。　㉓ 含灰：《太平广记》卷二四六作"灰身"。　㉔ 凭笼临鼎，载兢载惕：这两句同上书作"凭临鼎镬，俯仰兢惧"。　㉕ 臣闻高沙走姬，非有意于绮罗；白鲻女儿，岂期心于珠翠：这四句原缺，据同上书补。意思是说，来自湖泊也好，来自江河也好（指鲻），都是为了供人美味，而不是要贪图富贵。据同上书原注，"高沙""白鲻"皆指江陵（今属湖北）城附近的湖泊、江河。　㉖ 鳢：鲟鳇鱼。　㉗ 鲐腹之诮：鲐即河豚，河豚的腹腴，肥美而有毒。"鲐腹之诮"是说与美味名实不符。　㉘ 鳖岩之讥：《庄子·秋水》说：坎井之蛙自诩"擅一壑之水，而跨跱坎井之乐"，东海之鳖则告之曰："夫千里之远，不足以举其大；千仞之高，不足以极其深。禹之时十年九潦，而水弗为加益；汤之时八年七旱，而崖不为加损。夫不为顷久推移，不以多少进退者，此亦东海之大乐也。"坎井之蛙闻之，怅然自失。"鳖岩之讥"是说见笑于大方。　㉙绮席：珍贵的筵席。　㉚厕：置身其间。玳筵：玳瑁筵，豪华的筵席。　㉛猥：谦词，表示卑贱。象箸：象牙筷子。　㉜覃（tán）：延伸。　㉝纡苏佩榝：这是套用"纡青佩紫"（形容地位尊贵）的话。苏指紫苏，榝指食茱萸，二者都是炖鱼的佐料。《齐民要术·炙法》："姜、橘、椒、葱、胡芹、小蒜、苏、榝，细切段，盐、豉、酢和，以渍鱼。"　㉞枢盘如烟：《太平广记》卷二四六作"枢槃如云"。　㉟兰膏：泽兰炼成的油，可点灯。原作"兰肴"，据同上书改。　㊱齑（jī）：调味的细碎咸菜。　㊲屏营：惶恐的样子。　㊳铜铹：铜鼎。　㊴搢绅：指士大夫。　㊵俊乂：贤德之人。

【评】

《鲍议》和《鲍表》是两篇游戏文字，但写得声情并茂，煞有介事。说到这两篇文字的缘起，皆与南齐的周颙有关。颙字彦伦，汝南（今属河南）人。初隐于钟山，后应诏出为海盐令。秩满入京，欲经过钟山，孔稚圭（448—501）便写了一篇《北山移文》来讽刺他。文中借北山之灵的口吻，指斥周颙"身在江海之上，心居魏阙之下"，趋名嗜利，虚伪矫情。据《太平广记》卷二四六所说，王琳"尝拟孔稚圭，又为《鲍表》，以托刺当时"，可见《鲍表》即是模仿《北山移文》，讥讽趋名嗜利的伪君子。周颙入朝后，曾任太子（文惠太子）仆，兼著作郎，虽然有妻子，仍留在山中，并不带在身边，当时何胤信佛，没有妻妾，太子问："你和何胤谁更精进？"周颙答："三途八难，共所未免。然各有其累。"问："所累伊何？"答："周妻何肉。"意思是说何胤侈于味，嗜肉。后来何胤决定不再吃肉，改吃蚶蛎之属。这时周颙为国子博士，"太学生慕其风，争事华辩"，于是学生钟岏就写了《鲍议》，为何胤找说辞。《南齐书·周颙传》记载："竟陵王子良见岏《议》，大怒。"萧子良怒从何来，史无明文，想来怕是因为言出戏谑，有渎斯文吧。

王彦伯

荆人道士王彦伯^①，天性善医，尤别脉，断人生死寿夭，百不差一。

裴胄尚书子^②，忽暴中病，众医拱手^③。或说彦伯，遽迎使视。脉之良久，曰："都无疾。"乃煮散数味，入口而愈。

裴问其状，彦伯曰："中无腮鲤鱼毒也。"其子因鲙得病^④。裴初不信，乃鲙鲤鱼无腮者，令左右食之，其候悉同^⑤，始大惊异焉。（《医》）

【注】

①荆：荆州，今属湖北。王彦伯：唐德宗时国医，长于脉诊。②裴胄（729—803）：字胤叔，河南（今河南洛阳）人。唐德宗时，拜荆南节度使。贞元十九年（803）卒，年七十五，赠尚书右仆射。《旧唐书》卷一二二、《新唐书》卷一三〇有传。　③拱手：束手，表示无能为力。　④鲙：切细的鱼肉，即生鱼片。　⑤候：症候。

【评】

用细切的鱼肉做菜肴，称作鲙（同"脍"），自秦汉以来已有之。在唐以前，鲤鱼是鲙的重要材料。所谓"脍炙人口"，炙指烤猪里脊肉，脍即指鲤鱼鲙。至唐代，因为皇家姓李，而鲤与李谐音，故鲤鱼被尊称"赤鲜公"，严禁捕捞贩卖，违者打六十大板

（见《西阳杂俎》卷十七《鳞介篇》）。从此作鲙多用鲫鱼，如唐杨晔《膳夫经手录》说："鲙莫先于鲫鱼，鲠、鲂、鲷、鲈次之，鲚、味、鲮、黄、竹五种为下，其他皆强为之耳，不足数也。"这里说的无腮鲤鱼不知确指何物，大概是生食便会中毒。王彦伯是一代名医，长于脉诊，一看便知裴胄之子的病症为鱼毒所致，药汤入口即愈。裴胄不相信会有这么神，又让左右人等也食用无腮鱼，结果症候相同，这才相信王彦伯确实医术高明。故事的感人处，不在于王彦伯的药到病除，而在于裴胄的亲身验证，让事实证明了王彦伯不愧为妙手回春的大国手。

张万福

柳芳为郎中①，子登疾②。时名医张万福初除泗州③，与芳故旧，芳贺之，且言："子病，唯恃故人一顾也。"张诘旦候芳，芳遽引视登。遥见登顶，曰："有此顶骨，何忧也。"因按脉五息，复曰："不错，寿且逾八十。"乃留方数十字，谓登曰："不服此亦得。"登后为庶子④，年至九十而卒。（《医》）

【注】

①柳芳：字仲敷，蒲州河东（今山西永济）人。唐肃宗朝史官，撰有《国史》《唐历》。上元中，坐事徙黔中。后为史馆修撰，改右司郎中、集贤学士卒。《旧唐书》卷一四九、《新唐书》卷一三二有传。　②登：柳登（？—822），字成伯。少嗜学，以赅博著称。年六十馀始仕宦，元和初，为大理少卿，迁右庶子，因病改

右散骑常侍。长庆二年卒，年九十馀。《旧唐书》卷一四九、《新唐书》卷一三二有传。　③张万福：原作"张方福"，今据《太平广记》引改。泗州：今江苏盱眙西北。　④庶子：指右庶子，东宫右春坊长官，掌侍从、献纳、启奏，制比中书令。

【评】

　　这是一则名医的故事，极言张万福的医术高明，但并不实写如何探究病因，如何下药，如何妙手回春，而是通过一望（"遥见登顶"）一切（"按脉五息"）来展现张的眼力和判断力，并用柳登的长寿来证实张的先见之明，让人不能不相信张的医术已达到出神入化的地步。这种避实就虚，以后证前的写法，笔墨经济，视野开阔，运用得好确能收到以少少许胜多多许的艺术效果。

前集卷八

葛　清

荆州街子葛清①，勇不肤挠②，自颈已下，遍刺白居易舍人诗③。成式常与荆客陈至，呼观之，令其自解，背上亦能暗记。反手指其札处，至"不是此花偏爱菊"④，则有一人持杯临菊丛。又"黄夹缬林寒有叶"⑤，则指一树，树上挂缬⑥，缬窠锁胜绝细⑦。凡刻三十馀首，体无完肤。陈至呼为"白舍人行诗图"也⑧。（《黥》）

【注】

①荆州：今属湖北。街子：街卒。　②肤挠：因肌肤被刺而挠屈，即示弱。　③白居易（772—846）：字乐天，晚号香山居士，太原（今属山西）人，迁居下邽（今陕西渭南），生于新郑（今属河南）。贞元十六年（800）登进士第。历翰林学士、江州司马、忠州刺史、主客郎中，长庆元年（821）迁中书舍人，后出外为杭州、苏州刺史。大和三年（829），以太子宾客分司东都。此后定居洛阳，淡泊自守。早年即以诗著称，与元稹齐名，称"元白"；晚年与刘禹锡齐名，称"刘白"。《旧唐书》卷一六六、《新唐书》卷一一九有传。　④不是此花偏爱：白居易有《禁中九日对菊花酒忆元九》诗："赐酒盈杯谁共持，宫花满把独相思。相思只傍花边

立，尽日吟君咏菊诗。"（《白居易集》卷一九）元九即元稹（779—831），白诗原注引元诗云："不是花中唯爱菊，此花开尽更无花。"按，元稹诗见《元稹集》卷一六，题《菊花》，共四句："秋丛绕舍似陶家，遍绕篱边日渐斜。不是花中偏爱菊，此花开尽更无花。"　⑤黄夹缬林寒有叶：此为白居易《泛太湖书事寄微之》中的一句，微之即元微之，亦即元稹。全诗见《白居易集》卷二四："烟渚云帆处处通，飘然舟似入虚空。玉杯浅酌巡初匝，金管徐吹曲未终。黄夹缬林寒有叶，碧琉璃水净无风。避旗飞鹭翩翩白，惊鼓跳鱼拔剌红。涧雪压多松偃蹇，岩泉滴久石玲珑。书为故事留湖上，吟作新诗寄浙东。军府威容从道盛，江山气色定知同。报君一事君应羡，五宿澄波皓月中。"夹缬（xié）：唐代印染花纹的织物。其印染方法是将绢布对折夹入二板中，然后在雕空处染花，成为对称的花纹。"黄夹缬林"是说层林尽成黄色。　⑥缬：染花的织物。　⑦窠（kē）：绢布上印染的界格花纹。胜：通"縢"，横木。　⑧行诗图：可以移动的诗配画。

【评】

刺青（在身体黥刻花纹或文字）在唐代是一种风行的社会习气，《酉阳杂俎·前集》卷八专有一节讲黥。据段成式分析，当时刺青者的动机各式各样，有的属市井恶少借此吓唬人、戏弄人，有的企望借此获取神力或发泄私愤，还有的则是为了表示崇拜或追求新奇刺激。这里说的葛清，似应属于追逐时尚之流。有意思的是，他全身上下黥刻白居易的诗，多至三十馀首，而且还为一些诗句配有插图，成了活生生的图文并茂的白诗展示板，这就使本来粗鄙不堪的行为，无形中蒙上了一层文质彬彬的色彩。让我们更加感兴趣的还不止这些，这则记载，实际上也为当今白居易研究中的重要问题作了印证。譬如从中可以看出白诗在当时已经深入社会下层，为广大民众喜闻乐见，这和史传的记载是一致的。又譬如"不是此花偏爱菊"是元稹与白唱酬的诗句，此处指为白诗，下一句"黄夹缬林寒有叶"也是出于与元稹的唱酬诗，这说明元白的交往佳话在民间一定有所流传，而且《新唐书·艺文志》著录的《元白继和集》一卷和《三州唱和集》一卷也定然比较容易看到，为葛清刺青的匠人或者就是以上述二书为底本的。

崔　氏

房孺复妻崔氏①，性忌，左右婢不得浓妆高髻，月给燕脂一豆②，粉一钱。有一婢新买，妆稍佳，崔怒曰："汝好妆耶？我为汝妆！"乃令刻其眉，以青填之，烧锁梁，灼其两眼角，皮随手焦卷，以朱傅之③。及痂脱，瘢如妆焉。(《黥》)

【注】

①房孺复（755—797）：宰相房琯子，河南（今河南洛阳）人。生性狂疏，任情纵欲。因为是宰相子，年少又有浮名，累拜杭州刺史，改辰州、容州刺史。贞元十三年（797）卒，年四十二。《旧唐书》卷一一一、《新唐书》卷一三九有传。　②燕脂：胭脂。　③傅：通"敷"，涂。

【评】

这则故事在《酉阳杂俎》卷八《黥》篇，说明事情与刺青有关，而在《太平广记》，则编在《妒妇》门，已侧重于崔氏的性格。今天女性美容手段之一的纹眉，即与此处所说刺青相近，但当初是强迫为之，应该是很痛苦的。关于房孺复妻崔氏，正史中亦有记载。《旧唐书·房孺复传》说："（孺复）初娶郑氏，恶贱其妻，多畜婢仆，妻之保母累言之，孺复乃先具棺椁而集家人生殓保母，远近惊异。及妻在产蓐三四日，遽令上船即路，数日，妻遇风而卒。""又娶台州刺史崔昭女，崔妒悍甚，一夕杖杀孺复侍儿二人，埋之雪中。观察使闻之，诏发使鞫案有实，孺复坐贬连州司马，仍令与崔氏离异。"由此看来，房孺复及其妻崔氏皆非善类，《太平广记》将崔氏贬入《妒妇》门实在是有道理的。

王　幹

　　贞元初①，郑州百姓王幹②，有胆勇。夏中作田，忽暴雨雷，因入蚕室中避雨③。有顷，雷电入室中，黑气陡暗。幹遂掩户，把锄乱击。雷声渐小，云气亦敛，幹大呼，击之不已。气复如半床，已至如盘，騞然坠地④，变成熨斗、折刀、小折脚铛焉⑤。（《雷》）

【注】

　　① 贞元：唐德宗李适的年号（785—804）。　② 郑州：今属河南。　③ 蚕室：养蚕的屋子。　④ 騞（huō）然：开裂的声音。　⑤ 铛（chēng）：一种铁锅。

【评】

　　雷电以其巨大的声响和耀眼的光芒令人震慑，于是便有了神话传说中的雷神（雷公、电母）。《酉阳杂俎》同卷另有一条，甚至还写到雷神的相貌，即所谓"猪首，手足各两指，执一赤蛇啮之"。

这一条主要写王幹与雷神斗，雷神只是一团黑气，后来王幹取胜，黑气如盘坠地，变成了熨斗、折刀、小折脚铛等日常生活用品。这样的事情用常理是讲不通的，但有人愿意传说，有人愿意形诸笔墨，势必表达了人们的某种愿望。说得高尚些，也许反映了劳动者希望通过与自然灾害的斗争而获得丰衣足食的生活吧。

介休百姓

李廓在北都①，介休县百姓送解牒②，夜止晋祠宇下③。夜半，有人叩门云："介休王暂借霹雳车④，某日至介休收麦。"良久，有人应曰："大王传语，霹雳车正忙，不及借。"其人再三借之，遂见五六人秉烛，自庙后出，介休使者亦自门骑而入。数人共持一物如幢⑤，扛上环缀旗幡，授与骑者曰："可点领。"骑者即数其幡，凡十八叶，每叶有光如电起。

百姓遂遍报邻村，令速收麦，将有大风雨。村人悉不信，乃自收刈⑥。至其日，百姓率亲情据高阜⑦，候天色。及午，介山上有黑云气，如窑烟，斯须蔽天⑧，注雨如绳⑨，风吼雷震。凡损麦千馀顷，数村以百姓为妖，讼之⑩。工部员外郎张周封，亲睹其推案⑪。(《雷》)

【注】

①李廓（？—820）：字建侯，江夏（今湖北武汉）人。大历

进士。早年曾入河中节度使李怀光幕府，后入为吏部员外郎，累迁户部尚书。《旧唐书》卷一五七、《新唐书》卷一四六有传。北都：今山西太原西南。开元十一年（723），以并州为唐高祖发祥地，升格为太原府，建北都。　②介休：今属山西。解牒：说明解试的公文。　③晋祠：在今山西太原西南。　④介休王：疑指春秋时晋人介子推。介曾隐介山，志怪小说（《述异记》卷上）称其妹能兴雷电云雨，介子推想亦当如此。霹雳车：即雷车。　⑤幢：旗幡。　⑥刈（yì）：割。　⑦亲情：亲戚。阜：土山。　⑧斯须：片刻。　⑨绠（gěng）：井绳。　⑩讼：诉讼，打官司。　⑪推案：推究审问。

【评】

在我国北方，麦收季节最怕雷暴天气，所以一旦开镰便要抓紧收割，号称"虎口夺粮"。这位介休百姓可能对未来几天的天气有所预见，就劝邻近村民"令速收麦"，偏偏村民不信他，他只好独自先行一步，结果是雷暴发生，大雨如注，麦田损失千馀顷，惨哉！谁知村民们不自思悔，反而告介休百姓兴妖作怪，官府还真就抓人审问，真可谓冤哉枉也。事情的本来面目就是这样的平实无华，但经过民间口头传说，掺杂进来志怪小说中阿香推雷车（见《搜神后记》卷五）这类神秘成分，于是便有了介休王借霹雳车以及旗幡、闪电的描写。从讲故事的角度说，虽然荒诞无稽，却反倒增强了趣味性，可以收到骇人听闻的艺术效果。

元　稹

元稹在江夏①，襄州贾埏有庄②，新起堂。上梁才毕，疾风甚雨。时庄客输油六七瓮^③，忽雷震一声，油瓮悉列于梁上，一滴不漏。其年，元卒。（《雷》）

【注】

①元稹（779—831）：字微之，洛阳（今属河南）人。元和元年（806），登才识兼茂、明于体用科，授左拾遗。四年，为监察御史。以劾奏官吏奸事获罪权贵，分务东台。后又贬为江陵士曹参军、通州司马。长庆元年（821），擢中书舍人，充翰林承旨。二年，由工部侍郎拜相。不久，出为同州刺史。太和三年（829），入为尚书左丞。次年又出为武昌军节度使。五年七月卒于任所。《旧唐书》卷一六六、《新唐书》卷一七四有传。江夏：今湖北武汉市武昌。　②襄州：今湖北襄阳。　③输：转运。

【评】

元稹这个人很有才情，所作诗与白居易并称，文学史上号称"元白"，是中唐诗歌的双子星座。元稹还因为他的艳情故事和屡遭贬谪的经历，成了一个富有传奇色彩的人。这里所写的是说他的死与常人不同，事先就有预兆。你想霹雳一声，六七个大油瓮就跳上了房梁，而且一滴不漏，不管有没有这种可能性，只这情景确实够吓人的。为什么要把这么可怕的情景和元稹的死联系在一起呢？这恐怕与他的暴卒有关。元稹死前曾托白居易为他撰写墓志铭，后来白居易不负诺言，撰写了《唐故武昌军节度处置等使正议大夫检校户部尚书鄂州刺史兼御史大夫赐紫金鱼袋赠尚书右仆射河南元公墓志铭》，其中说到："太和五年七月二十二日，遇暴疾，一日薨于位，春秋五十三。"《旧唐书·元稹传》也说："五年七月二十二日暴疾，一日而卒于镇，时年五十三，赠尚书右仆射。"究竟是何暴疾，谁也没有说清，但这种结局总是属于横死，容易让人说三道四。元积死时，段成式将近三十岁，大概听到了一些传闻，于是就有了此处近于戏谑的记载。

侯君集

侯君集与承乾谋通逆[1]，意不自安。忽梦二甲士录至一处[2]，见一人高冠鼓髯[3]，叱左右："取君集威骨来！"俄有数人，操屠刀，开其脑上及右臂间，各取骨一片，状如鱼尾。因啳吤而觉[4]，脑臂间犹痛。自是心悸力耗，不能引一钧弓[5]。欲自首，不决而败。（《梦》）

【注】

①侯君集（？—643）：豳州三水（今陕西旬邑）人。武德九年（626）助李世民发动玄武门之变，以功授右卫大将军。贞观四年（630）为兵部尚书，参议朝政。九年，从李靖平吐谷浑。十三年，以交河道行军大总管出兵击高昌，次年平。十七年，坐与太子李承乾谋反，处斩。《旧唐书》卷六九、《新唐书》卷九四有传。承乾（？—645）：唐太宗嫡长子。太宗即位，立为皇太子。好声色游猎，奢靡无度，不听规谏，又患足疾，惧魏王李泰有宠代立，乃与汉王李元昌、朝臣侯君集等相结谋反。十七年（643），事泄，废为庶人，徙黔州卒。《旧唐书》卷七六、《新唐书》卷八〇有传。 ②录：拘捕。 ③鼓髯：吹胡子。 ④啳吤（án yì）：说梦话。 ⑤一钧：三十斤。

【评】

这则故事虽然很短，却关乎唐朝历史上皇太子废立的大事。承乾是唐太宗的长子，因为生于承乾殿，故名承乾。八岁时，被立为皇太子。贞观九年（635），高祖死，太宗居丧，承乾受命决断朝事，尚能识大体。此后太宗每行幸，常令居守监国。但随着年龄的增长，承乾的本性暴露，好声色，漫游无度，又怕太宗知道，便采用伪善手法，临朝时大谈忠孝之道，退朝后与群小亵狎。这时太宗的另一个儿子魏王泰颇有才能，暗怀夺嫡之心。承乾自幼有足疾，行路艰难，发现太宗渐爱魏王，深恐有废立，于是与魏王各树朋党，明争暗斗，最后发展到想利用宫廷政变解决问题。侯君集本来是平定吐谷浑和高昌的大功臣，就因为攻破高昌后私取珍宝、妇人，放纵将士烧杀抢掠，为人告发，被捕下狱。虽然很快受到赦免，但他自恃有功而心有不甘，遂想谋反。他的女婿贺兰楚石正巧在承乾的东宫做事，通过这条引线，两个心怀鬼胎的人一拍即合，阴图不轨。此等事非同小可，以致侯君集辗转反侧，寝食不安。这里写的就是侯君集唯恐事泄，焦灼的心境形诸梦寐。两《唐书》本传对此也有记述，如《旧唐书》说："君集或虑谋泄，心不自安，每中夜蹶然而起，叹咤久之。其妻怪而谓之曰：'公，国之大臣，何为乃尔？必当有故。若有不善之事，孤负国家，宜自归罪，首领可全。'君集不能用。"二者正可以互相印证。

梦

《汉仪》大傩傁子辞有"伯奇食梦"[①]。道门言梦者魄妖[②]，或谓三尸所为[③]。释门言有四[④]：

一善恶种子，二四大偏增，三贤圣加持，四善恶征祥。成式尝见僧首素言之，言出《藏经》，亦未暇寻讨。又言梦不可取，取则著，著则怪入。夫瞽者无梦⑤，则知梦者习也。

成式表兄卢有则，梦看击鼓。及觉，小弟戏叩门为街鼓也。

又成式姑婿裴元裕言⑥，群从中有悦邻女者⑦，梦女遗二樱桃食之⑧。及觉，核坠枕间。（《梦》）

【注】

①大傩（nuó）侲子："傩"是古代迎神驱疫的一种祭祀习俗，一年中举行数次，"大傩"在腊日前一日举行。"侲子"即参加傩祭的童子。《后汉书·礼仪志》说："先腊一日，大傩，谓之逐疫。其仪：选中黄门子弟年十岁以上，十二以下，百二十人为侲子，皆赤帻皂制，执大鼗。方相氏黄金四目，蒙熊皮，玄衣朱裳，执戈扬盾。十二兽有衣毛角，中黄门行之，冗从仆射将之，以逐恶鬼于禁中。"伯奇食梦：伯奇是傩祭中的神人。《后汉书·礼仪志》又说："夜漏上水，朝臣会，侍中、尚书、御史、谒者、虎贲、羽林郎将执事，皆赤帻陛卫，乘舆御前殿。黄门令奏曰：'侲子备，请逐疫。'于是中黄门倡，侲子和，曰：'甲作食歹凶，胇胃食虎，雄伯食魅，腾简食不祥，揽诸食咎，伯奇食梦，强梁、祖明共食磔死寄生，委随食观，错断食巨，穷奇、腾根共食蛊。凡使十二神追恶凶，赫女躯，拉女干，节解女肉，抽女肺肠。女不急去，后者为粮！'因作方相与十二兽舞。"　②魄妖：道教认为，人身有三魂七魄。附身为魂，离身则为魄。作梦即魄之为怪。　③三尸：道教认为，人身中有三尸虫（即三尸神）。《云笈七签》说人身有三尸神即三虫，上

尸名彭倨，又号青姑，好宝物，令人陷昏危。中尸名彭质，又号白姑，好五味，增喜怒，轻良善，惑人意识。下尸名彭矫，又号血姑，好色欲而迷人。　④释门言有四：以下四种说法，疑见《善见律毗婆娑》卷十二所说"四梦"：（1）四大不和梦，或梦山崩，或梦自身飞腾虚空，或梦虎狼及劫贼追逐。此因水火风之四大不调，心神散逸。（2）先见梦，随昼间所见而梦。（3）天人梦，若人修善，则天人为感现善梦，以使增长善根；恶人作恶，则天人为现恶梦，使怖恶生善。（4）想梦，常思想者，多现梦中，想善事则现善梦，想恶事则现恶梦。　⑤瞽（gǔ）者：盲人。　⑥姑婿：姑母的丈夫，即姑父。　⑦群从：堂兄弟和诸子侄。　⑧遗（wèi）：赠送。

【评】

　　做梦是一种精神现象，俗话说："昼有所思，夜有所梦。"也就是说梦是一种心理活动，它与现实生活有着直接或间接的联系，常常是生活的倒影或折射。但是，我们的古人把做梦看得很神秘，还试图通过梦兆来预测吉凶。这则记事先列举了巫祝和释、道关于做梦的不同说法，然后以"瞽者无梦"为据，得出"梦者习也"的结论。"习"就是生活习惯，可见段成式是不大迷信梦兆的，认为那不过是日常生活的变相反映。下面还举了两个例证，卢有则条说因为小弟叩门作鼓声，所以卢梦中去看人击鼓为乐；裴元裕条则说有人爱慕邻家女孩，遂梦见邻女送他两枚樱桃传情，醒来后发现枕侧有樱桃核。这后一条看似有些怪异，其实只要把因果关系颠倒过来，便一点也不奇怪。此人爱慕邻女是真，想必睡前曾食樱桃，梦中遂希望是邻女相送的情物，醒来看到遗核，仍然浮想联翩，不能释怀。一切合情合理，正验证了"梦者习也"的说法是正确的。

前集卷九

李彦佐

李彦佐在沧景①，太和九年②，有诏诏浮阳兵北渡黄河③。时冬十二月，至济南郡④，使击冰延舟⑤。冰触舟，舟覆诏失。李公惊惧，不寝食六日，鬓发暴白⑥，至貌侵肤削⑦，从事亦讶其仪形也。乃令津吏⑧："不得诏，尽死！"吏惧，且请公一祝，沉浮于河。吏凭公诚明，以死索之。

李公乃令具爵酒，及祝，传语诘河伯⑨，其旨曰："明天子在上，川渎山岳，祝史咸秩。予境之内，祀未尝匮⑩。尔河伯洎鳞之长⑪，当卫天子诏，何反溺之？予或不获，予斋告于天，天将谪尔⑫！"吏醉冰。辞已，忽有声如震，河冰中断，可三十丈。吏知李公精诚已达，乃沉钩索之，一钩而出。封角如旧，唯篆印微湿耳。

李公所至，令务严简，推诚于物，著于官下⑬。如河水色浑驶流，大木与纤芥⑭，顷而千里矣，安有舟覆六日，一醉而坚冰陷，一钩而沉诏获，

得非精诚之至乎？（《梦》）

【注】

①沧景：唐置横海军节度使，一名沧景节度使，领沧、景两州，治沧州（今属河北）。　②太和九年：835年。　③浮阳：今河北沧州东南。　④济南郡：今属山东。　⑤延：引进。　⑥暴：突然。　⑦貌侵：相貌变丑。　⑧津吏：管理渡口的官吏。　⑨河伯：民间信仰中的黄河水神。　⑩匮：缺乏。　⑪洎（jì）：自从。　⑫谪：被罚贬职或流放。　⑬官下：做官之处。　⑭纤芥：细微之物。

【评】

《后汉书》上说："精诚所加，金石为开。"初唐四杰之一杨炯也有诗句说："精诚动天地，忠义感明神。"（《和刘长史答十九兄》）这里所写的李彦佐就是一个活生生的事例。正如作者在篇末所议论的，黄河之水一泻千里，诏书沉入河中六日之后，怎么可能因为一番祝祷，就使得坚冰碎裂，一钓而得诏书？明知其不可能会发生，为什么还要一脸严肃地叙述其事呢？恐怕没有别的原因，只能是作者钦仰李彦佐的政声卓著。所谓"令务严简，推诚于物"，亦即为官清正廉明，实事求是，不浮夸，不扰民罢了。

韦行规

韦行规自言①：少时游京西，暮止店中，更欲前进，店前老人方工作，谓曰："客勿夜行，此中多盗。"韦曰："某留心弧矢②，无所患也。"因进发。

行数十里，天黑，有人起草中尾之。韦叱不应，连发矢中之，复不退。矢尽，韦惧，奔焉。有顷，风雷总至。韦下马，负一树，见空中有电光相逐如鞠杖③，势渐逼树杪。觉物纷纷坠其前，韦视之，乃木札也④。须臾，积札埋至膝。韦惊惧，投弓矢，仰空乞命。拜数十，电光渐高而灭，风雷亦息。韦顾大树，枝干童矣⑤。驮鞍已失，遂返前店。

见老人方箍桶，韦意其异人，拜之，且谢有误也⑥。老人笑曰："客勿恃弓矢，须知剑术。"引韦入院后，指鞍驮言："却须取⑦，相试耳。"又出桶板一片，昨夜之箭，悉中其上。韦请役力汲汤⑧，不许。微露击剑事，韦亦得其一二焉。（《盗侠》）

【注】

①韦行规：生平不详，据《酉阳杂俎·续集》卷二"雷穴鱼"条，曾为兴州刺史。　②弧矢：弓箭，指射术。　③鞠杖：即刑讯用杖。"鞠"同"鞫（jū）"。　④木札：木片。　⑤童：秃。　⑥谢：致歉。　⑦却须：还需要。　⑧汲汤：担水烧饭。"汤"，热水。

【评】

韦行规自恃弓箭精熟，目空一切，结果碰上箍桶老人以木片为剑，便被打得丢盔弃甲，狼狈不堪。箍桶老人对韦行规的训示是："勿恃弓矢，须知剑术。"作者的本意或许是要吹嘘剑侠，但我们也可以理解为艺无止境、天外有天的意思，从中汲取教益。

黎　幹

相传黎幹为京兆尹时[①]，曲江涂龙祈雨[②]，观者数千。黎至，独有老人植杖不避。幹怒，杖背二十，如击鞭革[③]，掉臂而去[④]。黎疑其非常人，命老坊卒寻之。至兰陵里之内，入小门，大言曰：“我今日困辱甚，可具汤也[⑤]。”坊卒遽返白黎[⑥]，黎大惧，因弊衣怀公服，与坊卒至其处。

时已昏黑，坊卒直入，通黎之官阀[⑦]。黎唯而趋入[⑧]，拜伏曰：“向迷丈人物色[⑨]，罪当十死。”老人惊起，曰：“谁引君来此？”即牵上阶。黎知可以理夺[⑩]，徐曰：“某为京兆尹，威稍损则失官政。丈人埋形杂迹，非证慧眼，不能知也。若以此罪人，是钓人以贼[⑪]，非义士之心也。”老人笑曰：“老夫之过。”乃具酒设席于地，招坊卒令坐。

夜深，语及养生之术，言约理辩。黎转敬惧。因曰：“老夫有一伎[⑫]，请为尹设。”遂入。良久，紫衣朱鬓[⑬]，拥剑长短七口，舞于庭中。迭跃挥霍，摅光电激，或横若裂盘[⑭]，旋若规尺[⑮]。有短剑二尺馀，时时及黎之衽，黎叩头股慄。食顷，掷剑植地，如北斗状，顾黎曰："向试黎君胆气。"黎拜曰："今日已后性命[16]，丈人所赐，乞役左右。"老人曰："君骨相无道气，非可遽教，别日更相顾也。"揖黎而入。

黎归，气色如病。临镜，方觉须剃落寸馀。翌日复往，室已空矣。（《盗侠》）

【注】

①京兆尹：京兆府（今陕西西安）最高长官。　②曲江：指曲江池（在今西安东南）。　③鞔革：鼓面。　④掉臂：摆动胳膊表示不屑一顾。　⑤汤：热水。　⑥白：下对上说。　⑦官阀：官阶门第。　⑧唯：应答声。　趋：小步快走，表示恭敬。　⑨丈人：老人的通称。物色：形貌。　⑩夺：强行改变。　⑪贼：诈伪。　⑫伎：同"技"。　⑬鬏（mà）：束额巾带。　⑭裂盘：盘子碎裂，指直线。　⑮规尺：圆规运作，指曲线。　⑯已：同"以"。

【评】

《太平广记》卷二六〇引《卢氏杂说》，对黎幹的祈雨另有说法："唐代宗朝，京兆尹黎幹以久旱，祈雨于朱雀门街。造土龙，悉召城中巫觋舞于龙所。幹与巫觋更舞，观者骇笑。弥月不雨，又请祷于文宣王庙。上闻之曰：'丘之祷久矣。'命毁土龙，罢祈雨，减膳节用，以听天命。及是甘泽乃足。"可见黎幹的祈雨纯粹是一场闹剧，成了京城人的一个笑柄。更让人可气的是，黎幹在这场闹剧中作威作福，肆意欺压百姓，见一老人挡住去路，不问青红皂白，上来就重打二十大板。幸亏老人是位剑侠，一身功夫，这才避免了伤害。黎幹得知老人真相，竟屈尊前去拜访，在大门外便唯诺恭谨，进门拜伏于地，领教过老人剑术后，又表示今后愿服侍老人左右。真所谓前倨而后恭啊！由"杖背二十"至"乞役左右"，活画出一个庸碌高官的无耻嘴脸。

僧 侠

建中初①，士人韦生移家汝州②，中路逢一僧，因与连镳③，言论颇洽。日将衔山，僧指路谓曰："此数里是贫道兰若④，郎君岂不能左顾乎⑤？"士人许之，因令家口先行。僧即处分步者先排比⑥。

行十馀里，不至。韦生问之，即指一处林烟曰："此是矣。"及至，又前进。日已没，韦生疑之。素善弹，乃密于靴中取弓卸弹，怀铜丸十馀，方责僧曰："弟子有程期，适偶贪上人清论⑦，勉副相邀。今已行二十里，不至，何也？"僧但言："且行⑧。"

至是，僧前行百馀步，韦知其盗也，乃弹之，正中其脑。僧初若不觉，凡五发中之，僧始扪中处，徐曰："郎君莫恶作剧。"韦知无奈何，亦不复弹。

见僧方至一庄，数十人列炬出迎。僧延韦坐一厅中，唤云："郎君勿忧⑨。"因问左右："夫人下处如法无？"复曰："郎君且自慰安之，即就此也。"韦生见妻女别在一处，供帐甚盛⑩，相顾涕泣。即就僧，僧前执韦生手曰："贫道盗也，本无好意，不知郎君艺若此，非贫道亦不支也。今日故无他，幸不疑也。适来贫道所中郎君弹悉在。"乃举手搦脑后⑪，五丸坠地焉。盖脑衔弹丸而无伤，虽《列》言"无痕挞"⑫，《孟》称"不肤挠"⑬，不曾过也⑭。

有顷布筵，具蒸犊，犊札刀子十馀，以蔺饼环之。揖韦生就坐，复曰："贫道有义弟数人，欲令伏谒⑮。"言未已，朱衣巨带者五六辈，列于阶下。僧呼曰："拜郎君。汝等向遇郎君，则成蔺粉矣⑯。"

食毕，僧曰："贫道久为此业，今向迟暮⑰，欲改前非。不幸有一子，伎过老僧，欲请郎君为老僧断之。"乃呼："飞飞，出参郎君。"飞飞年才十六七，碧衣长袖，皮肉如脂。僧叱曰："向后堂侍郎君。"僧乃授韦一剑及五丸，且曰："乞郎君尽艺杀之，无为老僧累也。"引韦入一堂中，乃反锁之。堂中四隅，明灯而已。

飞飞当堂执一短马鞭，韦引弹，意必中，丸已敲落，不觉跳在梁上，循壁虚蹑，捷若猱玃⑱。弹丸尽，不复中，韦乃运剑逐之。飞飞倏忽逗闪，去韦身不尺。韦断其鞭数节，竟不能伤。

僧久乃开门，问韦："与老僧除得害乎？"韦具言之，僧怅然，顾飞飞曰："郎君证成汝为贼也，知复如何。"僧终夕与韦论剑及弧矢之事。天将晓，僧送韦路口，赠绢百匹，垂泣而别。(《盗侠》)

【注】

①建中：唐德宗李适年号（780—783）。　②汝州：今属河南。　③连镳（biāo）：骑马同行。　④兰若：寺院。　⑤左顾：谢人过访的谦词。　⑥排比：安排。《太平广记》引此句作"僧即处分从者供帐具食"。　⑦上人：对僧人的敬称。清论：清雅的言谈。　⑧且行：暂且再走一程。　⑨郎君：显贵子弟的通称。　⑩供帐：提供宴会所用帐帏、用具、饮食等。　⑪搦（nuò）：按。　⑫无痕挞：斫挞不留痕迹。语出《列子·黄帝篇》："入水不溺，入火不热，斫挞无伤痛，指摘无痟痒。"　⑬不肤挠：肌肤为人所刺而不挠却。语出《孟子·公孙丑上》："北宫黝之养勇也，不肤挠，不目逃。"　⑭不啻（chì）：不仅。　⑮伏谒：谒见尊者，伏地通姓名。　⑯蕌（jī）粉：粉末，比喻粉身碎骨。　⑰迟暮：指年事已高。　⑱猱玃（náo jué）：猴类。

【评】

这则故事在《酉阳杂俎》中编在《盗侠》篇，在《太平广记》中编在《豪侠》篇，其主旨在侠而不在盗，故《太平广记》径以《僧侠》名篇。故事的主人公是一个武僧，早年为盗，晚年则欲改邪归正，由盗入侠。难题就发生在僧有一子，艺高胆大，不听管束，仍拟为盗，于是僧乃转求武艺高强者制服其子，一同弃暗投明。故事的前半是写发现韦生身怀绝技的过程，认为韦生便是他要寻找的武力驯服其子的人选。故事的后半写韦生与其子比试高下，虽说不能战而胜之，但也使其子只有招架之功而无还手之力。这一结果会产生什么影响呢？一如僧所说："郎君证成汝为贼也，知复如何。"这句话颇耐寻味，"贼"即是盗，或者是训诫其子：你的武艺已足以说明，如果任性而为，必将会成为社会的祸害，就看你今后怎么行事了。或者是一种警告：你不能胜过韦生，证明你的武艺只能够为盗，欺压普通人，还不足以仗义行侠，扫尽天下不平事。总之，僧与其子看来是要立志为侠了。侠与盗其实是相通的，都是"身在法令外，纵逸常不禁"，无视现行法令，在其允许的范围之外行事，所不同者唯在于是否"轨于正义"。唐朝人欣赏侠的尚武精神，欣赏他们言必信、行必果的人格品质，当然也对盗的劫富济贫、杀人使气表现了一定的宽容，所以亦盗亦侠、由盗入侠的故事屡见于唐人小说，既体现出当时文人对理想人格的诉求，也闪耀出一种人性美的光辉。

卢　生

元和中①，江淮有唐山人者，涉猎史传，好道，常游名山。自言善缩锡②，颇有师之者。后于楚州逆旅遇一卢生③，意气相合④，卢亦语及炉火⑤，称唐族乃外氏⑥，遂呼唐为舅。唐不能相舍，因邀同之南岳⑦。卢亦言："亲故在阳羡⑧，将访之，今且贪舅山林之程也。"

中途，止一兰若⑨。夜半，语笑方酣，卢曰："知舅善缩锡，可以梗概语之。"唐笑曰："某数十年重跰从师，只得此术，岂可轻道耶？"卢复祈之不已，唐辞以师授有时日，可达岳中相传。卢因作色："舅今夕须传，勿等闲也⑩！"唐责之："某与公风马牛耳⑪，不意盱眙相遇⑫，实慕君子，何至驺卒不若也⑬。"

卢攘臂瞋目，眄之良久⑭，曰："某刺客也，如不得⑮，舅将死于此！"因怀中探乌韦囊⑯，出匕首，刃如偃月⑰，执火前熨斗⑱，削之如札⑲。唐恐惧具述，卢乃笑语唐："儿误杀舅。"此术十得五六，方谢曰："某师，仙也，令某等十人，索天下妄传黄白术者杀之⑳。至添金缩锡，传者亦死。某久得乘跷之道者㉑。"因拱揖唐，忽失所在。

唐自后遇道流，辄陈此事戒之。(《盗侠》)

【注】

①元和：唐宪宗李纯年号（806—820）。　②缩锡：一种炼金术，指烧炼锡一类金属而成金。　③楚州：今江苏淮安。逆旅：旅店。　④意气：志趣。"意"字原缺，据《太平广记》补。　⑤炉火：指道家烧炼丹汞事。　⑥外氏：外祖父母家。　⑦南岳：指衡山，在今湖南衡阳境内。　⑧阳羡：今江苏宜兴。　⑨兰若：寺院。　⑩勿等闲：不可等闲视之。　⑪风马牛：风马牛不相及，毫不相干。　⑫盱眙：今属江苏。　⑬驺卒：马车夫。　⑭眄（miǎn）：斜着眼睛。　⑮不得：不能，不这样做。　⑯韦：加工过的皮革。　⑰偃月：半月形。　⑱熨斗：古时的熨斗造形似斗，其中烧炭火。　⑲札：古时用以书写的薄木片。　⑳黄白术：

道家烧炼丹药，化为金银，号称黄白之术。　㉑乘蹻：道家的飞行术。《抱朴子·杂应篇》说："若能乘蹻者，可以周流天下，不拘山河。凡乘蹻道有三法，一曰龙蹻，二曰虎蹻，三曰鹿卢蹻。……思五龙蹻行最远，其馀者不过千里也。"

【评】

《太平广记》把这则故事编入《豪侠》门，并以《卢生》命题，显然是同意《酉阳杂俎》的看法，认为卢生是一位侠客。那么卢生之"侠"在于何处呢？按照卢生自己的说法，他已"久得乘蹻之道"（至少是个地仙），他的师傅则是天仙，命他在世间往来奔波，杀尽天下妄自传授黄白术和缩锡术的人。这么说卢生是替天（仙）行道，反对世间以炼丹烧汞、缩锡成金而欺世盗名的人。对于真心好道，修炼缩锡术已十得五六，而又不盲目传授他人的唐山人，卢生给予了肯定。唐山人由此也得到教训，每遇道流则谆谆告诫他们，要诚意修行，切勿大言欺世。这则故事明知是渲染豪侠之气，但因为写得隐晦，主题大意是否如上面所说仍可以讨论。其实这一点并不重要，引起我们注意的还在于其写法，通篇几乎全是卢生和唐山人的对话，作者在一问一答之间显现二人不同的性格。唐山人的憨直与躲闪，卢生的狡狯与进逼，口吻毕肖，让人掩卷犹闻其声，真可谓得小说三昧矣。

前集卷十

风声木

风声木[①]　东方朔西那汗国回[②]，得风声木枝，帝以赐大臣。人有疾则枝汗，将死则折。里语曰："生年未半，枝不汗。"（《物异》）

【注】

① 风声木:《太平广记》作"声木"。按,《洞冥记》卷二作"声风木"。　② 东方朔:字曼倩，平原厌次（今山东陵县）人。汉武帝初，举贤良方正。久之，使待诏金马门。后为太中大夫、给事中。常以诙谐滑稽，直言切谏。《史记》卷一二六、《汉书》卷六五有传。

【评】

《酉阳杂俎·前集》卷十总称《物异》篇，专门记载各种奇异之物及其传说。凡唐以前事，其资料大多取自《西京杂记》《洞冥记》《论衡》《洛阳伽蓝记》等书，域外之物则往往源于佛教典籍。譬如"风声木"这一条，《太平广记》径引《酉阳杂俎》，而且以为帝之所赐为杖不为枝，与今本不同。其实《酉阳杂俎》的文字出于东汉郭宪的《洞冥记》，是郭书的缩写。兹录郭文如下："太初二年（前103），东方朔从西那汗国归，得声风木十枝献帝。长九尺，大如指。此木临因桓之水，则《禹贡》所谓因桓是也。其源出甜波树上，有紫燕、黄鹄集其间。实如油麻。风吹枝如玉声，因以为名。帝以枝遍赐群臣，臣有凶者枝则汗，臣有死者枝则折。……帝乃以枝问朔，朔曰：'臣已见此枝三过，枯死而复生，岂汗折而已哉。里语曰：年未半，枝不汗。此木五千年一汗，万岁不枯。'"（《洞冥记》卷二）

珊　瑚

珊瑚　汉积草池中珊瑚①，高一丈二尺，一本三柯②，上有四百六十二条。是南越王赵佗所献③，号为烽火树。夜有光影，常似欲燃。（《物异》）

【注】

①积草池：西汉上林苑（故址在今陕西周至、户县界，周三百馀里）十池之一。原作"积翠池"，今据《西京杂记》改。　②本：主干。柯：枝茎。　③赵佗（？—前137）：真定（今河北正定）人。秦二世时，为南海龙川令。秦亡，控制桂林郡和象郡，于汉高祖四年（前203），自立为南越武王，建都番禺（今属广东）。汉高祖十一年（前196），汉遣使册封为南越王，南越定期向汉朝进贡。事见《史记》卷一一三《南越传》。

【评】

这一条见于《西京杂记》卷一，文字大抵相同。汉代皇家苑囿中常植有珊瑚树（珊瑚形如树枝，故名为树），以其珍稀，也为辞赋家所津津乐道。如司马相如《上林赋》说："玫瑰碧琳，珊瑚丛生。"历代小说家也屡有描写，如南朝梁任昉《述异记》卷上说："郁林郡有珊瑚市、海先市。珊瑚树碧色，生海底。一株十枝，枝间无叶。大者高五六尺，至小者尺馀。蛟人云海上有珊瑚宫。汉元封二年，郁林郡献瑞珊瑚。”又说：“光武时，南海献珊瑚妇人，帝命植于殿前，谓之女珊瑚。一旦，柯叶甚茂。至灵帝时，树死，咸以谓汉室将亡之征也。”看来植珊瑚是一种祥瑞，当然也可能被看成兴亡的象征。

木　囚

木囚　《论衡》言①：“李子长为政，欲知囚情。以梧桐为人，象囚之形。凿地为埳，以芦苇为郭藉，卧木囚于其中。囚当罪，木囚不动。囚或冤，木囚乃奋起。”（《物异》）

【注】

①《论衡》：东汉王充著，共三十卷，是一部具有唯物论、无神论倾向和批判精神的哲学著作。王充（27—97？），字仲任，上虞（今属浙江）人。出身贫寒，曾任小官吏，晚年罢职回家，以教书、著述为业。《后汉书》卷七九有传。

【评】

这一则记事明言出自《论衡》，但《论衡》原文为反诘语，认为“伪书俗文多不实诚”（《自纪》语），即使囚有冤，木囚也不可能奋起，而段成式删节其文，变成了正面叙说，以伪为实，完全违背了王充的原意。为了鉴别，亦将《论衡》原文录如下：

“刘子长为政，欲知囚情，以梧桐为人，象囚之形。凿地为埳，以卢为椁，卧木囚其中。囚罪正则木囚不动，囚冤侵夺，木囚动出。不知囚之精神着木人乎？将精神之气动木囚也？夫精神感动木囚，何为独不应从土龙？”（《乱龙篇》）

燋　米

燋米　乾陀国①，昔尸毗王仓库为火所烧②，其中粳米燋者，于今尚存，服一粒，永不患疟。

【注】

①乾陀国：又译犍陀卫、健驮罗，《魏书》作乾陀。位于南亚库纳尔河和印度河之间的喀布尔河流域。　②尸毗王：又译尸毗迦王，古印度提婆提城的城主，即佛陀的前生。

【评】

这则记事录自北魏杨衒之《洛阳伽蓝记》卷五《城北》，原文是："于是西北行七日，渡一大水，至如来为尸毗王救鸽之处，亦起塔寺。昔尸毗王仓库为火所烧，其中粳米燋然，至今犹在。若服一粒，永无疟患。彼国人民须禁日取之。"

壁　影

壁影　高邮县有一寺①，不记名。讲堂西壁枕道②，每日晚，人马车舆影，悉透壁上。衣红紫者③，影中卤莽可辨④。壁厚数尺，难以理究。辰午之时则无⑤。相传如此二十馀年矣，或一年半年不见。成式太和初⑥，扬州见寄客及僧说⑦。(《物异》)

【注】

①高邮：今属江苏。　②枕道：临近道路。　③衣红紫者：

指官员。唐制，官五品以上服朱，三品以上服紫。　④卤莽：隐约。　⑤辰：相当于现在上午7时至9时。午：中午11时至13时。　⑥太和：唐文宗李昂年号（827—835）。　⑦扬州：今属江苏。

【评】

日晚斜照，车马人物的影子倒映在墙壁正面是很正常的，但穿透数尺厚的墙壁在背面映照出来则是不可能的。段成式虽然亲耳听人说起，心里也知道"难以理究"，所以写下来只说"有一寺，不记名"，究竟有无此寺也就在两可之间了。这就是人们常说的文人之狡狯伎俩。

涤阳道士

虞乡有山观①，甚幽寂，有涤阳道士居焉。太和中②，道士尝一夕独登坛望③，见庭忽有异光，自井泉中发。俄有一物，状若兔，其色若精金，随光而出，环绕醮坛。久之，复入于井。自是，每夕辄见。道士异其事，不敢告于人。

后因淘井，得一金兔，甚小，奇光烂然，即置于巾箱中。时御史李戎职于蒲津④，与道士友善，道士因以遗之⑤。其后戎自奉先县令为忻州刺史⑥，其金兔忽亡去，后月馀而戎卒。（《物异》）

【注】

①虞乡：今山西永济东北。山观：山间道观。　②太和：唐文宗李昂年号（827—835）。　③坛：即下文醮（jiào）坛，道士祭神的高台。　④御史：即御史大夫，御史台长官，专掌纠察弹劾之事。蒲津：亦称蒲坂津，为黄河渡口，在今山西永济蒲州镇。　⑤遗（wèi）：赠送。　⑥奉先：今陕西蒲城。忻州：今属山西。

【评】

虞乡道士因为淘井而偶获金兔，转送给御史李戎。李戎携金兔游宦各地，后来从奉先县令升任忻州刺史，金兔忽然遗失，一个月后死去。这是事情发展的正常顺序，即使李戎的死与金兔有关联，也只是说明时间巧合，看不出有何因果关系。但是，古人迷信，认为任何事情的发生、发展、结束均有前兆可循。于是在这则故事中，发掘出井底金兔之前，庭前屡现异光，李戎死前金兔亡去，弄得神乎其神。这种迷信的说法与星殒人亡、灯花兆喜之类一样，在古书中屡见不鲜，我们只把它当作事后诸葛亮的慰解之词好了，不必去较真儿。

前集卷十一

袁 翻

历城北二里有莲子湖[①]，周环二十里。湖中多莲花，红绿间明，乍疑濯锦。又渔船掩映，罟罾疏布[②]，远望之者若蛛网浮杯也。魏袁翻曾在湖燕集[③]，参军张伯瑜咨公言："向为血羹[④]，频不能就[⑤]。"公曰："取洛水，必成也。"遂如公语，果成。

时清河王怪而异焉[⑥]，乃咨公："未审何义得尔?"公曰："可思湖目[⑦]。"清河笑而然之，而实未解。坐散，语主簿房叔道曰："湖目之事，吾实未晓。"叔道对曰："藕能散血，湖目莲子，故令公思。"清河叹曰："人不读书，其犹夜行，二毛之叟[⑧]，不如白面书生[⑨]。"(《广知》)

【注】

①历城：今山东济南。　②罟(gǔ)罾(zēng)：鱼网。疏布：稀稀落落地散布着。　③魏：北魏。袁翻(476—528)：字景翔，陈郡项(今河南项城)人。魏孝明帝时，以平南将军出为齐州(今山东济南)刺史。《魏书》卷六九、《北史》卷四七有传。　④血

羹：用禽、畜血做成的羹。　⑤频：多次。　⑥清河王：疑指元怿（487—520），字宣仁。孝文帝太和二十一年（497）封清河王。《魏书》卷二二、《北史》卷一九有传。　⑦湖目：湖名。　⑧二毛：头发花白，指老人。　⑨白面书生：指阅历少的读书人。

【评】

　　这则记载讲血羹做法，饮食小技，本不足道，关键在于清河王由此而发的感慨："人不读书，其犹夜行。二毛之叟，不如白面书生。"就是说人不读书就像在黑夜里行走，不容易辨清方向，即使活到老年也不如年轻的读书人。这个道理在今天看来也是十分重要的，应该成为我们的座右铭。除去中心思想上的积极意义，这条记载在艺术描写上也是很高明的。先看他的写景，二十里湖面盛开莲花，只用"红绿间明，乍疑濯锦"八个字便足以尽之，笔墨何其简洁飞动。再看他的写人，袁翻的回答给清河王出了一道谜语，清河王一时智短，又要保持脸面，只好不懂装懂，只一句"笑而然之，而实未解"，就把当时的尴尬场景和盘托出了。

陆　缅

　　梁主客陆缅谓魏使尉瑾曰①："我至邺②，见双阙极高③，图饰甚丽。此间石阙亦为不下④。我家有荀勖所造尺，以铜为之，金字成铭，家世所宝此物。往昭明太子好集古器⑤，遂将入内。此阙既成，用铜尺量之，其高六丈。"瑾曰："我京师象魏⑥，固中天之华阙⑦。此间地势过下，理不得高。"魏肇师曰⑧："荀勖之尺⑨，是积黍所

为⑩，用调钟律⑪，阮咸讥其声有湫隘之韵⑫。后得玉尺度之，过短。"（《广知》）

【注】

①梁：南朝萧梁。主客：即主客曹郎，主管外交行政管理、接待事务。魏：北朝东魏。尉瑾：字安仁。仕魏为中书舍人。入齐，累迁右仆射。《北齐书》卷四〇有传。　②邺：今河北临漳西南。北朝东魏定都于此。　③阙：皇宫前面两边的楼台，中间有道路。　④不下：不低。　⑤昭明太子：指萧统（501—531），字德施，南朝梁武帝长子。天监元年（502），立为皇太子。中大通三年卒，年三十一，谥昭明。《梁书》卷八、《南史》卷五三有传。　⑥京师：京城，这里指邺。象魏：宫廷的阙门。　⑦中天：天运行到正中，比喻盛世。　⑧魏肇师：东魏使臣。生平未详。　⑨荀勖（217？—289）：字公曾，颍阴（今河南许昌）人。仕魏为廷尉正。入晋，累迁光禄大夫、守尚书令。有才思，精通音律。《晋书》卷三九有传。　⑩积黍：古代度量衡定制以黍为准，中等黍粒的长度定为一分，积百黍即为一尺。　⑪钟律：乐律。钟为一种乐器。　⑫阮咸：晋"竹林七贤"之一，字仲容，陈留（今河南开封）人。阮籍侄。官始平太守。《晋书》卷四九有传。湫隘：低下狭小。按《世说新语·术解》记载：荀勖善解音律，当时号称"闇解"，于是郊庙朝会的乐律都由他来调校。阮咸精于鉴赏，时人称为"神解"。每次集会奏乐，他总觉得荀勖的调校不够谐调。后来有个农夫耕地，得到一把周代的玉尺，正是天下的标准尺。荀勖用玉尺来校正过去调校的乐律，正比玉尺短一黍米，这才佩服阮咸对乐律的神识妙赏。又《世说新语》此条刘孝标注引《晋诸公赞》说，阮咸认为荀勖"所造声高，高则悲。夫亡国之音哀以思，其民困。今声不合雅，惧非德政中和之音，必是古今尺有长短所致"。

这里所说的"所造声高，高则悲"即是"湫隘之韵"。

【评】

这里写的是一段精彩的外交辞令。萧梁主客曹郎陆缅接待东魏使臣尉瑾、魏肇师，席间陆缅说，此间（指梁都金陵，今江苏南京）石阙高六丈，不比你们邺城（魏都）的双阙低。尉瑾立即反驳说，我国的双阙是强盛国家的物证，你们这里地势低下，石阙也不会有多高。魏肇师接尉瑾的话头，引历史掌故为证说，当初荀勖调校乐律，阮咸批评他定音过高，后来得到周朝的玉尺一衡量，荀勖用来调校的铜尺果然比玉尺短一分。因此可以说，你们用铜尺丈量石阙高六丈，如果用玉尺衡量绝对不够六丈。这三人的对话表面上是比较梁、魏两国宫殿门阙的高低，实则双方都是把门阙当作国家的象征，门阙的高低代表着国家的强弱盛衰，所以彼此互不相让，一定要争出一个高下。另外，魏肇师的话还有一层意思，说你们梁朝用铜尺，我们东魏用玉尺，玉尺是周尺，证明我国与周文王、周武王一脉相承，是正统，你们用铜尺，只能算是后起的旁支。在这一场话语交锋中，似乎魏肇师略占上风。

据清代学者赵翼考证："南北通好，尝藉使命增国之光，必妙选行人，择其容止可观、文学优赡者，以充聘使。"（《廿二史札记》卷十四《南北朝通好以使命为重》）这是说南北朝时期很重视外交，所派使者必定是容仪蕴藉、口齿辨捷、博学高才的"一时之选"，而负责接待的主客曹郎也同样是"聪敏才赡"、"吐属如流"的俊才。这样在双方交往中往往言词交锋，必欲一言制胜、折服对方而后快。在南北朝各史中，谈到南北交聘、唇枪舌剑的地方虽不鲜见，但像段成式这样写得有声有色的段落却也不多。段成式是晚唐人，如何能够得知南北交聘中的精妙言论呢？这大概有赖于南朝的一项外交制度。南朝规定，在接待来使的工作完成以后，主客曹郎需把接待中的谈话内容写成书面报告，即《语辞》。《南齐书·王融传》记载，王融于永明十一年（493）以主客郎身份接待北朝使者，事后写有《接虏使语辞》。又《刘绘传》，说刘绘以主客郎身份负责接待，"事毕，当撰《语辞》"。这些都证明当时的外交制度有事后报告的明文规定。这里所写的陆缅事及后面的魏肇师事，无疑是见于《语辞》的内容。段成式直接或间接依据当事人的报告来记述，所以才具有精彩如同亲历的效果。

僧灵鉴

　　慈恩寺僧广升言①："贞元末②，阆州僧灵鉴善弹③。其弹丸方④，用洞庭沙岸下土三斤⑤，炭末三两，瓷末一两，榆皮半两，泔淀二勺⑥，紫矿二两⑦，细沙三分，藤纸五张，渴拓汁半合，九味合捣三千杵，齐手丸之，阴干。

　　郑彙为刺史时⑧，有当家名寅⑨，读书，善饮酒，彙甚重之。后为盗，事发而死。寅尝诣灵鉴角放弹，寅指一树节，其节目相去数十步，曰：'中之，获五千。'一发而中，弹丸反射不破。至灵鉴⑩，乃陷节碎弹焉。"（《广知》）

【注】

　　①慈恩寺：在今陕西西安城南。本隋无漏寺，唐高宗李治倡议改建并更名。　②贞元：唐德宗李适年号（785—805）。　③阆州：今四川阆中。　④其弹丸方：《太平广记》卷二二七《僧灵鉴》条

引《酉阳杂俎》此句上有"常自为弹丸"五字。 ⑤洞庭：指今湖南洞庭湖。 ⑥泔淀：淘米水。 ⑦紫矿：一种树脂。 ⑧郑彙：生平不详。 ⑨当家：本家。 ⑩至灵鉴：此下二句《太平广记》作"灵鉴控弦，百发百中，皆节陷而丸碎焉"。

【评】

《酉阳杂俎》将此篇编入《广知》，意在记录弹丸的制作方法，以广见闻。《太平广记》引此则入《绝艺》门，着眼点在故事的后半截，突出僧灵鉴武艺高强，这和原书的立意大相径庭。段成式虽也写灵鉴善弹，但并无危害一方之事，而与"为盗"的郑寅两相对照，同样身怀百步穿杨的绝技，却有善恶之别，段之抑恶扬善之心也就不言自明了。

前集卷十二

庾　信

　　庾信作诗用《西京杂记》事①，旋自追改②，曰："此吴均语③，恐不足用也。"魏肇师曰④："古人托曲者多矣。然《鹦鹉赋》，祢衡、潘尼二集并载⑤；《弈赋》，曹植、左思之言正同⑥。古人用意，何至于此？"君房曰⑦："词人自是好相采取，一字不异，良是后人莫辩。"魏尉瑾曰⑧："《九锡》或称王粲⑨，《六代》亦言曹植。"信曰："我江南才士，今日亦无举世所推。如温子升⑩，独擅邺下⑪，尝见其词笔，亦足称是远名。近得魏收数卷碑⑫，制作富逸⑬，特是高才也。"（《语资》）

【注】

　　①庾信（513—581）：字子山，南阳新野（今属河南）人，迁居江陵（今湖北荆州）。曾为梁昭明太子萧统东宫侍读，又为梁简文帝萧纲东宫抄撰学士。累迁尚书度支郎中、通直正员郎，领建康令。侯景之乱，遁围奔江陵。萧绎在江陵称帝，除御史中丞。承圣三年（554），使于西魏，梁亡，遂羁留长安。仕西魏、北周，官至骠骑大将军、开府仪同三司、司宗中大夫。开皇元年卒，年

六十九。《周书》卷四一、《北史》卷八三有传。《西京杂记》：专记西汉历史传说和文人逸事的小说集，东晋葛洪撰。旧本题汉刘歆撰，这是因为葛洪在此书跋语中称，他家传有刘歆的《汉书》百卷，是未成之作，他删除班固已袭用于《汉书》者，所剩二万多字，抄为二卷，名为《西京杂记》。为夸饰真实而托名刘歆，这不过是文人的狡狯伎俩。　②旋：随即。　③吴均（469—520）：字叔庠，吴兴故鄣（今浙江安吉）人。天监六年（507），扬州刺史萧伟引兼记室，掌文翰。九年，补国侍郎。十二年，除奉朝请。普通元年卒，年五十二。《梁书》卷四九、《南史》卷七二有传。　④魏肇师：东魏使臣。生平不详。　⑤祢衡（173—198）：东汉辞赋家。字正平，平原般县（今山东临沂东北）人。有才辩而尚气刚傲，好矫时慢物。曾依附章陵太守黄射，射大会宾客，人有献鹦鹉者，使祢衡作赋，于是揽笔作《鹦鹉赋》，文不加点，辞采甚丽。后以事忤射父黄祖被杀，年二十六。《后汉书》卷八〇下、《三国志》卷一〇有传。潘尼（247？—311？）：西晋诗人。字正叔，荥阳中牟（今属河南）人。太康五年（284），举秀才，为太常博士。惠帝元康初，授太子舍人。四年，出为宛令。历黄门侍郎、秘书监，累迁太常卿。《晋书》卷五五有传。　⑥曹植（192—232）：汉魏间诗人、辞赋家。字子建，曹操第四子，曹丕弟。随曹操南征北战，建安十六年（211）封平原侯。曹丕称帝，封鄄城王。太和三年（229），徙封东阿。六年，封陈王，病卒，年四十一。谥思，后人称陈思王。《三国志》卷一九有传。左思（252？—306？）：西晋辞赋家。字太冲，临淄（今属山东）人。以其妹左棻为晋武帝贵嫔，左思居长安与潘岳、陆机等游，名列"二十四友"。太安三年（303），张方作乱入长安，左思迁冀州，数年后病殁，年约五十馀。《晋书》卷九二有传。　⑦君房：即徐君房，梁武帝时为庶子（太子东宫属官）。　⑧尉瑾：字安仁，代

（今山西大同）人。仕魏为中书舍人。北齐天保中，累迁七兵尚书侍郎。入周，为尚书右仆射，卒。《北齐书》卷四〇、《北史》卷二〇有传。　⑨王粲（177—217）：汉末诗人。字仲宣，山阳高平（今山东邹平）人。初平三年（192），至荆州依刘表。建安十三年（208），入曹操幕赐爵关内侯。十八年，授侍中。二十二年卒，年四十一。《三国志》卷二一有传。　⑩温子升（495—547）：北魏骈文家。字鹏举，济阴冤句（今山东菏泽西南）人。北魏正光末，召为郎中，军国文翰皆出其手。建义初，为南主客郎。永熙中，迁散骑常侍。东魏孝静帝时，与元瑾谋诛高澄，事泄系狱卒。《魏书》卷八五、《北史》卷八三有传。　⑪邺下：东魏都城，故址在今河北临漳西南。　⑫魏收（506—572）：北齐骈文家。字伯起，巨鹿下曲阳（今河北晋州西）人。北魏节闵帝时，迁散骑侍郎，兼中书侍郎。孝武帝时，兼中书舍人。东魏武帝二年（544），为散骑常侍。北齐天保元年（551），为中书令。河清二年（563），兼右仆射。天统元年（565），为左光禄大夫。迁中书监，卒。《魏书》卷一〇四、《北齐书》卷三七、《北史》卷五六有传。　⑬富逸：文词丰赡超迈。

【评】

　　这则记事首先因为开头庾信的话，酿成小说史上的一桩公案，即《西京杂记》一书的作者，是东晋的葛洪还是梁朝的吴均。《隋书·经籍志》著录《西京杂记》，不注撰人，而唐张柬之（宋晁载之《续谈助》本《洞冥记跋》引）、刘知几（《史通·忤时》）、张彦远（《历代名画记》）均明言为葛洪撰，故《旧唐书·经籍志》《新唐书·艺文志》亦著录为葛洪。但至宋代，有人误解庾信的话，却把《西京杂记》归于吴均名下。如衢本《郡斋读书志》卷六附注撰人异说，称"江左人或以为吴均依托为之。"清人《四库全书简明目录》卷十四尤为武断，径说"旧本或题汉刘歆撰，或题晋葛洪撰，实则梁吴均撰"。针对吴均说，当代史家已多所辩驳，鲁迅《中国小说史略》说："所谓吴均语者，恐指文句而言，非谓《西京杂记》也。"余嘉锡《四库提要辨证》则说：梁殷芸《小说》（《说郛》本）引《西京杂记》四条，殷芸与吴均"二人仕同朝，同以博学知名，虑无不相识者，使此书果出于吴均依托，芸岂不知，何至遽信为古书，从而采入其著作中乎？"鲁、余所论已说明吴均说不能成立。事实上《酉阳杂俎》自身也有资料证明《西京杂记》的作者是葛洪而非吴均，如前集卷十六《广动植之一》说："葛稚川（葛洪字稚川）：'尝就上林令鱼泉，得朝臣所上草木名二千馀种，邻人石琼就之求借，一皆遗弃。'"按，《西京杂记》卷一作："余就上林令虞渊，待朝臣所上草名二千馀种。"这足以证明段成式亦认为《西京杂记》属葛洪撰。此处所引庾信语，当如鲁迅所说指"文句"（吴均用《西京杂记》事所作文句）而非指《西京杂记》一书。只有作如此理解，才能明白下文魏肇师等人为何要引据"古人托曲者"来为庾信开释。

徐君房

梁徐君房劝魏使尉瑾酒[①]，一吸即尽，笑曰："奇快！"瑾曰："乡邺饮酒[②]，未尝倾卮[③]。武州已来[④]，举无遗滴。"君房曰："我饮实少，亦是习惯。微学其进，非有由然。"庾信曰："庶子之高卑，酒之多少，与时升降，便不可得而度[⑤]。"魏肇师曰："徐君年随情少，酒因境多，未知方

十复作⑥，若为轻重⑦?"(《语资》)

【注】

　　① 徐君房：梁武帝时为庶子。尉瑾：字安仁，仕魏为中书舍人。后仕齐、周，累迁尚书右仆射。《北齐书》卷四〇、《北史》卷二〇有传。　② 乡邺饮酒："乡"，从前。"邺"，东魏都城，在今河北临漳西南。　③ 倾卮（zhī）：干杯。　④ 武州：今江苏睢宁西北。　⑤ 度（duó）：揣测。　⑥ 方十：两个十并列，即二十。　⑦ 若为：怎样。

【评】

　　这则记事写东魏使臣和梁朝接待大臣之间的一段笑谈。尉瑾、魏肇师是魏使，庾信、徐君房是梁臣，彼此间以徐君房饮酒为话题，各逞机智，极尽幽默之能事。初看起来，事情发生的地点和前因后果都不清楚，其实它和本卷的《庾信》《魏肇师》两条可以互为连接，都是写魏尉瑾、魏肇师使梁，抵达梁都建康（今江苏南京）以后的事。至于尉瑾等使梁的时间，则于史有征。《魏书·孝静帝纪》记载：武定三年（545），"春正月丙申，遣兼散骑常侍李奖使于萧衍"，"秋七月庚子，萧衍遣使朝贡"，"冬十月，遣中书舍人尉瑾使于萧衍"。这里说武定三年即梁大同十一年。这一年，魏、梁间有三次使者往来，魏使领衔者有名有姓，梁使未言姓氏，但据本则记事应为徐君房、庾信。按《北齐书·祖孝隐传》说："珽弟孝隐，亦有文学，早知名。词章虽不逮兄，亦机警有辩，兼解音律。魏末为散骑常侍，迎梁使。时徐君房、庾信来聘，名誉甚高，魏朝闻而重之，接对者多取一时之秀，卢元景之徒并降阶摄职，更递司宾。孝隐少处其中，物议称美。"又《北史·庾信传》："累迁通直散骑常侍，聘于东魏。文章辞令，盛为邺下所称。"又《庾信集》卷三有《将命至邺酬祖正员》《将命至邺》二诗，正可以与史传相印证。总之，梁与魏于上年通好后，魏于次年春正月遣李奖来访，秋七月梁遣徐君房、庾信回访，接待者除祖孝隐外，必然还有尉瑾等。至冬十月，魏又遣尉瑾、魏肇师来访，梁则遣徐君房、庾信、陈昭等负责接待。因为双方在邺下已经有过交往，所以此次尉瑾来访，相见甚欢，畅言无忌亦在情理之中了。

魏肇师

梁宴魏使，魏肇师举酒劝陈昭曰①："此席已后，便与卿少时阻阔，念此甚以凄眷。"昭曰："我钦仰名贤，亦何已也②。路中都不尽深心③，便复乖隔，泫叹如何④！"

俄而酒至鹦鹉杯⑤，徐君房饮不尽⑥，属肇师⑦。肇师曰："海蠡蜿蜒⑧，尾翅皆张。非独为玩好⑨，亦所以为罚，卿今日真不得辞责⑩。"信曰⑪："庶子好为术数⑫。"遂命更满酌。君房谓信曰："相持何乃急。"肇师曰："此谓直道而行，乃非豆萁之喻⑬。"君房乃覆碗⑭。

信谓瑾、肇师曰："适信家饷致濡酽酒数器⑮，泥封全，但不知其味若为⑯。必不敢先尝，谨当奉荐⑰。"肇师曰："每有珍旨，多相费累，顾更以多惭⑱。"（《语资》）

【注】

①魏肇师：东魏使臣。生平不详。陈昭：梁将陈庆之子，庆之卒，袭爵永兴县侯。入陈，天康元年（566），曾出使北齐，有《聘齐经孟尝君墓》诗（《文苑英华》卷三〇六）。　②已：止。　③中都：京都。这里指邺（今河北临漳西南）。深心：深远的心意。　④泫叹：流泪叹息。　⑤鹦鹉杯：即海螺盏，一种用鹦鹉螺作杯身，用金银镶足的酒杯。　⑥徐君房：生平不详，据下文，当时应为梁太子东宫属官，即庶子。　⑦属：同"嘱"，交付。　⑧海蠡：海螺。蜿蜒：萦回屈曲的样子。　⑨玩好：供玩赏的珍奇异宝。　⑩卿：你，称卿表示亲热。⑪信：指庾信（513—581），字子山，新野（今属河南）人。仕梁为通直散骑常侍、建康令、御史中丞。出使西魏，梁亡，遂留长安。先仕西魏，入周，累迁骠骑大将军、开府仪同三司。隋文帝开皇元年卒。《周书》卷四一、《北史》卷八三有传。　⑫术数：计谋。　⑬豆萁之喻：用煮豆燃萁，比喻兄弟相逼。按，《世说新语·文学篇》说："文帝（曹丕）尝令东阿王（丕弟曹植）七步中作诗，不成者行大法，应声便为诗曰：'煮豆持作羹，漉菽以为汁。萁在釜下燃，豆在釜中泣。本是同根生，相煎何太急。'帝深有惭色。"　⑭覆碗：干杯。　⑮家饷：家做的食物。濡醽酒：即醽醁酒，当时的一种美酒名称。　⑯若为：如何，怎么样。　⑰奉荐：奉献。　⑱顾：反而。

【评】

《酉阳杂俎·前集》卷十一的《广知》篇和卷十二的《语资》篇有多处关于梁、魏之间外交接触的直接描写，虽未涉及重大争端问题，但当日迎送宴集的礼仪、氛围倒也摹状入微，足补正史之缺。譬如这一则记载，显然是梁为魏使举行的饯别宴会。首先是魏肇师与陈昭告别，双方都表达了惜别思念之意。其次是魏肇师、徐君房、庾信三人之间，为饮鹦鹉杯而引出一番玩笑话，两国臣僚其乐也融融。最后庾信献上家酿美酒，为魏肇师送行，魏肇师表示愧领，双方极尽缠绵之情。这里共涉及到三个人，每人着墨亦不多，唯因对话切合各人口吻，所以每个人的性情也能略窥一二。

梁宴魏使

梁宴魏使李骞、崔劼^①，乐作，梁舍人贺季曰^②："音声感人深也。"劼曰："昔申喜听歌怆然^③，知是其母，理实精妙然也。"梁主客王克曰^④："听音观俗，转是精者。"劼曰："延陵昔聘上国^⑤，实有观风之美^⑥。"季曰："卿发此言^⑦，乃欲挑战？"骞曰："请执鞭弭^⑧，与君周旋^⑨。"季曰："未敢三舍^⑩。"劼曰："数奔之事^⑪，久已相谢^⑫。"季曰："车乱旗靡^⑬，恐有所归。"劼曰："平阴之役^⑭，先鸣已久。"克曰："吾方欲馆穀而旌武功^⑮。"骞曰："王夷师熠^⑯，将以谁属？"遂共大笑而止。

【注】

①李骞：字希义，赵郡平棘（今河北赵县）人。在魏累官散骑常侍、尚书左丞，并以本官兼散骑常侍使梁。入齐，重赠使持节、侍中、都督殷沧二州诸军事、车骑大将军、仪同三司，仍殷州刺史，卒于官。《魏书》卷三六、《北史》卷三三有传。崔劼：

字彦玄，贝丘（今山东临清南）人。魏末，累迁中书侍郎。兴和三年（541），兼通直散骑常侍使于梁。入齐，拜齐州大中正，转五兵尚书、中书令，加开府仪同三司。《魏书》卷六七、《北齐书》卷四二、《北史》卷四四有传。　②贺季：贺玚子，贺革弟。明"三礼"，历官尚书祠部郎，兼中书通事舍人，累迁步兵校尉、中书黄门郎、兼著作。《梁书》卷四八有传。　③申喜：战国时楚人。《淮南子·说山训》说："老母行歌而动申喜，精之至也。"高诱注："申喜，楚人也，少亡其母。闻乞人行歌声，感而出视之，则其母也。故口精之至。"　④主客：即主客曹郎，主管外交事务的官员。王克：王缵孙。美容貌，善容止，仕梁历司徒右长史、尚书仆射。入陈，位尚书右仆射。《南史》卷二三有传。　⑤延陵：指春秋时吴国的公子季札。吴王寿梦见少子季札贤，欲立之，季札不受。封于延陵（今江苏常州南），故号延陵季子。季札历聘上国，遍交当世贤士大夫，当时以博学多闻著称。事见《左传·襄公二十九年》《史记·吴太伯世家》。上国：春秋时与吴、楚相对而言，称中原诸侯国为上国。　⑥风：观察民风，了解施政得失。　⑦卿：对人的敬称。　⑧弭（mǐ）：本指末端用骨装饰的弓，这里泛指弓。　⑨与君周旋：语出《左传·僖公二十三年》："若不获命，请左执鞭、弭，右属橐、鞬，以与君周旋。"这是晋公子重耳的话。晋公子逃出晋国，到达楚国，楚王设享礼招待他，问："如果我送你回晋国掌权，你用什么报答我？"重耳说："我返回晋国后，一旦晋楚两国演习军事，在中原相遇，我就后退九十里。如果还得不到君王的宽大，那就左手执鞭执弓，右边挂着弓袋箭袋，跟君王较量一下。"　⑩未敢三舍：不敢退避三舍，意即迎接挑战。军队行进三十里为一舍。退避三舍就是上注重耳所说的"后退九十里"（原文是"其辟君三舍"）。　⑪数奔之事：

屡次疲于奔命。疑用《左传·成公七年》"子重、子反于是乎一岁七奔命"语。按子重、子反是楚国的将领，吴国攻打楚国，二人奉命救援，一年中奔波七次。　⑫谢：道歉。　⑬车乱旗靡：车辙杂乱、旗帜倒下，指无心恋战，一溃千里的景象。这是用《左传·庄公十年》曹刿论战事。按鲁、齐战于长勺，齐败，曹刿同意追击，庄公问为什么，曹刿说："夫战，勇气也。一鼓作气，再而衰，三而竭。彼竭我盈，故克之。夫大国，难测也，惧有伏焉。吾视其辙乱，望其旗靡，故逐之。"　⑭平阴之役：《左传·襄公十八年》记晋、齐战于平阴（今山东平阴东北），齐侯登巫山远望晋军，晋军布疑阵，齐侯以为晋军人多，连夜逃走，有人报告晋侯："鸟乌之声乐，齐师其遁。"又有人报告："有班马之声，齐师其遁。"还有人报告："城（平阴城）上有乌，齐师其遁。"　⑮馆榖：原作"官榖"，今据《左传·僖公二十八年》"晋师三日馆、榖"句改。馆指馆舍，榖指粮食。按《左传·僖公二十八年》记载，晋、楚交战，楚军大败，晋军得胜后休整三天，住楚军留下的馆舍，吃楚军留下的粮食，然后班师回国，途中为晋侯在践土（今河南原阳西南）建造了一座王宫。旌：表彰。　⑯王夷师熸（jiān）：国王被灭掉，军队全线溃败。　⑰阉（yān）人：被阉割的人，汉以来宦官多用阉人，俗称太监。　⑱巷伯：即阉人、宦官。因为居宫巷，掌宫内事，故称巷伯。趣马：养马官。　⑲讵（jù）非：难道不是。　⑳袁绍（？—202）：字本初，汝南汝阳（今河南商水西南）人。汉灵帝时，累官中军校尉。灵帝死，劝何进引外兵胁太后诛杀宦官，转司隶校尉。何进召董卓诛宦官，事泄，何进被杀，袁绍遂尽杀宦官。董卓专权后，逃归冀州，割据一方。建安五年（200），官渡之战，大败于曹操，不久即病死。《后汉书》卷七四上、《三国志》卷六有传。

【评】

这则记事见于《酉阳杂俎》卷十二的《语资》篇，说明作者所注重的是其中的精妙言词。的确，无论是东魏来的使者，还是梁朝的接待官员，他们都堪称是文词富赡、吐属如流的饱学之士。更因为是外交场面，彼此于谈笑之间，也要各逞机锋，互不相让。

这场谈笑由席间的音乐诱发，梁方的贺季说："这音乐感人至深。"魏方的崔劼就说："当年申喜听人唱歌受到感动，一看歌者正是他母亲，这都是因为乐声太精妙的缘故。"梁方的王克接着说："能通过音乐来观察一国的风俗，这才是精明的人。"魏方的崔劼马上说："当初吴国的延陵季子遍访中原诸国，在鲁国听乐舞，就有考察各国施政得失的意思。"（这种说法暗含有此来为考察梁朝政治之意。）梁方的贺季听出了弦外之音，反诘魏方是否在有意挑战。魏方的李骞毫不回避，表示愿较量一番。梁方的贺季说："那我也就不必退让了。"于是双方开始引据《左传》故事，一比词锋高下。魏崔劼说："吴楚之战，楚军疲于奔命，早就该谢罪了。"（暗指梁方词绌。）梁贺季则说："鲁齐之战，齐军车辙已乱，旗帜已倒，恐怕是要败退了。"（暗指魏方不敌。）魏崔劼又说："晋齐平阴之战，齐军已从平阴撤走，城上的乌乌已鸣叫很久了。"（暗指梁方之败已成定局。）梁王克便说："我就像晋楚之战中的晋军，得胜后住着楚军留下的馆舍，吃着楚军留下的粮食，休整三天，返程中还建了一座王宫来彰显武功。"（暗指魏方败得十分狼狈。）魏李骞见双方均以战胜为词，遂总括一句说："你们都说各自胜了，那么战败一方国破军溃的罪责该谁来承当呢？"意思是说，这不过是一场口舌之战，无关政局。于是双方一笑了之。后来音乐快演奏完了，正好有几十匹马从眼前经过，后面还跟着宦官模样的人，魏方的李骞又挑衅说："宦官也来养马，这不越职吗？"梁贺季辩解说："那只不过是模样相似，其实并非宦官。"魏崔劼紧迫不舍，说："不管怎么说，要是碰上当年诛杀宦官的袁绍，恐怕绝不会幸免。"这段对话没有下文，看来双方也只能打个平手。

以上这场舌战发生在梁大同七年［魏孝静帝兴和三年（541）］，它和卷三的"同泰寺"条、卷七的"刘孝仪"条写的是同一次外交往来。如能连缀为一篇来读，耐心咀嚼，其中的韵味当更悠远而深长。

宁　王

宁王常猎于鄠县界①，搜林，忽见草中一柜，扃锁甚固。王命发视之，乃一少女也。问其所自，言："姓莫氏，父亦曾作仕②，叔伯庄居。昨夜遇光火贼③，贼中二人是僧，因劫某至此。"动婉含颦④，冶态横生⑤。王惊悦之，乃载以后乘。时慕苹者方生获一熊，置柜中，如旧锁之。时上方求极色⑥，王以莫氏衣冠子女⑦，即日表上之，具其所由。上令充才人⑧。

经三日，京兆奏鄠县食店⑨，有僧二人，以钱一万独赁店一日一夜，言作法事，唯舁一柜入店中⑩。夜久，膈膊有声⑪。店人怪日出不启门，撤户视之，有熊冲人走出，二僧已死，骸骨悉露。上知之，大笑，书报宁王云："宁哥大能处置此僧也。"

莫才人能为秦声^⑫，当时号"莫才人啭"焉。
（《语资》）

【注】

①鄠县：今陕西户县。　②父亦曾作仕：此句原缺，今据《太平广记》卷二三八《宁王》条引《酉阳杂俎》补。下文称"莫氏衣冠子女"，即因为其父亦曾做官。　③光火贼：明火执杖的强盗。　④颦（pín）：皱眉头。　⑤冶态：妖媚的神态。　⑥上：指唐玄宗。极色：最美的女子。　⑦衣冠：指缙绅、士大夫。　⑧才人：宫中的女官。　⑨京兆：京兆府，今陕西西安。鄠县属京兆府管辖。　⑩舁（yú）：抬。　⑪膈（bì）膊（bó）：象声词，这里指搏斗声。　⑫秦声：秦地的音乐。

【评】

这则故事是在宁王与玄宗兄弟友爱的前提下发生的，故事的结局是宁王为玄宗物色到一位冶态横生的女子充才人，同时又惩治了凶僧恶贼，所以玄宗写信给宁王，对其作为大加称赏。在古代封建王朝内部，宗室子弟为争夺王位往往大开杀戒。在唐睿宗诸子中，宁王为长，本属第一王位继承人，却主动让其弟李隆基为太子。李隆基即位后，宁王不议朝政，不滥交结，故深得信重。按照两《唐书》的说法就是"虽有谗言交构其间，而友爱如初"，"每（宪）生日必亲幸其第为寿，往往留宿。居常无日不赐遗，尚食总监及四方所献酒酪异馔皆分饷之"。这种特殊的君臣关系，大概当时朝廷内外皆有所议论，因而段成式也把听到的一段逸事写进了《酉阳杂俎》。不过我们今天欣赏这段逸事，并不看重宁王的兄弟之情，而认为故事的一个侧面反映了当时社会上僧道之流为非作歹的情况，作恶僧人即使不加审理而被处死也是咎由自取。

王　勃

王勃每为碑颂[1]，先磨墨数升，引被覆面而卧。忽起，一笔书之，初不窜点[2]，时人谓之腹稿。少梦人遗以丸墨盈袖[3]，自是文章日进。(《语资》)

【注】

　　[1] 王勃(650—676 ?)：字子安，绛州龙门(今山西河津)人。早慧好学。麟德三年(666)，对策高第，授朝散郎。后为沛王府侍读。总章二年(669)，时诸王好斗鸡，戏为《檄英王鸡文》，为高宗所恶，被逐出府。于是南游巴蜀，尝补虢州参军，恃才傲物，为同僚所嫉。咸亨五年(674)，因匿杀官奴，犯死罪，遇赦革职。上元二年(675)，赴交趾探父，途经南昌，作《滕王阁序》，一时天下传诵。自交趾返，渡海溺水而死。《旧唐书》卷一九〇、《新唐书》卷二〇一有传。碑颂：碑文和颂辞。　[2] 窜点：删改涂抹。　[3] 盈：满。

【评】

　　今天说到腹稿，人们都知道是先在心中孕育的文稿。若问"腹稿"这个典故的出处，那么就是《酉阳杂俎》卷十二《语资》篇的这一条记载。《新唐书》的《王勃传》也把这一条写了进去，使"腹稿"这个典故流传得更加广泛，一直到今天还是具有生命力的语词。王勃是一个才子，而且早慧，他九岁时读颜师古注的《汉书》，就能指摘其失，作千古名文《滕王阁序》时也不过二十几岁(《唐摭言》说是十四岁)，所以他的捷思敏才常常成为小说家喜欢采用的语资谈助。但是，从腹稿一事可以看出，王勃虽然有捷才，也并非率尔下笔，而是先行构思，有了把握再援笔立就。正因为如此，他的同时代人就赞誉他的文章"壮而不虚，刚而能润，雕而不碎，按而弥坚"（杨炯《王勃集序》）。他和同时代人杨炯、卢照邻、骆宾王文名冠绝一时，海内并称"王、杨、卢、骆"，后人号为"初唐四杰"。

李　白

李白名播海内①，玄宗于便殿召见，神气高朗，轩轩然若霞举。上不觉亡万乘之尊②，因命纳履。白遂展足与高力士③，曰："去靴。"力士失势，遽为脱之。及出，上指白谓力士曰："此人固穷相④。"

白前后三拟《文选》⑤，不如意，悉焚之，唯留《恨》《别赋》。及安禄山反⑥，制《胡无人》⑦，言："太白入月敌可摧。"及禄山死，太白蚀月⑧。

众言李白，唯戏杜考功"饭颗山头"之句⑨。成式偶见李白《祠亭上宴别杜考功》诗⑩，今录首尾曰："我觉秋兴逸，谁言秋兴悲。山将落日去，水共晴空宜"，"烟归碧海夕，雁度青天时。相失各万里，茫然空尔思。"（《语资》）

【注】

①李白（701—762）：字太白，自称陇西成纪（今甘肃秦安）人。一说其先代于隋末流徙西域，白生于中亚碎叶城（今吉尔吉斯斯坦托克马克附近）。一说"本为西域胡人"（陈寅恪《李白氏

族之疑问》）。早年在蜀中读书，好击剑任侠。大约在开元十九年（731），初入长安求仕，颇得贺知章赏识。二十年，失意而归。四年后移居山东任城，与孔巢父等隐徂徕山，时号"竹溪六逸"。天宝元年（742），应诏入京，供奉翰林。三载春，因权贵谗毁，被"赐金还山"，从此浪迹天下。安史之乱时，隐居庐山，永王璘召至幕中，随军东下。至德二载（757），永王谋乱兵败，白坐长流夜郎。乾元二年（759），中途遇赦归江夏。宝应元年（762），往依族叔当涂令李阳冰。不久病卒，年六十二。《旧唐书》卷一九〇下、《新唐书》卷二〇二有传。　②亡：通"忘"。万乘之尊：指帝位。　③高力士（684—762）：本姓冯，因宦官高延福收养改姓高。圣历初，入宫供事。开元初为右监门卫将军，知内侍省事，权势甚大。后随玄宗逃蜀，返京后，为李辅国所诬，失势。《旧唐书》卷一八四、《新唐书》卷二〇七有传。　④穷相：贫贱的样子，小家子气。　⑤《文选》：原作"词选"，今据下文拟《恨赋》《别赋》事改。《文选》是南朝梁昭明太子萧统主持编纂的一部诗文总集，其中收录了南朝江淹的名作《恨赋》和《别赋》。《恨赋》写人生短暂、志不获骋的感慨，《别赋》写各类离愁别恨，二者历代为人传诵。　⑥禄山反：指"安史之乱"。玄宗后期，藩镇势力兴起，天宝十四载（755），平卢、范阳、河南三镇节度使安禄山起兵叛乱，攻入洛阳。次年正月，自称雄武皇帝，据有河北大部州县。七月，玄宗逃往蜀中，太子李亨（肃宗）于灵武即帝位。叛军入长安，烧杀抢掠。至德二载（757），安禄山被其子庆绪所杀，唐将郭子仪收复两京，安庆绪退至邺郡，部将史思明降唐。次年，史思明复叛，并于乾元二年（759）杀庆绪，自称燕帝。上元二年（761），史思明死于其子朝义之手。宝应元年（762），唐军收洛阳。次年，史朝义自缢，叛乱始平息。　⑦《胡无人》：即《胡无人行》，属乐府旧题。李白《胡无人》全篇如下："严风吹霜海草凋，筋干精坚胡马骄。汉家战士三十万，将军兼领霍嫖姚。流星白羽腰间插，剑花秋莲光出匣。天兵照雪下玉关，虏箭如沙射金甲。云龙风虎尽交回，太白入月敌可摧。敌可摧，旄头灭，履胡之肠涉胡血。悬胡青天上，埋胡紫塞旁。胡无人，汉道昌，陛下之寿三千霜。但歌大风云飞扬，安用猛士兮守四方。"　⑧太白蚀月：太白即金星，亦名启明星。据说太白星主杀伐，太白进入月亮是大将被杀之兆。这里用天象说明李白的预言得到证实。　⑨杜考功：指杜甫（712—770），字子美，巩县（今河南巩义）人。开元、天宝间，漫游吴越、齐鲁、梁宋。天宝五载（744），至长安。十载，进《三大礼赋》，玄宗命待诏集贤院。十四载，授右卫率府胄曹参军。安史乱起，奔赴肃宗行在，遂陷贼中。至德二载（757），脱身赴凤翔，拜右拾遗。乾元元年（758），出为华州司功。上元元年（760），至成都。广德二年（764），严武镇蜀，表为节度参谋、检校工部员外郎。永泰元年（765）辞归。大历三年（768）自夔州出峡，漂泊于岳阳、潭州一带。五年，卒于湘水船中，年五十九。《旧唐书》卷一九〇下、《新唐书》卷二〇一有传。饭颗山头：唐孟棨《本事诗》卷三记载："白才逸气高，与陈拾遗（子昂）齐名，先后合德。其论诗曰：'梁、陈以来，艳薄斯极，沈休文（约）又尚以声律，将复古道，非我而谁与！'故陈、李二集律诗殊少。尝言'兴寄深微，五言不如四言，七言又其靡也，况使束于声调俳优哉。'故戏杜曰：'饭颗山头逢杜甫，头戴笠子日卓午。借问别来太瘦生，总为从前作诗苦。'盖讥其拘束也。"　⑩《祠亭上宴别杜考功》诗：应即《秋日鲁郡尧祠亭上宴别杜补阙范侍御》，诗共十四句，下文已引首尾八句，中间六句是："鲁酒白玉壶，送行驻金羁。歇鞍憩古木，解带挂横枝。歌鼓川上亭，曲度神飙吹。"

【评】

　　李白和杜甫是我国唐代的两位伟大诗人，堪称诗歌史领域里的双子星座。李杜二人交契深厚，逸事颇多，也是历来文人津津乐道的文苑佳话。在这则记载中，段成式首先谈到李白的个性，神气高朗，不畏权贵，竟敢在玄宗面前让炙手可热的高力士为自己脱靴。这件事非同寻常，所以明朝人的拟话本作品《李谪仙醉草吓蛮书》(《警世通言》卷九) 中，对此事重彩描摹。接下来段成式又谈到李白的诗文风格，虽然着墨不多，但亦突出了重点，这就是李白精熟《文选》，善于向汉魏六朝以来的优秀作家学习。杜甫激赏李白的诗作，称之为"清新庾开府，俊逸鲍参军"(《春日忆李白》)，也可见他认为李白学习六朝是成功的，是青出蓝而胜于蓝。段成式最后谈到李杜的关系，似认为李对杜有贬词。这里有两个问题需要廓清，第一，既然"饭颗山头"之句见于《本事诗》，认为是李戏赠杜之作，言之凿凿，不容怀疑，那么此处所引《祠亭上宴别杜考功》诗，亦当是李赠杜，而今本《李白集》却题作《秋日鲁郡尧祠亭上宴别杜补阙范侍御》，是否赠杜，已有疑窦。对此，郭沫若《李白与杜甫》曾作考证："这虽然误把'考功'弄成了杜甫的功名，'杜考功'即杜甫是无疑问的。'饭颗山头'之句是李白赠杜甫的诗句，《尧祠亭上宴别》也必然是赠杜甫的诗。因此，《李白集》中的诗题应该是《秋日鲁郡宴别杜甫兼示范侍御》。'兼示'二字，抄本或刊本适阙，后人注以'阙'字。其后窜入正文，妄作聪明者乃益'甫'为'补'而成'补阙'。"郭说依据段成式的记载以纠正今本《李白集》之误，可以备一说。第二，李白另有一首赠杜诗，题作《沙丘城下寄杜甫》："我来竟何事，高卧沙丘城。城边有古树，日夕连秋声。鲁酒不可醉，齐歌空复情。思君若汶水，浩荡寄南征。"《唐宋诗醇》有评语说："白与杜甫相知最深，'饭颗山头'一绝，《本事诗》及《酉阳杂俎》载之，盖流俗传闻之说，白集无是也。鲍、庾、阴、何，词流所重，李杜实尝宗之，特所成就者大，不寄其篱下耳，安得以为讥议之词乎？甫诗及白者十馀见，白诗亦屡及甫，即此结语，情亦不薄矣。世俗轻诬古人，往往类是，尚论者当知之。"此说连带驳斥了段成式，亦有助于端正视听，如实认识李杜的友谊。

周　皓

薛平司徒尝送太仆卿周皓①上，诸色人吏中，末有一老人，八十馀，着绯②。皓独问："君属此司多少时？"老人言："某本艺正伤折，天宝初③，高将军郎君被人打，下颔骨脱，某为正之，高将军赏钱千万，兼特奏绯④。"皓因颔遣之，唯薛觉皓颜色不足⑤。

伺客散，独留从容，谓周曰："向卿问着绯老吏，似觉卿不悦，何也？"皓惊曰："公用心如此精也。"乃去仆，邀薛宿，曰："此事长，可缓言之。某少年常结豪族为花柳之游⑥，竟蓄亡命，访城中名姬，如蝇袭膻，无不获者。时靖恭坊有姬，字夜来⑦，稚齿巧笑，歌舞绝伦，贵公子破产迎之。予时与数辈富于财，更擅之⑧。

"会一日⑨，其母白皓曰：'某日夜来生日，岂可寂寞乎？'皓与往还，竟求珍货，合钱数十万，会饮其家乐工贺怀智、纪孩孩，皆一时绝手⑩。扃方合，忽觉击门声，皓不许开。良久，折关而入⑪。有少年紫裘，骑从数十，大诟其母，即将军高力士之子也。母与夜来泣拜，诸客将散。皓时血气方刚，且恃扛鼎⑫，顾从者不相敌，因前让其怙势，攘臂殴之，踣于拳下⑬，遂突出⑭。

"时都亭驿有魏贞，有心义，好养私客，皓以情投之，贞乃藏于妻女间。时有司追捉急切，贞恐踪露，乃夜办装具，腰白金数挺⑮，谓皓曰：'汴州周简老⑯，义士也，复与郎君当家，今可依之，且宜谦恭不怠。'周简老盖大侠之流，见魏贞书，甚喜。皓因拜之为叔，遂言状。简老命居一船中，戒无妄出，供与极厚。

"居岁馀，忽听船上哭泣声。皓潜窥之，见一少妇，缟素甚美，与简老相慰。其夕，简老忽至皓处，问：'君婚未？某有表妹，嫁与甲，甲卒，无子，今无所归，可事君子。'皓拜谢之。即夕，其表妹归皓。有女二人，男一人，犹在舟中。简老忽语皓：'事已息。君貌寝⑰，必无人识者，可游江淮。'乃赠百馀千，皓号哭而别，简老寻卒。皓官已达，简老表妹尚在，儿娶女嫁，将四十馀年，人无所知者。适被老吏言之⑱，不觉自愧。不知君子察人之微也。"

有人亲见薛司徒说之也。(《语资》)

【注】

①薛平（752？—832？）：字坦途，绛州万泉（今山西万荣西南）人。历磁州、滑州刺史，迁平卢军节度使。长庆元年（821），以平叛功，诏加右仆射，进封魏国公。宝历元年（825），进左仆射、兼户部尚书。太和二年（828），加检校司徒。四年卒，年八十。《旧唐书》卷一二四、《新唐书》卷一一一有传。太仆卿：太仆寺长官，掌国家厩牧车舆政令。周皓：生卒不详。贞元四年（788）为太仆卿。 ②绯：红袍。唐制，官员三品以上服紫，四品、五品服绯，六品、七品服绿，八品、九品服青。 ③天宝：唐玄宗李隆基年号（742—756）。 ④特奏绯：直接给皇帝上奏疏，赏赐绯服。唐制，未及五品者可以赐绯，以示尊宠。 ⑤颜色：脸色。不足：不够。这里形容脸色不正常。 ⑥花柳之游：逛妓院。 ⑦靖恭坊：唐长安城中的街巷。 ⑧擅：据有。 ⑨会：恰巧。 ⑩一时绝手：冠绝一时的高手。 ⑪关：门闩。 ⑫扛鼎：举鼎，形容力大。 ⑬踣（bó）：跌倒。 ⑭突：急速向外冲。 ⑮挺：根（量词）。 ⑯汴州：今河南开封。 ⑰貌寝：这里指相貌普通。 ⑱适：刚才。

【评】

这则记事反映了唐朝一帮纨绔子弟醉心花柳，争风吃醋，斗殴伤人，潜逃隐匿的事实。大半篇幅是主人公周皓的自述，采用第一人称的写法，更增强了故事的真实性。周皓的自述有悔过自责之意，所以薛平司徒津津乐道，亲自向人转述。今天看来，这也正是故事的积极思想意义之所在。

郑 镒

明皇封禅泰山[①]，张说为封禅使[②]。说女婿郑镒，本九品官。旧例，封禅后，自三公以下皆迁转一级[③]。惟郑镒因说，骤迁五品，兼赐绯服[④]。因大脯次[⑤]，玄宗见镒官位腾跃，怪而问之，镒无词以对。黄幡绰曰[⑥]："此太山之力也。"（《语资》）

【注】

① 明皇：即唐玄宗李隆基。封禅：帝王祭拜天地的典礼。 ② 张说（667—731）：字道济，一字说之，河东（今山西永济）人，迁居洛阳（今属河南）。武则天时，擢拜凤阁舍人。中宗立，召为兵部侍郎。景云二年（711），迁同中书门下平章事。玄宗即位，任中书令，封燕国公。历相州、岳州刺史，开元十一年（723），为右丞相兼中书令。十五年致仕。十七年，复为右丞相，旋迁左丞相。十八年卒，谥文贞。《旧唐书》卷九七、《新唐书》卷一二五有传。 ③ 三公：太尉、司徒、司空的总称，皆正一品。大祭祀时，以太尉为亚献，司徒奉俎，司空扫除。 ④ 绯服：红色官服。唐制，四品服深绯，五品服浅绯。 ⑤ 次：间际。 ⑥ 黄幡绰：唐玄宗时伶人，常假戏谑之言警悟时主。

【评】

张说先后三秉朝政，掌文学之任达三十年之久，朝廷重要文诰多出其手。为文精壮，注重风骨，当时人把他和许国公苏颋并称为"燕许大手笔"。张说以其文学成就，以及延纳后进（如张九龄、贺知章等）所形成的影响，在唐代文学史上占有一席之地，这是不容置疑的。但是，张说其人的政治品格颇多可议处。譬如，《朝野佥载》卷五说："燕国公张说，倖佞人也。前为并州刺史，谄事特进王毛仲，饷致金宝不可胜数。"又如，《开元天宝遗事》卷下说："张燕公说，有宰辅之才，而多诡诈，复贪财贿。时人亦多（称赞）之，亦污（玷污）之。"这些都说明张说为官不够清正廉明，那么他借玄宗东封泰山之际，为自己的女婿来一次破格提升也就不足为怪了。我们选评这则故事，除了要谴责张说徇私舞弊而外，还想提醒读者注意最后一句话："此乃太山之力也。"这句话一语双关，表面上是说封禅泰山给了郑镒飙升的机会，暗中则是指作为封禅使的张说在背后一手操纵。字面上的"泰山"实指张说，张说是郑镒的岳父，故而后人也就把"泰山"当成了岳父的代名词。

崔罗什

长白山西有夫人墓①。齐孝昭之世②，搜扬天下才俊，清河崔罗什③，弱冠有令望④，被征诣州⑤，夜经于此。忽见朱门粉壁，楼台相望。俄有一青衣出，语什曰："女郎须见崔郎⑥。"什恍然下马⑦，入两重门内，有一青衣，通问引前。什曰："行李之中⑧，忽蒙厚命，素既不叙⑨，无宜深入。"青衣曰："女郎乃平陵刘府君之妻⑩，侍中吴质之女⑪。府君先行，故欲相见。"什遂前，入就床坐。其女在户东立，与什叙温凉⑫。

室内二婢秉烛，呼一婢，令以玉夹膝置什前。什素有才藻，颇善风咏⑬，虽疑其非人，亦惬心好也⑭。女曰："比见崔郎息驾庭树，嘉君吟啸，故欲一叙玉颜⑮。"什遂问曰："魏帝与尊公书⑯，称尊公为元城令⑰，然否？"女曰："家君元城之日，妾生之岁。"什乃与论汉魏时事，悉与魏史符合，言多不能备载。什曰："贵夫刘氏，愿告其名。"女曰："狂夫刘孔才之第二子，名瑶，字仲璋。比有罪被摄⑱，乃去不返。"什乃下床辞出，女曰："从此十年，当更相逢。"什遂以玳瑁簪留之，女以指上玉环赠什。什上马，行数十步，回顾，乃见一大冢。

什届历下⑲，以为不祥，遂请僧为斋，以环布施。天统末⑳，什为王事所牵，筑河堤于垣冢，遂于幕下，话斯事于济南奚叔布，因下泣曰："今岁乃是十年，可如何也作罢。"什在园中食杏，忽见一人，唯云："报女郎信。"俄即去，食一杏未尽而卒。什十二为郡功曹㉑，为州里推重，及死，无不伤叹。（《冥迹》）

【注】

①长白山：即今山东邹平西南会仙山。　②齐孝昭：北齐孝昭帝高演，皇建元年（560）八月即帝位，二年十一月崩，时年二十七。据《北齐书·孝昭帝纪》，高演即位后，曾下诏："自太祖创业以来，诸有佐命功臣子孙绝灭、国统不传者，有司搜访近亲，以名闻，当量为立后。"又诏："謇正之士并听进见陈事。军人战亡死王事者，以时申闻，当加荣赠。督将、朝士名望素高，位历通显，天保以来未蒙追赠者，亦皆录奏。"　③清河：今属河北。　④弱冠：古时男子二十岁成人，初加冠，体尚未壮，故称弱冠。令望：仪容善美，使人景仰。　⑤诣：到某地去。　⑥须：等待。　⑦恍然：糊里糊涂的样子。　⑧行李：行旅。　⑨叙：叙谈。　⑩平陵：今山东章丘西。府君：汉魏时尊称太守为府君。　⑪吴质（177—230）：字季重，济阴（今山东定陶）人。汉献帝建安前期，入曹操幕，以文才被曹丕、曹植兄弟所重。建

安十六年（211），出为朝歌令。迁元城令。建安二十四年，曹丕与质书，论诸文士得失，质有答书。次年，曹丕代汉，迁都洛阳，征质入都，拜中郎将，持节督河北军事。太和四年（230），魏明帝曹叡召为侍中，夺其兵权。同年卒。《三国志·魏书》卷二一有传。　⑫叙温凉：寒暄。　⑬风咏：吟诵作诗。　⑭惬（qiè）：心意满足。　⑮一叙玉颜：见上一面。　⑯魏帝：指魏文帝曹丕。尊公：指吴质。　⑰元城令：元城（今河北大名东）县令。　⑱摄：拘捕。　⑲历下：今山东济南。　⑳天统：北齐后主高纬年号（565—569）。　㉑郡功曹：州府的佐官。

【评】

　　这是一个人鬼相遇的故事。崔罗什路过夫人墓，遂与墓主（刘瑶妻，吴质女）诗酒盘桓，相约十年后再见，至期崔果死去。在我国古代志怪小说中，人鬼相恋，甚至成婚生子的故事并不鲜见。一般说来，这类故事产生在封建婚姻制度之下，其所诉求反映着青年男女追求婚姻自由的美好愿望。产生较早而最著名一则故事，应属《搜神记》（晋干宝撰）中的《崔少府墓》。故事的男主角卢充不但与已故的崔少府女幽冥成婚，而且崔女还为卢充生子，此子长大成人，做到郡守一类的高官，再后来子孙繁衍，到东汉时，族中还出现了卢植（曾任尚书）这样的名人。志怪小说把这类故事称为"冥婚"或"幽婚"，这一条没写到成婚，故《酉阳杂俎》只称之为"冥迹"。吴质因为曾与魏文帝曹丕在书信中讨论过文学，流传至今，成了中国文学批评史上的重大事件。吴质之女想必也是个才女，所以死后三百年，由于欣赏崔罗什的才藻，相邀面晤，谈古论今。罗什"虽疑其非人，亦惬心好"，二人可谓心投意合，惺惺相惜。此后十年，罗什弥留之际只说去"报女郎信"，这似乎就点明了最终与吴女的婚姻，否则前文所说"平陵刘府君之妻"、"府君先行"等语便会失去铺垫意义，无的放矢了。吴罗由相慕到相恋到成婚，这应该是作者头脑中完整的故事结构。

襄州举人

于襄阳顿在镇时①，选人刘某人入京②，逢一举人③，年二十许，言语明晤。同行数里，意甚相得，因藉草④，刘有酒，倾数杯。

日暮，举人支径曰："某弊止从此数里⑤，能左顾乎⑥?"刘辞以程期⑦，举人因赋诗曰："流水涓涓芹努牙，织乌西飞客还家。荒村无人作寒食⑧，殡宫空对棠梨花⑨。"

至明旦，刘归襄州⑩，寻访举人，惟有殡宫存焉。（《冥迹》）

【注】

①于襄阳顿：于顿（？—818），字允元，河南（今河南洛阳）人。贞元十四年（798）为襄州刺史，充出南东道节度使。《旧唐书》卷一五六、《新唐书》卷一七二有传。　②选人：唐时罢任官员及有出身（入官资格）者，须集于吏部侯选，称选人。　③举人：唐时各地乡贡入京应科第考试者的通称。　④因：于是。藉草：坐在草地上。　⑤弊止：谦称自己的住址。　⑥左顾：屈驾，谢人过访的谦词。　⑦程期：期限。　⑧寒食：节令，在清明节前一日或二三日。旧俗认为与春秋时晋国介子推被焚事有关，故禁火三日，食粥和饼。　⑨殡宫：临时停枢的处所。　⑩襄州：今湖北襄阳。

【评】

一个二十岁左右的青年人，在入京应试途中，死于襄州，停枢未葬。他壮志未酬身先死，必然有一腔怨愤。这时他看到刘某身为选人，志得意满地准备进京候补，于是便主动上前搭话，一倾积愫。畅谈之后，意犹未尽，乃赠诗一首。这首诗充满落寞不遇之感，声情俱佳。《唐诗纪事》显然认为诗出自段成式手，故在段氏名下收录。《全唐诗》则限于诗人身份，作为鬼神依托诗收录。无论如何，这首诗是值得一读的。

顾非熊

顾况丧一子①，年十七。其子魂游，恍惚如梦，不离其家。顾悲伤不已，乃作诗，吟之且哭。诗云："老人丧一子，日暮泣成血。心逐断猿惊，迹随飞鸟灭②。老人年七十，不作多时别。"其子听之感恸，因自誓："忽若作人，当再为顾家子。"

经日，如被人执至一处，若县吏者，断令托生顾家，复都无所知。忽觉心醒开目，认其屋宇兄弟，亲爱满侧，唯语不得。当其生也，已后又不记。

年至七岁，其兄戏批之③，忽曰："我是尔兄，何故批我？"一家惊异。方叙前生事，历历不误，弟妹小名，悉遍呼之，抑知羊叔子事非怪也④。进

士顾非熊⑤，成式常访之，涕泣为成式言。释氏《处胎经》言人之住胎⑥，与此稍差⑦。（《冥迹》）

【注】

①顾况（727？—816？）：字逋翁，苏州（今属江苏）人。建中元年（780），为浙江东、西观察使韩滉判官，入为大理寺司直。贞元四年（788），迁著作佐郎，次年贬饶州司户。九年，弃官隐居茅山。《旧唐书》卷一三○有传。　②"心逐"二句：原缺，今据《太平广记》卷二八八《顾非熊》条引《酉阳杂俎》补。　③批：用手击打。　④羊叔子：即羊祜（221—278），字叔子，泰山南城（今山东费县西南）人。三国魏元帝时，累迁中领军。入晋，为尚书左仆射。泰始五年（269），加车骑将军，开府仪同三司。咸宁四年卒，年五十八。《晋书》卷三四有传。按，干宝《搜神记》说："羊祜年五岁时，令乳母取所弄金环。乳母曰：'汝先无此物。'祜即诣邻人李氏东垣桑树中，探得之。主人惊曰：'此吾亡儿所失物也，云何持去！'乳母具言之，李氏悲惋，时人异之。"（卷十五）《晋书·羊祜传》亦引之，并且说："时人异之，谓李氏子则祜之前身也。"　⑤顾非熊（？—854？）：顾况子，会昌五年（845）进士及第。大中间，为盱眙尉。后归隐茅山以终。《旧唐书》卷一三○有传。　⑥《处胎经》：即《菩萨处胎经》五卷，十六国前秦竺佛念译。　⑦差：差别。

【评】

这是一则转世再生的故事，顾氏父子确有其人，而且段成式说亲自从顾非熊口中听来，说明当时有此一说，信服者应不在少数。元辛文房《唐才子传》卷三《顾况传》说："况暮年一子即亡，追悼哀切，吟曰：'老人丧爱子，日暮泣成血。老人年七十，不作多时别。'其年又生一子，名非熊，三岁始言，在冥漠中闻父吟苦，不忍，乃来复生。"由此也可以看到此说对后世的影响。推究故事的成因，大约因为顾况七十得子，事属罕见，于是附会为亡儿转世，借鬼神以构美谈。

李　邈

刘晏判官李邈①庄在高陵②，庄客悬欠租课，积五六年。邈因官罢归庄，方欲勘责，见仓库盈羡③，输尚未毕④。邈怪问，悉曰："某作端公庄客二三年矣⑤，久为盗。近开一古冢，冢西去庄十里，极高大。入松林二百步，方至墓，墓侧有碑，断倒草中，字磨灭不可读。初，旁掘数十丈，遇一石门，固以铁汁，累日洋粪沃之方开⑥。开时，箭出如雨，射杀数人。众惧欲出，某审无他⑦，必机关耳，乃令投石其中。每投，箭辄出，投十馀石，箭不复发，因列炬而入。

"至开第二重门，有木人数十，张目运剑，又伤数人。众以棒击之，兵仗悉落。四壁各画兵卫之像。南壁有大漆棺，悬以铁索，其下金玉珠玑堆积，众惧，未即掠之。棺两角忽飒飒风起，有沙迸扑人面。须臾风甚，沙出如注，遂没至膝，众惊恐走。比出⑧，门已塞矣。一人复为沙埋死。

乃同酹地谢之^⑨，誓不发冢。"（《尸穸》）

【注】

　　① 刘晏（715—780）：字士安，曹州南华（今山东东明）人。宝应二年（763）为史部尚书、同平章事，领度支盐铁转运租庸使。前后理财二十年，勉于政务，在官不贪。《旧唐书》卷一二三、《新唐书》卷一四九有传。判官：唐时的使府幕职，综理本使日常事务。 ② 高陵：今属陕西。 ③ 盈羡：盈馀。 ④ 输：运送。 ⑤ 端公：唐时对侍御史的别称。 ⑥ 沃：浇。 ⑦ 审：审察。 ⑧ 比：等到。 ⑨ 酹：把酒洒在地上，表示祭奠。

【评】

　　这是一篇唐朝盗墓者的供词。盗坟掘墓，古已有之，我国地下文物的损坏不知凡几。李邈的庄客二三年间不事农耕，专门盗墓，实属可恶。好在有一次进入墓道，受到暗藏机关算计，死伤数十人，这才对他们有所触动，也许还因为良心发现，从此不再盗掘。联想到今天盗墓丑行仍未断绝，那么这篇供词应该成为现今盗墓者的警诫。另外，这篇供词又好像是一篇考古发掘报告，冢墓所在地点、方位及墓穴结构、壁画、棺椁等，皆有详细描写。其中关于箭弩、木人、流沙三道机关的动态描写，尤让人产生身临其境之感，惊愕之馀，不能不叹为观止。

前集卷十四

帝　江

　　天山有神，是为浑澉①。状如囊而光②，其光如火，六足，重翼，无面目,是识歌舞，实为帝江③。

　　形夭与帝争神④，帝断其首，葬之常羊山⑤，乃以乳为目，脐为口，操干戚而舞焉⑥。(《诺皋记上》)

【注】

　　①浑澉：同"浑沌"。神话传说中的中央之帝，亦即黄帝。见《庄子·应帝王》《左传·文公十八年》杜预注。　②状如囊而光：《山海经·西山经》作"其状如黄囊，赤如丹火"，郭璞注："体色黄而精光赤也。"　③帝江：即帝鸿。《左传·文公十八年》说："帝鸿氏有不才子……天下之民谓之浑敦。"　④形夭：一作"形天""刑天"。炎帝的臣属。因为形体夭残，故名。帝：天帝。这里指黄帝。　⑤常羊山:《山海经·大荒西经》说："西南，大荒之中隅，有偏句、常羊之山。"　⑥干戚：盾和斧。

【评】

　　这里所记的是我国上古的神话传说，前半录自《山海经·西山经》，后半录自《山海经·海外西经》。据袁珂《山海经校注》考证，前半写号称中央天帝的黄帝，后半写黄帝与炎帝的斗争，炎帝战败，而其臣下斗志不减，仍继续顽强抗争。东晋诗人陶渊明有《读山海经》诗十三首，其中一首说："精卫衔微木，将以填沧海。刑天舞干戚，猛志固常在。同物既无虑，化去不复悔。徒设在昔心，良辰讵可待。"鲁迅说这首诗表现了陶渊明金刚怒目式的一面，这也说明形夭是以不屈斗士的形象活在人们心目中的。

张　坚

　　天翁姓张名坚[1]，字刺渴，渔阳人[2]。少不羁[3]，无所拘忌。尝张罗，得一白雀，爱而养之。梦天刘翁责怒，每欲杀之，白雀辄以报坚。坚设诸方待之，终莫能害。天翁遂下观之，坚盛设宾主，乃窃骑天翁车，乘白龙，振策登天[4]，天翁乘馀龙追之不及。坚既到玄宫[5]，易百官，杜塞北门，封白雀为上卿侯，改白雀之胤[6]，不产于下土[7]。刘翁失治，徘徊五岳作灾。坚患之，以刘翁为太山太守[8]，主生死之籍。（《诺皋记上》）

【注】

　　① 天翁：天神。　② 渔阳：今天津蓟县。　③ 羁（jī）：束缚。　④ 策：鞭子。　⑤ 玄宫：仙人居住的宫殿。　⑥ 胤：后代。　⑦ 下土：指人间。　⑧ 太山太守：在民间信仰中，以东岳

大帝为冥府府君，人死后魂归泰山，由东岳大帝掌管。

【评】

　　清人王士禛在其《香祖笔记》卷六中曾全文引录此条，认为和"诞谩不经"的《拾遗记》《东方朔外传》之类相比较，这一条让人读了"尤可捧腹"。但王士禛对内容之妄诞亦严加斥责，以为"鄙倍至此，不可以欺三岁小儿，而公然笔之于书，岂病狂耶？段柯古唐之文人，何至乃尔"。王氏之论未免过于迂腐，天翁云云，原本属于志怪，岂可按照有无其事断是非？再说这里虽然说的是荒诞无稽之事，但张坚以无赖子而智取刘天翁，导致一场宫廷革命，不也可以看作世间王朝更替的折射吗？

阿主儿

　　古龟兹国王阿主儿者[①]，有神异力，能降伏毒龙。时有贾人买市人金银宝货[②]，至夜中，钱并化为炭。境内数百家，皆失金宝。王有男，先出家，成阿罗汉果[③]。王问之，罗汉曰："此龙所为，龙居北山，其头若虎，今在某处眠耳。"

　　王乃易衣持剑默出，至龙所，见龙卧，将欲斩之。因曰："吾斩寐龙，谁知吾有神力。"遂叱龙。龙惊起，化为师子，王即乘其上。龙怒，作雷声，腾空，至城北二十里。王谓龙曰："尔不降，当斩尔头。"龙惧王神力，乃作人语曰："勿杀我，我当与王乘，欲有所向，随心即至。"

王许之。后常乘龙而行。(《诺皋记上》)

【注】

　　① 古龟兹(qiū cí)国：汉西域国名，故城在今新疆库车。　②贾(gǔ)人：商人。　③ 阿罗汉果：小乘佛教修证的最高果位。《大智度论》说："阿罗名贼，汉名破，一切烦恼贼破，是名阿罗汉。复次，阿罗汉一切漏尽，故应得一切世间诸天人供养。复次，阿名不，罗汉名生，后世中更不生，是名阿罗汉。"

【评】

　　初读此条，除钦佩阿主儿的大智大勇外，所谓毒龙、狮子之说，竟以为虚妄不可解。后来得读唐玄奘、辩机《大唐西域记》，始感到豁然开朗，有所会心。《大唐西域记》卷一《屈支国》(即龟兹国，音译不同)记载："国东境城北天祠前有大龙池。诸龙易形，交合牝马，遂生龙驹，悷戾难驭。龙驹之子，方乃驯驾。所以此国多出善马。闻诸先志曰：近代有王，号曰金花，政教明察，感龙驭乘。王欲终没，鞭触其耳，因即潜隐，以至于今。"据此，则阿主儿所斗之龙应即是马。其马桀傲不驯，若龙若狮，阿主儿以神力降服之，从此龙驹也就成为坐骑。玄奘西行所得的传闻还比较贴近真实，传至晚唐段成式便笔下生花，有些离谱了。

　　不过杨宪益先生则认为："这一段故事即是西方尼别龙(Nibelung)故事的来源。这里降龙的王即是西方传说里的英雄Sigurd。王降龙时易衣持剑，暗示着某种神异的衣和剑，在西方日尔曼史诗里也有神衣(Tarmkaphe)和神剑(Balmungo)的传说。据西方学者考证，西方的尼别龙传说本于匈奴王阿提拉(Attila)的故事，加以附会。这个王的名字在古日耳曼传说里作Etzil，同这里王名阿主儿正合。匈奴王阿提拉相传有战神所赐的宝剑，这也同史诗里所说相同。汉末北匈奴残部居龟兹，地方数千里，即今库车北金山一带。突厥的始祖相传在五世纪初奔金山。阿史那与Etzil音近，时间也和匈奴王Attila相同。也许所谓突厥祖先阿史那本无其人，而是出于匈奴王阿提拉的传说，因为突厥本是匈奴的遗裔"。(《译馀偶拾》第67—68页，《〈酉阳杂俎〉里的英雄降龙故事》) 将此说指向西方神话传说，亦可谓别具只眼。

乾陀国

乾陀国[①]，昔有王神勇多谋，号伽当[②]，讨袭诸国，所向悉降。至五天竺国[③]，得上细缲二条[④]，自留一，一与妃。妃因衣其缲谒王，缲当妃乳上，有郁金香手印迹[⑤]。王见惊恐，谓妃曰："尔忽著此手迹之服，何也？"妃言："向王所赐之缲。"王怒问藏臣，藏臣曰："缲本有是，非臣之咎。"

王追商者问之，商言："南天竺国娑陀婆恨王有宿愿，每年所赋细缲，并重叠积之，手染郁金，栢于缲上，千万重手印悉透。丈夫衣之，手印当背。妇人衣之，手印当乳。"王令左右披之，皆如商者言。王因叩剑曰："吾若不以此剑裁娑陀婆恨王手足，无以寝食。"乃遣使就南天竺，索娑陀婆恨王手足。

使至其国，娑陀婆恨王与群臣绐报曰[⑥]："我国虽有王名娑陀婆恨，原无王也，但以金为王，设于殿上。凡统领教习，在臣下耳。"王遂起象马兵⑦，南讨其国。其国隐其王于地窟中，铸金人来迎。伽色伽王知其伪，且自恃福力⑧，因断金人手足。娑陀婆恨王于窟中，手足亦自落也。(《诺皋记上》)

【注】

①乾陀国：又译犍陀卫、健驮罗，《魏书》作乾陀。位于库纳尔河和印度河之间的喀布尔河流域，包括旁遮普以北的白沙瓦和拉瓦尔品第地区。 ②伽当（加色伽当）：《大唐西域记》作迦腻色迦王，乾陀国在其在位期间国势强盛，领土北至花剌子模（中亚），南至温德亚山（印度），首都在布路沙布罗（今白沙瓦）。 ③五天竺国：即中天竺、北天竺、西天竺、东天竺、南天竺，亦称五印度国。《大唐西域记》卷二《印度总述》说："若其封疆之域，可得而言。五印度之境，周九万馀里，三垂大海，北背雪山。北广南狭，形如半月。" ④缲（dié）：一种布的名称。 ⑤郁金香：古代最稀有最名贵的花。《魏略》说："郁金香生大秦国（古罗马帝国），二三月花如红蓝，四五月采之，其香十二叶，为百草之英。" ⑥绐（dài）：哄骗。 ⑦象马兵：乾陀国有斗象七百头，十人乘一象，皆执兵仗，象鼻缚刀以战。见《魏书》卷一〇二《西域传》。 ⑧福力：神灵福祐之力。

【评】

这则记事表面上是乾陀国王伽当（迦腻色迦）讨袭南天竺娑陀婆恨王，并最终断其手足的故事，但实际上因为伽当皈依了佛教，所以才能"自恃福力"（即佛的力量）降服南天竺王。从这方面来说，认为这是一则释家自神其教的故事也许更为恰当。至于这一场征伐发生在什么年代，这取决于确认伽当王（迦腻色迦王）

的统治时期。据《大唐西域记校注》卷二"迦腻色迦王"条的注释，迄今讨论这一问题仍属于难题，目前已有的说法不下数十种，较有影响的论断，一说在公元78年，一说在公元144—152年，迄无定论。

段明光

临济有妒妇津①，相传言，晋太始中②，刘伯玉妻段氏，字明光，性妒忌。伯玉常于妻前诵《洛神赋》③，语其妻曰："娶妇得如此，吾无憾焉。"明光曰："君何得以水神美而欲轻我，吾死，何愁不为水神。"其夜乃自沉而死。死后七日，托梦语伯玉曰："君本愿神，吾今得为神也。"伯玉寤而觉之④，遂终身不复渡水。

有妇人渡此津者，皆坏衣枉妆⑤，然后敢济⑥。不尔，风波暴发。丑妇虽妆饰而渡，其神亦不妒也。妇人渡河无风浪者，以为己丑，不致水神怒。丑妇讳之，无不皆自毁形容，以塞嗤笑也。故齐人语曰："欲求好妇，立在津口。妇立水旁，好丑自彰。"（《诺皋记上》）

【注】

①临济有妒妇津：一作"临清有妒妇津"，临济在今山东高青东南。津：渡口。　②太始：即泰始，晋武帝司马炎年号（265—274）。　③《洛神赋》：三国魏曹植作。他以传说中的

洛水之神宓妃为素材，借鉴宋玉《神女赋》的笔法，描写了一位美丽多情的女子，表达了一种爱慕之情以及因为人神殊隔而无法接交的惆怅。　④寤：睡醒。觉：省悟。　⑤枉妆：乱其妆饰。　⑥济：渡。

【评】

　　妒妇是古代异事、琐闻中常见的人物形象，《太平广记》中甚至专门有"妒妇"一类，这些故事几乎都散发出古人的大男子主义思想。本篇故事的发生尽管是因为曹植的《洛神赋》而起，但刘伯玉的移情别恋之心也已昭然若揭。段明光含恨而死，化为水神而与美女作对，这恐怕也是对抗刘伯玉移情别恋的一种回应。不过作者显然认为段明光的妒嫉没来由，写来有讥讽之意，然而文中所引齐人语表明，当地人只是把古来的传说当作彼此嬉戏的话头，对死者并无鄙视。其实这种话题也不值得我们大发议论，我们所以对这则故事感兴趣，完全是由于其中提到《洛神赋》，而且《洛神赋》成了故事的焦点，这不能不令人对《洛神赋》的艺术感染力表示由衷的惊叹。《洛神赋》笔触细腻，刻画生动，如写洛神"其形也，翩若惊鸿，婉若游龙。荣曜秋菊，华茂春松。仿佛兮若轻云之蔽月，飘飖兮若流风之回雪。远而望之，皎若太阳升朝霞；迫而察之，灼若芙蕖出渌波"，确实已成为千古传诵的绝唱。

长须国

　　大足初①，有士人随新罗使②，风吹至一处，人皆长须，语与唐言通，号长须国。人物茂盛，栋宇衣冠，稍异中国地，曰扶桑洲③。其署官品，有正长、戢波、目役、岛逻等号。士人历谒数处，其国皆敬之。

忽一日，有车马数十，言大王召客。行两日，方至一大城，甲士守门焉。使者导士人入，伏谒，殿宇高敞，仪卫如王者。见士人拜伏，小起，乃拜士人为司风长，兼驸马。其主甚美④，有须数十根。士人威势烜赫，富有珠玉，然每归见其妻则不悦。

其王多月满夜则大会，后遇会，士人见姬嫔悉有须⑤，因赋诗曰："花无蕊不妍，女无须亦丑。丈人试遣总无，未必不如总有。"王大笑曰："驸马竟未能忘情于小女颐颔间乎⑥?"经十馀年，士人有一儿二女。

忽一日，其君臣忧戚。士人怪，问之，王泣曰："吾国有难，祸在旦夕，非驸马不能救。"士人惊曰："苟难可弭⑦，性命不敢辞也。"王乃令具舟，令两使随士人，谓曰："烦驸马一谒海龙王，但言东海第三汊第七岛长须国有难求救。我国绝微，须再三言之。"因涕泣执手而别。

士人登舟，瞬息至岸。岸沙悉七宝⑧，人皆衣冠长大。士人乃前，求竭龙王。龙宫状如佛寺所图天宫，光明迭激⑨，目不能视。龙王降阶迎士人，齐级升殿⑩。访其来意，士人具说，龙王即令速勘⑪。良久，一人自外白曰："境内并无此国。"士人复哀祈，言长须国在东海第三汊第七岛。龙王复叱使者细寻勘速报。经食顷，使者返曰："此岛虾合供大王此月食料，前日已追到。"龙王笑曰："客固为虾所魅耳⑫。吾虽为王，所食皆禀天符，不得妄食。今为客减食。"乃令引客视之，见铁镬数十如屋，满中是虾。有五六头，色赤，大如臂，见客跳跃，似求救状。引者曰："此虾王也。"士人不觉悲泣。龙王命放虾王一镬，令二使送客归中国。一夕，至登州⑬。回顾二使，乃巨龙也。（《诺皋记上》）

【注】

①大足：周武则天年号（701）。"大足"原作"大定"，据赵氏脉望馆本改。　②新罗：古国名，在今朝鲜半岛南部。　③扶桑洲：泛指东海中某岛。　④主：公主。　⑤姬嫔：宫廷中的女官。　⑥颐颔：下巴。　⑦弭（mǐ）：消除。　⑧七宝：七种珍宝，具体所指说法不一，如《法华经》以金、银、琉璃、砗磲、玛瑙、真珠、玫瑰为七宝，《无量寿经》以金、银、琉璃、珊瑚、琥珀、砗磲、玛瑙为七宝。　⑨迭激：轮流刺激。　⑩齐级：一同拾级而上。　⑪勘：调查。　⑫固：原来。　⑬登州：今山东牟平。

【评】

大唐士人随新罗遣唐使者出海，随风漂至虾国，被招为驸马，后来虾王有难，遂挺身而出，游说海龙王，使虾国侥幸保全。这位士人无名无姓，所历经之地语焉不详，这样的故事只能归入游谈无根之列。不过这位士人一到虾国便成驸马，"威势烜赫，富有珠玉"。当虾王危急之际，又恳士人作说客，称"非驸马不能救"。士人见到海龙王，龙王不但"降阶迎"，而且"齐级升殿"，"即令速勘"，终于"放虾王一镬"，并派二使送士人回归中国。可以说士人所到之处，无不受到隆重地接待，甚至在海龙王面前也能平起平坐，这一切究竟是因为什么呢？我想其原因只能有一个，就是士人来自大唐，当时唐朝的威望远播海外，每一位来自唐朝的士人都受到礼遇。当然，我们也有理由推测，这位随新罗使者出海的士人，或者是唐朝的一位使者，海外对士人的礼遇，也许正反映了唐朝的外交成就。

贾　耽

　　贾相公耽，在滑州①，境内大旱，秋稼尽损。贾召大将二人，谓曰："今岁荒旱，烦君二人救三军百姓也。"皆言："苟利军州，死不足辞。"贾笑曰："君可辱为健步②，乙日③，当有两骑，衣惨绯④，所乘马，蓄步骤长⑤，经市出城，君等踪之，识其所灭处，则吾事谐矣⑥。"

　　二将乃裹粮、衣皂衣寻之。一如贾言，自市至野，二百馀里，映大冢而灭。遂垒石标表志焉，经信而返⑦。贾大喜，令军健数百人，具畚锸，与二将偕往其所。因发冢，获陈粟数十万斛，人竟不之测。（《诺皋记上》）

【注】

① 贾相公耽：指贾耽（730—805），字敦诗，南皮（今属河北）人。历汾州、梁州刺史，贞元二年（786），迁检校右仆射、兼滑州刺史、义成军节度使。九年，征为右仆射、同中书门下平章事。居相位凡十三年。永贞元年（805）卒，年七十六。《旧唐书》卷一三八、《新唐书》卷一六六有传。滑州：今河南滑县东。 ② 辱：谦词，指使对方屈尊受辱。健步：善于走路的人，常被指派传送紧急讯息。 ③ 乙日：次日。 ④ 惨绯：浅红色。 ⑤ 鬣（liè）：鬃毛。 ⑥ 谐：协调，合拍。 ⑦ 信：连宿两夜。

【评】

贾耽身为地方官，在大旱绝收之年，能够积极寻找粮源，为民解饥困，其人品及政德皆可嘉。至于他怎么会知道大冢中有陈粟，传闻之词已披上神怪外衣，确实让人莫测高深。不过细读两《唐书》本传，亦有踪迹可寻。《旧唐书》说："耽好地理学，凡四夷之使及使四夷还者，必与之从容，讯其山川土地之终始。是以九州之夷险，百蛮之土俗，区分指画，备究源流。"《新唐书》说："耽嗜观书，老益勤，尤悉地理。四方之人与使夷狄者见之，必从询索风俗，故天下地土区产、山川夷阻，必究知之。"看来正因为贾耽爱好地理学，熟悉各地山川形势和人情习俗，这才有可能在滑州因势利导，发现藏粮之所吧。

野　叉

博士丘濡说①：汝州旁县五十年前②，村人

失其女。数岁，忽自归，言被物寐中牵去，倏止一处。及明，乃在古塔中，见美丈夫，谓曰："我天人③，分合得汝为妻④，自有年限，勿生疑惧。"且戒其不窥外也。日两返，下取食，有时炙饵犹热。

经年，女伺其去，窃窥之⑤。见其腾空如飞，火发蓝肤，磔耳如驴焉⑥，至地，乃复人矣，女惊怖汗洽⑦。其物返，觉曰："尔固窥我，我实野叉⑧。与尔有缘，终不害汝。"女素惠，谢曰："我既为君妻，岂有恶乎？君既灵异，何不居人间，使我时见父母乎？"其物言："我辈罪业⑨，或与人杂处，则疫疠作。今形迹已露，任尔纵观，不久当尔归也。"

其塔去人居止甚近，女常下视，其物在空中，不能化形，至地，方与人杂。或有白衣尘中者，其物敛手侧避。或见抚其头⑩，唾其面者，行人恝若不见。及归，女问之："向见君街中，有敬之者，有戏狎之者，何也？"物笑曰："世有吃牛肉者，予得而欺之。或遇忠直孝养、释道守戒律法箓者⑪，吾误犯之，当为天戮⑫。"

又经年，忽悲泣，语女："缘已尽，候风雨，送尔归。"因授一青石，大如鸡卵，言："至家，可磨此服之，能下毒气。"后一夕风雷，其物遽持女曰："可去矣。"如释氏言屈伸臂顷^⑬，已至其家，坠之庭中。其母因磨石饮之，下物如青泥斗馀。（《诺皋记上》）

【注】

　　①博士：唐时，国子监六学、广文馆等学馆，以及太医署、太卜署、太仆寺、各都督府、诸州县皆置博士，讲授经书、传授技艺。　②汝州：今属河南。　③天人：神人。　④分：缘分。　⑤窃窥：偷看。　⑥磔（zhé）：张开。原作"磔磔"，今据《太平广记》卷三五七《丘濡》条引《酉阳杂俎》删一字。　⑦洽：沾湿。　⑧野叉：梵文的音译，又译"夜叉""药叉"，意译则为"能啖鬼""捷疾鬼""勇健""轻捷"等，是凶暴丑恶的神灵。　⑨罪业：佛教指身、口、意三业所造的罪孽为罪业。　⑩抏（yǎn）：摇动。　⑪法箓：道教用以驱鬼压邪的丹书、符咒。　⑫天戮：上天的诛伐。　⑬顷：短时间。

【评】

　　在古印度神话中，野叉（夜叉）是个半人半神的精灵，有时则形同恶魔。佛教把这一形象吸收进来作为护法神，是"天龙八部"之一。佛教传入中国后，野叉则演变为凶恶饕餮的鬼怪，形象极其丑恶。如《太平广记》卷三五六、三五七所录野叉故事中，有说野叉"长丈许，著豹皮裈，锯牙披发"（《通幽录》）者，有说野叉"赤发蝟奋，金身锋铄，臂曲瘿木，甲驾兽爪"（《博异志》）者。段成式在这里则说是"火发蓝肤，磔耳如驴"。唐人的志怪小说往往写到野叉吃人啖物的事，如《太平广记》卷三五六"哥舒翰"条，说哥舒翰有爱妾新死未葬，野叉与三鬼"糜割肢体，环坐共食之，血流于庭，衣物狼藉"（《通幽录》）。又如同上书卷三五七

"东洛张生"条，说张生应举至中路，日已昏黑，歇于树下，困睡中见野叉先食其马，又食其驴，后来还"拽其从奴，提两足裂之"（《逸史》）。似此之类，不一而足。当然，唐人志怪写野叉不纯粹是为了制造恐怖，其中也含有以恶镇邪的意味。如《太平广记》卷三五七"蕴都师"条，说淫僧以佛像为戏，结果招来二野叉"啮诟嚼骨"，死于非命。这里丘濬所说野叉，看来对村中并无恶意，狰狞面目也只在腾空飞行中出现，与人相处时则是一副美丈夫相貌。特别是野叉回答村女时说的一段话，很有深义。野叉说："世有吃牛肉者，予得而欺之。或遇忠直孝养、释道守戒律法箓者，吾误犯之，当为天戮。"这其实是说，野叉之所为，对不忠不孝，释道不守戒约者，都意味着一种震慑，一种训戒。至于这里为什么提到"吃牛肉者"，我想这可能是因为牛为六畜之一，主要用于耕作，不该滥杀。还可能因为当时牛价很高，不仅高于马、驴，而且一头牛值三四亩田，吃牛肉应该说是一种奢靡之举。这么说来，野叉作恶亦有其道。

智　圆

郑相馀庆在梁州[1]，有龙兴寺僧智圆，善总持敕勒之术[2]，制邪理痛，多著效，日有数十人候门。智圆腊高稍倦[3]，郑公颇敬之，因求住城东隙地，郑公为起草屋种植，有沙弥、行者各一人居之[4]。

数年，暇日，智圆向阳科脚甲[5]。有妇人布衣，甚端丽，至阶作礼。智圆遽整衣，怪问："弟子何由至此？"妇人因泣曰："妾不幸夫亡，而子幼小，老母危病。知和尚神咒助力，乞加救护。"智圆曰："贫道本厌城隍喧啾⑥，兼烦于招谢。弟子母病，可就此为加持也。"妇人复再三泣请，且言母病剧⑦，不可举扶，智圆亦哀而许之，乃言："从此向北二十馀里，至一村，村侧近有鲁家庄，但访韦十娘所居也。"

　　智圆诘朝如言行二十馀里⑧，历访悉无而返。来日，妇人复至。僧责曰："贫道昨日远赴约，何羞谬如此！"妇人言："只去和尚所止处二三里耳。和尚慈悲，必为再往。"僧怒曰："老僧衰暮，今誓不出。"妇人乃声高曰："慈悲何在耶？今事须去⑨。"因上阶牵僧臂，僧惊迫，亦疑其非人，恍惚间以刀子刺之，妇人遂倒，乃沙弥误中刀，流血死矣。僧忙然，遽与行者瘗之于饭瓮下⑩。

　　沙弥本村人，家去兰若十七八里⑪。其日，其家悉在田，有人皂衣揭襆⑫，乞浆于田中。村人访其所由，乃言居近智圆和尚兰若。沙弥之父欣然访其子耗⑬，其人请问，具言其事，盖魅所为也。

　　沙弥父母尽皆号哭，诣僧，僧犹绐焉⑭。其父乃锹索而获，即诉于官。郑公大骇，俾求盗吏细按⑮，意其必冤也。僧具陈状："贫道宿债，有死而已。"按者亦以死论。僧求假七日命，持念⑯，为将来资粮，郑公哀而许之。

僧沐浴设坛，急印契缚撰⑰，考其魅⑱。凡三夕，妇人见于坛上，言："我类不少，所求食处，辄为和尚破除。沙弥且在，能为誓不持念，必相还也。"智圆恳为设誓，妇人喜，曰："沙弥在城南某村几里古丘中。"僧言于官，吏用其言寻之，沙弥果在，神已痴矣。发沙弥棺，中乃笤帚也。僧始得雪，自是绝不复道一梵字⑲。（《诺皋记上》）

【注】

①郑相馀庆：郑馀庆（746—820），字居业，荥阳（今属河南）人。贞元八年（792），为翰林学士。十四年，迁中书侍郎、平章事。宪宗立，复拜同中书门下平章事。《旧唐书》卷一五八、《新唐书》卷一六五有传。梁州：今陕西汉中。　②总持敕勒：以咒语驱鬼。　③腊：特指僧侣受戒后的岁数或泛指年龄。　④沙弥：梵语的音译，指佛教徒出家开始落发。行者：在寺院服杂役、尚未剃发的出家者。⑤科：修剪。　⑥城隍：城壕，这里指城里。　⑦剧：严重。　⑧诘朝：第二天早晨。　⑨须：必须。　⑩瘗（yì）：埋葬。　⑪兰若：寺院。　⑫揭襆（fú）：背着铺盖卷。　⑬耗：消息。　⑭绐（dài）：哄骗。　⑮按：考察。　⑯持念：念诵经咒。　⑰撰（bó）：击。　⑱考：拷打。　⑲梵字：指佛经。

【评】

这则故事写龙兴寺僧智圆因驱鬼而受到鬼魅戏弄，险些酿成人命官司，后来终于冲破魔障，使案情大白。故事的结构不算复杂，却给后世的文人留下了想象的空间和创作的动力。据明钱希言《桐薪》卷二记载："宋人《灯花婆婆》甚奇，然本于段文昌（按：当作段成式）《诺皋记》两段说中来。前段刘积中妻病，有三尺白首妇人自灯影中出。后段则取龙兴寺智圆事阑入成文，非漫然架空而造者。"按《灯花婆婆》是一篇宋人词话，见于《宝文堂书目》《也是园书目》著录，原本已佚，唯冯梦龙《新平妖传》第一回卷首入话撮述故事梗概。可见《灯花婆婆》的本事即取自《酉阳杂俎》。

前集卷十五

刘录事

　　和州刘录事者①，大历中罢官②，居和州旁县。食兼数人，尤能食鲙③。常言鲙味未尝果腹④，邑客乃网鱼百馀斤，会于野亭，观其下箸。初食鲙数叠⑤，忽似哽，咯出一骨珠子，大如黑豆，乃置于茶瓯中，以叠覆之。

　　食未半，怪覆瓯倾侧。刘举视之，向者骨珠已长数寸，如人状。座客竞观之，随视而长。顷刻长及人，遂捽刘⑥，因殴流血。良久，各散走。一循厅之西，一转厅之左，俱及后门，相触，翕成一人⑦，乃刘也，神已痴矣。半日方能言，访其所以，皆不省。自是恶鲙。（《诺皋记上》）

【注】

　　① 和州：今安徽和县。录事：唐时中央及地方政府内的低级官吏。　② 大历：唐代宗李豫年号（766—779）。　③ 鲙（kuài）：细切的鱼肉，即生鱼片，加葱、姜、蒜等调料为食。　④ 果腹：吃饱肚子。　⑤ 叠：同"碟"，小盘。　⑥ 捽（zuó）：揪住。⑦ 翕（xī）：收敛。

【评】

刘录事夸口说吃生鱼片从来没有吃饱过，于是好事者就为他准备了一百多斤鱼，要和他赌个输赢。刘录事吃着吃着噎住了，吐出一粒鱼骨，开头也就黑豆大小，渐渐长大变成了一个人，这个人与刘撕打追逐，最后与刘碰撞，依然剩下刘一个人，不过这时刘已痴呆。从此以后，刘见到鲙就恶心。说穿了，这是一则因贪吃无度而伤及脾胃的故事，但在作者笔下，这个贪吃受伤的过程被形象化了。被害的一方竟变成了一个活生生的人前来追打，刘遭重殴，遂变得神智不清，一时失去记忆。这个形象化的写法直观易懂，易于被人接受，对于为嘴伤身的人不失为一针清醒剂。

刘积中

刘积中，常于京近县庄居①，妻病重。于一夕，刘未眠，忽有妇人白首，长才三尺，自灯影中出，谓刘曰："夫人病，唯我能理，何不祈我。"刘素刚，咄之。姥徐戟手曰②："勿悔！勿悔！"遂灭。妻因暴心痛，殆将卒。刘不得已，祝之。言已，复出。刘揖之坐，乃索茶一瓯，向口如咒状，顾命灌夫人③。茶才入口，痛愈。后时时辄出，家人亦不之惧。

经年，复谓刘曰："我有女子及笄④，烦主人求一佳婿。"刘笑曰："人鬼路殊，固难遂所托。"姥曰："非求人也。但为刻桐木为形，稍工者则为佳矣。"刘许诺，因为具之。经宿，木人失矣。又谓刘曰："兼烦主人作铺公铺母⑤，如可，某夕我自具车轮奉迎。"刘心计无奈何，亦许。

至一日，过酉⑥，有仆马车乘至门。姥亦至曰："主人可往。"刘与妻各登其车马，天黑至一处，朱门崇墉⑦，笼烛列迎，宾客供帐之盛⑧，如王公家。引刘至一厅，朱紫数十⑨，有与相识者，有已殁者，各相视无言。妻至一堂，蜡炬如臂，锦翠争焕，亦有妇人数十，存殁相识各半，但相视而已。及五更，刘与妻恍惚间，却还至家，如醉醒，十不记其一二矣。

经数月，姥复来拜谢曰："小女成长，今复托主人。"刘不耐，以枕抵之曰："老魅，敢如此扰人！"姥随枕而灭，妻遂疾发。刘与男女酹地祷之，不复出矣。妻竟以心痛卒，刘妹复病心痛。刘欲徙居，一切物胶着其处，轻若履屣⑩，亦不可举。迎道流上章⑪，梵僧持咒，悉不禁。

刘常暇日读药方，其婢小碧，自外来，垂手缓步，大言："刘四，颇忆平昔无？"既而嘶咽曰："省躬近从泰山回⑫，路逢飞天野叉⑬，携贤妹心肝，我已夺得。"因举袖，袖中蠕蠕有物，左顾似有所命，曰："可为安置。"又觉袖中风生，冲帘幌。婢入堂中，乃上堂对刘坐，问存殁，叙平生事。刘与杜省躬同年及第，有分^⑭，其婢举止笑语，无不肖也。顷曰："我有事，不可久留。"执刘手呜咽，刘亦悲不自胜。婢忽然而倒，及觉，一无所记。其妹亦自此无恙。（《诺皋记上》）

【注】

①京：《太平广记》卷三六三《刘积中》条引《酉阳杂俎》作"西京"，指长安（今陕西西安）。　②戟指：以食指和中指指人，似戟形，用以表示愤怒的样子。　③顾：回头看。　④及笄（jī）：女子到了盘头插笄的年龄，即成年。　⑤铺公铺母：唐时婚俗，女家特请福寿多子孙的夫妇为之铺设新房，以取吉利，称之为铺公铺母。　⑥酉：相当于现在的下午5时至7时。　⑦崇墉：高墙。　⑧供帐：宴会陈设，如帐帷、饮食等。　⑨朱紫：红色和紫色官服。唐制，五品以上服朱，三品以上服紫。泛指高官显爵。　⑩履屣（xǐ）：鞋。　⑪上章：上表求神。　⑫泰山：在民间信仰中，泰山是治鬼的冥府，人死则魂归泰山，正直的人死去则往往充泰山府君，主世人生死。这里说的杜省躬已死，故自称自"泰山回"。　⑬飞天野叉：佛经所说的一种形象凶恶的鬼。⑭分（fèn）：情分。

【评】

这则故事与上篇智圆事，同被宋人所取材，敷演为词话《灯花婆婆》。（有关史料考证请见上篇。）明冯梦龙《新平妖传》第一回卷首入话引《灯花婆婆》称，唐开元年间，谏议大夫刘直卿劾宰相李林甫不中，弃官家居。夫人忧郁得病，夜间命养娘剔去灯花，灯影中忽然出现一个三尺长的老婆婆，婆婆解仙药为她治病，当时病就好了。但从此这婆婆却缠住她，逼她做个亲戚往来，遣之不去，又怠慢不得，若违拗其意，婆婆便施法术取人心肝。刘谏议私下派人查婆婆踪迹，并请揭谛神龙树王菩萨呼唤神将布下天罗地网，终于将婆婆擒获，原来是胐湖中的一个猕猴。《灯花婆婆》词话把老魅写成了猴精，其作祟情节大体上还是《酉阳杂俎》的样子。这则故事所以能成为宋人词话的素材，也说明它自身构思完整，刻画白首妇人能够绘形绘声，描写鬼魅婚事的场景也比较具体而鲜明。所有这一切正是构成一篇小说所必备的要素。

戴詧

临川郡南城县令戴詧[①]，初买宅于馆娃坊。暇日，与弟闲坐厅中，忽听妇人聚笑声，或近或远，詧颇异之。笑声渐近，忽见妇人数十，散在厅前，倏忽不见。如是累日，詧不知所为。

厅阶前枯梨树，大合抱，意其为祥[②]，因伐之。根下有石，露如块，掘之转阔，势如鳌形，乃火上沃醯复凿[③]，深五六尺，不透。

忽见妇人绕坑，抵掌大笑[④]。有顷，共牵詧入坑，投于石上。一家惊惧之际，妇人复还，大笑，詧亦随出。詧才出，又失其弟，家人恸哭。詧独不哭，曰："他亦甚快活，何用哭也。"詧至死，不肯言其情状。（《诺皋记上》）

【注】

　　① 临川郡南城：今属江西。县令：一县之长。詧（chá）：同
"察"。　　② 祥：吉凶的预兆。　　③ 乃火上沃醯复凿：《太平广记》
卷三六五《戴詧》条引《酉阳杂俎》作："乃烈火其上，沃醋复
凿"，语意更为明确。"醯（xī）"即醋。　　④ 抵掌：拍手。

【评】

　　春秋时，吴王夫差曾经专为西施盖了一座馆舍，因为吴人把美
女称作娃，所以取名馆娃宫。其遗址在今江苏吴县西南灵岩山。临
川南城馆娃坊自然与馆娃宫既不同时也不同地，但其命名则可能从
馆娃宫取义，暗喻此处豪宅中美女如云。这则故事恰恰以此点为依
托而驰骋想象，"忽见妇人数十，散在厅前"，这与馆娃坊的取名暗
合。"妇人数十"当然是鬼魅，鬼魅的出现或害人或惑人，而这里
却只见她们抵掌欢笑，戏耍戴詧，尚不见有什么恶意。戴詧从坑中
复出以后，坚称其中"甚快活"，丝毫不为他的弟弟被拉入坑中担
忧，而且至死也不肯说出坑中究竟有何快活，这是为什么呢？是羞
于说，还是不能说，只能任凭读者去猜想了。仅交代谜面而不透露
谜底，恰恰是这则短小故事的引人入胜处。

守　宫

　　大和末①，荆南松滋县南②，有士人寄居亲故
庄中肄业③。初到之夕，二更后，方张灯临案，
忽有小人，才半寸，葛巾，杖策入门，谓士人
曰："乍到无主人，当寂寞。"其声大如苍蝇。士
人素有胆气，初若不见。乃登床，责曰："遽不

存主客礼乎④！"复升案窥书，诟骂不已，因覆砚于书上。士人不耐，以笔击之堕地，叫数声，出门而灭。

顷有妇人四五，或姥或少⑤，皆长一寸，呼曰："真官以君独学⑥，故令郎君言展，且论精奥。何痴顽狂率，辄致损害，今可见真官！"其来索续如蚁，状如驺卒⑦，扑缘士人。士人恍然若梦，因啮四肢，痛苦甚⑧。复曰："汝不去，将损汝眼。"四五头遂上其面。士人惊惧，随出门。至堂东，遥望见一门，绝小，如节使之门⑨。士人乃叫："何物怪魅，敢凌人如此！"复被觜⑩，且众啮之。恍惚间，已入小门内，见一人峨冠当殿⑪，阶下侍卫千数，悉长寸馀，叱士人曰："吾怜汝独处，俾小儿往，何苦致害，罪当腰斩。"乃见数十人，悉持刀攘臂迫之⑫。士人大惧，谢曰⑬："某愚騃，肉眼不识真官，乞赐馀生。"久乃曰："且解知悔。"叱令曳出，不觉已在小门外。及归书堂，已五更矣，残灯犹在。

及明，寻其踪迹，东壁古培下，有小穴如栗，守宫出入焉⑭。士人即率数夫发之，深数丈，有守宫十馀石，大者色赤，长尺许，盖其王也。壤土如楼状，士人聚苏焚之⑮。后亦无他。(《诺皋记上》)

【注】

①　大和：唐文宗李昂年号（827—835）。　②松滋：今属湖北。　③肄业：温习学业。　④遽：竟。　⑤姥（mǔ）：老妇。　⑥真官：仙官，仙人。　⑦驺（zōu）卒：马车夫。　⑧啮（niè）：咬。　　⑨节使：节度使的省称。节度使是总揽数州军事的地方官。　⑩觜（zuǐ）：啄。　⑪峨冠：高冠。　⑫攘臂：挽起衣袖。迫：近前。　⑬谢：道歉。⑭守宫：壁虎。因经常守伏在宫墙屋壁上捕食虫蛾，故称守宫。　⑮苏：柴草。

【评】

这是一个不怕邪的故事。荆南士人开始并不怕跳上书案挑衅的什么"真官"，干脆以笔击之堕地，后来群魅前来撕咬，并被迫进入魔窟，这才不得已告饶，一俟走出魔窟，随即追踪挖掘，直至一把火将作祟的守宫家族全部消灭。这位士人不但有胆气，而且有足够的智慧，十分可嘉。

惠　恪

陵州龙兴寺僧惠恪①，不拘戒律，力举石臼。好客，往来多依之。尝夜会寺僧十馀，设煎饼。二更，有巨手被毛如胡鹿②，大言曰："乞一煎饼。"众僧惊散，惟惠恪掇煎饼数枚③，置其掌中。魅因合拳，僧遂极力急握之。魅哀祈，声甚切，惠恪呼家人斫之，及断，乃乌一羽也。明日，随其血踪出寺，西南入溪，至一岩罅而灭。惠恪率人发掘，乃一坑礜石④。（《诺皋记上》）

【注】

①陵州：今四川仁寿东。　②被（pī）：同"披"。胡鹿：亦作"胡禄"。藏箭矢的器具。　③掇（duō）：拿。　④瑿（yī）石：黑色美石。

【评】

惠恪虽是僧人，却尚武，好客，不信邪，还很有智谋。他先拿煎饼稳住贪嘴的魅，然后乘其不备抓住魅不放，直至砍断魅之一拳。第二天又循其血迹追踪，涉水翻山，最后在踪迹灭绝处掘出一坑瑿石，原来是瑿石作祟。瑿石，一般的解释只说是黑色的石头，读苏轼诗"岂料山中有遗宝，磊落如瑿万车炭"（《石炭》）句而生联想，认为文中所说"乃一坑瑿石者"，或许就是指地表浅层埋藏的褐煤。如果说得通的话，那么这则故事乃是当地人发现褐煤的一种神奇传闻而已。

河北将军

工部员外张周封言①："今年春，拜扫假回，至湖城逆旅②，说去年秋，有河北军将过此③，至郊外数里，忽有旋风如斗器，常起于马前。军将以鞭击之，转大。遂旋马首，鬣起如植④。

军将惧，下马观之，觉鬣长数尺，中有细绠⑤，如红线。马时人立嘶鸣，军将怒，乃取佩刀拂之，风因散灭，马亦死。军将割马腹视之，腹中亦无伤，不知是何怪也。"（《诺皋记上》）

【注】

　　① 工部员外：即工部员外郎，是尚书省工部头司工部司次官，掌城池土木工程建筑之事。张周封：字子望，曾任西川节度使李德裕从事。著有《华阳风俗录》。事见《新唐书·艺文志》。　② 湖城：今河南灵宝西北。逆旅：旅店。　③ 河北：指河北道，治魏州（今河北大名东北）。　④ 鬣（liè）：颈上的长毛。　⑤ 绠（gěng）：井绳。

【评】

　　张周封这个人大概是段成式的熟人，生性好奇，又好事，段成式从他那里听到不少奇奇怪怪的事情，譬如《前集》卷八借雷车事、卷十五太岁头上筑墙事、卷十七白瓜子化白鱼事、卷十九茄子故事等。这里所写的是张周封在湖城旅店里听来的故事，又转述给了段成式。其实河北军将也就是碰上了旋风（或许是能造成灾难的龙卷风），他目睹了旋风由小到大的过程，出于恐惧心理，向人叙说时未免夸大其辞，张周封又添油加醋，遂使得整个事件蒙上了神秘色彩。《太平广记》卷三六二《张周封》条引述此事，甚至改"腹中无伤"为"腹中已无肠"，离事实更加遥远。所谓"三人成虎"者，这一条亦是一个例证。

前集卷十六

崔圆妻

鹊 巢中必有梁①。崔圆相公妻在家时②，与姊妹戏于后园，见二鹊构巢，共衔一木，如笔管，长尺馀，安巢中。众悉不见。俗言见鹊上梁，必贵。(《羽篇》)

【注】

① 梁：屋梁。 ② 崔圆(705—768)：字有裕，清河东武城（今河北清河东北）人。玄宗时，为中书侍郎、同平章事。肃宗时，迁中书令。乾元元年（758）罢相，留守东都。《旧唐书》卷一〇八、《新唐书》卷一四〇有传。相公，对宰相的敬称。

【评】

这里说的"见鹊上梁必贵"，同鹊鸣报喜一样，皆属于一种前兆迷信，毫无科学依据可言。不过即令查无实据，却也事出有因。按《诗·召南》有《鹊巢》篇，开头两句说："维鹊有巢，维鸠居之。"其小序解释说："《鹊巢》，夫人之德也。国君积行累功，以致爵位，夫人起家而居之。德如鸤鸠，乃可以配焉。"这段话的意思是：男人建功立业，获取爵位，就好像是喜鹊筑巢，而女人嫁给有爵位的男人，等于是鸠占鹊巢，所以必须要有相应的德行才行。这种轻视妇女的大男子主义思想十分荒谬，不值一驳。问题是这种思想后来竟成为中国人千百年来的思维定式，妇女被当成男人的附庸，妇女自己也往往把一生的命运寄托在如何找到像样的鹊巢上，这样便自然而然产生出"见鹊上梁必贵"的幻想。现在鸠占鹊巢的时代已经过去了，男女平等，互敬互爱，共同工作，共建家园，相信已不会有人见鹊巢而生悲喜了。

鸽　信

鸽　大理丞郑复礼言[①]："波斯舶上多养鸽[②]，鸽能飞行数千里。辄放一只至家，以为平安信。"（《羽篇》）

【注】

①大理丞：大理寺的属官。大理寺是执法机关，掌鞫狱，定刑名，并复核诸州刑狱。　②波斯：今伊朗。唐时，波斯与中国往来频繁，许多波斯人在内地经商。舶：大船。

【评】

这是一则有关信鸽的史料，讲的是波斯（今伊朗）人喂养信鸽。其实不止是外国人，中国人也养信鸽。例如，《开元天宝遗事》记载："张九龄少年时，家养群鸽，每与亲知书往来，只以书系鸽足上，依所教之处，飞往投之。九龄目之为飞奴，时人无不爱讶。"张九龄是初唐时人，可见喂养信鸽事在我国起源也很早。

王母使者

王母使者　齐郡函山有鸟[①]，足青，嘴赤黄，素翼绛颡^②，名王母使者。昔汉武登此山^③，得玉函^④，长五寸。帝下山，玉函忽化为白鸟飞去。世传山上有王母药函，常令鸟守之。(《羽篇》)

【注】

①齐郡函山：又名玉函山，在今山东济南南。　②绛：深红色。颡（sǎng）：额。　③汉武：即汉武帝刘彻（前156—前87），十六岁即帝位，在位凡五十四年。一生好道求仙，颇信鬼神事，因而成为神仙故事中的人物。　④函：匣子。

【评】

这则记事应源自《山海经》中的西王母神话。《山海经》的《海外西经》《大荒西经》《海内北经》都说到西王母，其中《海内北经》说："西王母梯几而戴胜杖，其南有三青鸟，为西王母取食。在昆仑虚北。"此时的西王母还是半人半兽的怪物，后来经《淮南子·览冥训》《穆天子传》敷演，西王母遂演变为西方的女神。又由《穆天子传》而附会，遂有《汉武故事》《汉武帝内传》二书，专记汉武帝见西王母事，神话就此成为仙话，三青鸟也便成了西王母的使者。

夜行游女

夜行游女　一曰天帝女，一名钓星。夜飞昼隐，如鬼神。衣毛为飞鸟，脱毛为妇人。无子，喜取人子。胸前有乳。凡人饴小儿^①，不可露处，小儿衣亦不可露晒。毛落衣中，当为鸟祟，或以血点其衣为志。或言产死者所化。(《羽篇》)

【注】

①饴（yí）：吃。这里指喂奶。

【评】

这则记事当直接录自晋人郭璞的《玄中记》。鲁迅辑《古小说钩沉》本《玄中记》文字如下："姑获鸟夜飞昼藏，盖鬼神类。衣毛为飞鸟，脱毛为女人。一名天帝少女，一名夜行游女，一名钩星，一名隐飞。鸟无子，喜取人子养之，以为子。今时小儿之衣不欲夜露者，为此物爱以血点其衣为志，即取小儿也。故世人名为鬼鸟，荆州为多。昔豫章男子，见田中有六七女人，不知是鸟，匍匐往，先得其毛衣，取藏之，即往就诸鸟。诸鸟各去就毛衣，衣之飞去。一鸟独不得去，男子取以为妇，生三女，其母后使女问父，知衣在积稻下，得之，衣而飞去。后以衣迎三女，三女儿得衣亦飞去。今谓之鬼车。"

段成式未录故事的后半截，实际上豫章男子事情节更为神奇，流传也更为广泛。

嗽金鸟

嗽金鸟①　出昆明国。形如雀，色黄，常翱翔于海上。魏明帝时②，其国来献此鸟，饴以真珠及龟脑，常吐金屑如粟，铸之，乃为器服。宫人争以鸟所吐金为钗珥，谓之辟寒金，以鸟不畏寒也。宫人相嘲弄曰："不服辟寒金，那得帝王心；不服辟寒钿，那得帝王怜③。"（《羽篇》）

【注】

　　① 嗽（sòu）：咳吐。　　② 魏明帝：即曹叡（205—239），字元仲，魏文帝曹丕长子。黄初七年（226）继皇帝位，在位奢华。景初三年卒，年三十六。《三国志》卷三有传。　　③ 怜：怜爱。

【评】

　　据史籍记载，魏明帝在位只有十几年，却极尽奢华之能事，不仅大治宫室，而且耽于女色，后宫妇女达数千人。这里所记即是宫中嫔妃争宠的歌谣，既称"嘲弄"，可见内中包含有诸多的辛酸苦痛。至于这条记事的原始出处，段成式应该是取自《拾遗记》（一名《王子年拾遗记》）。齐治平校注本《拾遗记》文字较此为详，录以备考："明帝即位二年，起灵禽之园，远方国所献异鸟殊兽，皆畜此园也。昆明国贡嗽金鸟。国人云：'其地去燃洲九千里，出此鸟，形如雀而色黄，羽毛柔密，常翱翔海上，罗者得之，以为至祥。闻大魏之德，被于荒远，故越山航海，来献大国。'帝得此鸟，畜于灵禽之园，饴以真珠，饮以龟脑。鸟常吐金屑如粟，铸之可为以器。昔汉武帝时，有人献神雀，盖此类也。此鸟畏霜雪，乃起小屋处之，名曰辟寒台，皆用水精为户牖，使内外通光。宫人争以鸟吐之金用饰钗珮，谓之辟寒金。故宫人相嘲曰：'不服辟寒金，那得帝王心。'于是媚惑者，乱争此宝金为身饰，及行卧皆怀挟以要宠幸也。魏氏丧灭，池台鞠为煨烬，嗽金之鸟，亦自翱翔。"（卷七）

白　象

　　咸亨二年①，周澄国遣使上表言："诃伽国有白象，首垂四牙，身运五足，象之所在，其土必丰，以水洗牙，饮之愈疾，请发兵迎取。"
（《毛篇》）

【注】

　　① 咸亨二年：671 年，咸亨是唐高宗李治年号。

【评】

　　这里所说周澄国和诃伽国为今何地均不详，但其事则见于史书，而且段成式此段文字就是从史书中抄来的，只是腰斩原文，极不完整。按，《太平御览》卷八九〇引《唐书》云："高宗时，周澄国遣使上表云：'诃伽国有白象，首垂四牙，身运五足。象之所在，其土必丰。既有威灵，又弭灾患。力兼十象，强制百人。以水洗牙，饮之愈疾。请发兵迎取以献之。'上谓侍臣曰：'夫作法于俭，其弊犹奢，谁能制止？故圣人越席以昭俭，茅茨以诫奢。《书》云：珍禽奇兽，不育于国。方知无益之源，不可不遏。朕安用奇象，令其远献？'乃劳其使而遣之。"

　　《唐书》所记不仅故事较完整，而且唐高宗婉拒奇象，以诫奢靡，说了一番提倡节俭的话，段成式如有所闻，是不该一笔抹杀的。

前集卷十七

乌　贼

　　乌贼　旧说名河伯度事小吏[1]。遇大鱼，辄放墨，方数尺，以混其身。江东人或取墨书契[2]，以脱人财物[3]，书迹如淡墨，逾年字消，唯空纸耳。海人言："昔秦王东游，弃算袋于海[4]，化为此鱼。形如算袋，两带极长。"一说乌贼有矴[5]，遇风，则虬前一须下矴[6]。(《鳞介篇》)

【注】

　　①河伯：民间传说中的黄河水神，唐时或泛指水官。　②契：契约文书。　③脱：脱离，吞没。　④算袋：放笔砚的袋子。唐时九品以上文武官员朝参与衙日均须带手巾、算袋。　⑤矴：停船时沉入水底以稳定船身的石礅。　⑥虬：弯曲。

【评】

　　俗称乌贼为墨斗鱼，就是指其形体似木工师傅画线用的墨斗，遇到强敌来犯，还能施放墨汁以形成黑雾，乘机脱离危险。从这则记载看，唐朝人对乌贼的一般认识和我们现在差不多。有趣的是它还提到当时的市井无赖用乌贼的墨汁书写契约，过上一年墨迹消尽，从而骗人财物。这可以说是唐朝市井百态的一幅漫画像。至于秦始皇东游，弃算袋于海的说法，不过是因物取类的传闻而已。作为小说手法，可以给人留下丰富的想象空间。

奔𩹾

奔𩹾^① 奔𩹾一名瀱^②，非鱼非蛟，大如船，长二三丈，色如鲇^③，有两乳在腹下，雄雌阴阳类人。取其子着岸上，声如婴儿啼。顶上有孔通头，气出吓吓作声，必大风，行者以为候。相传懒妇所化，杀一头，得膏三四斛，取之烧灯，照读书、纺绩辄暗，照欢乐之处则明。（《鳞介篇》）

【注】

①奔𩹾（fū）：一种鲸鱼。 ②瀱（jì）：本指井水，于此无义。 ③鲇（nián）：鲇鱼，背部苍黑色，腹部白，体长无鳞。

【评】

这则记事前半大抵是对鲸鱼的客观描述，而后半则属于民间传说。懒妇鱼的传说来自南朝梁任昉的《述异记》，《太平广记》卷四六五引《述异记》说："淮南有懒妇鱼。俗云，昔杨氏家妇，为姑所怒，溺水死，为鱼。其脂膏可燃灯烛，以之照鼓琴瑟博弈，则烂然有光，若照纺绩，则不复明。"知道了这个传说，我们也就明白了段成式为什么要写"照读书、纺绩辄暗，照欢乐之处则明"，原来他把奔𩹾与懒妇鱼合而为一了。

蚁

　　蚁　秦中多巨黑蚁①，好斗，俗呼为马蚁。次有色窃赤者细蚁②，中有黑者迟钝，力举等身铁。有窃黄者，最有兼弱之智③。成式儿戏时，常以棘刺标蝇④，置其来路，此蚁触之而返，或去穴一尺或数寸，才入穴中者，如索而出，疑有声而相召也。其行每六七，有大首者间之，整若队伍。至徙蝇时，大首者或翼或殿⑤，如备异蚁状也。

　　元和中⑥，成式假居在长兴里⑦。庭中有一穴蚁，形状如窃赤之蚁之大者，而色正黑，腰节微赤，首锐足高，走最轻迅。每生致蠼及小虫入穴，辄坏埏窒穴，盖防其逸也。自后徙居数处，更不复见此。（《虫篇》）

【注】

　　①秦中：今陕西关中平原。　②窃：浅。　③兼弱：兼并弱者。　④棘：酸枣树的芒刺。　⑤翼：像翅膀一样在两边保护。殿：殿后。　⑥元和：唐宪宗李纯年号（806—820）。　⑦假居：借住。长兴里：即长兴坊，在唐长安朱雀门东第二街自北向南第三坊。

【评】

　　段成式生于四川成都，当时他父亲段文昌正在韦皋幕中做官。五岁时，其父升任京官，他也随迁到长安，直到十九岁才离开京城。这里说"元和中，成式假居在长兴里"，推测其时间应在元和五年（810）以后，此时他大约八九岁的样子。《酉阳杂俎·前集》

有《广动植》四卷，续集有《支动》一卷、《支植》二卷，前后凡七卷，几占全书总卷数的四分之一。他在《广动植》卷首明确倡言，这样做就是要充实经史之所缺，"冀掊土培丘陵之学"。他的这一愿望看来形成很早，在其幼小的心灵中已经开始萌芽。我们读这则关于蚁类的记载，不能不佩服段成式探索大自然奥秘的热情和毅力。他观察之细致，推理之大胆，都给我们留下了一个早慧儿童的美好印象。

法　通

蝗　荆州有帛师号法通①，本安西人②，少于东天竺出家③，言蝗虫腹下有梵字④，或自天下来者，乃叨利天、梵天来者⑤，西域验其字⑥，作《本天坛法》禳之⑦。

今蝗虫首有"王"字，固自不可晓。或言鱼子变，近之矣。旧言食谷者，部吏所致⑧，侵渔百姓，则虫食谷。虫身黑头赤，武吏也；头黑身赤，儒吏也。（《虫篇》）

【注】

①荆州：今属湖北。　②安西：唐安西都护府，治今新疆库车。　③东天竺：天竺是古印度的别称，分为东、南、西、北、中五部分。　④梵字：古印度文字。　⑤叨利天：即三十三天，佛教认为人经修行，死后居住在此天界。据《智度论》卷九说，三十三天在须弥山顶，中央为帝释天，四方各有八天，合为三十三天。须弥山高八万四千由旬，上有三十三天城。梵天：梵土天竺，

指古印度。　⑥西域：指玉门、阳关以西，唐王朝统治或势力范围所及地区。　⑦禳（ráng）：以祭祷消除灾祸的一种活动。　⑧部吏：各郡的属吏。汉王充《论衡·商虫》说："变复之家，谓虫食谷者，部吏所致也。"

【评】

蝗虫如雨，严重者可导致颗粒无收。这首先应归咎于天灾，所以帛法通说"蝗虫腹下有梵字，或自天下来者"，也即是佛家对天降蝗灾的阐释。但是，历史事实已经证明，天灾往往与人祸相伴而行，有时天灾的发生甚至是以人祸为前提的。《酉阳杂俎》的作者段成式相信这一点，因而他引述王充《论衡》所说"虫食谷者，部吏所致"，把贪官污吏的横征暴敛、侵渔百姓看作蝗灾的总起因，并且进一步细分，如果蝗虫身黑头赤则是武吏为虐，反之，头黑身赤则是文吏为虐。这种细分看似游戏文字，其实不然，因为这段话可以说明文武百官皆存在鱼肉百姓的可能，这显然就不是某一个人的问题，而是与当时的封建官僚制度有关的。正是封建官僚机器侵渔百姓，使自然环境不断恶化，这才是天灾频仍的一个人为的原因。

前集卷十八

异　果

异果　瞻波国有人牧牛千百馀头[①]，有一牛离群，忽失所在，至暮方归，形色鸣吼异常，群牛异之。明日，遂独行，主因随之。

入一穴，行五六里，豁然明朗，花木皆非人间所有。牛于一处食草，草不可识。有果作黄金色，牧牛人窃一将还，为鬼所夺。

又一日，复往取此果。至穴，鬼复欲夺，其人急吞之，身遂暴长。头才出，身塞于穴，数日化为石也。（《木篇》）

【注】

　　① 瞻波国：原作"瞻披国"，今据《太平广记》卷四〇一《瞻波异果》条引《酉阳杂俎》改。瞻波是梵文的音译，其国故址在今孟加拉国，为印度古代十六大国之一。

【评】

　　这则故事虽编在《广动植》的《木篇》，但重点在说故事，所以异果的形状、颜色竟无一字提及。就故事的立意而言，恐怕是劝人谨守本分，不可贪求异物，巧取妄夺，否则便会步牧牛人的后尘，自取灭亡。这则故事应该是从佛典中录出，可惜未能考出见于哪部佛经。

蒲　萄

蒲萄　俗言："蒲萄蔓好引于西南。"庾信谓魏使尉谨曰①："我在邺②，遂大得蒲萄，奇有滋味。"陈昭曰③："作何形状？"徐君房曰④："有类软枣。"信曰："君殊不体物⑤，何得不言似生荔枝？"魏肇师曰⑥："魏文有言⑦：'朱夏涉秋，尚有馀暑。酒腥宿醒，掩露而食。甘而不饴⑧，酸而不酢⑨。'道之固以流沫称奇，况亲食之者。"谨曰："此物实出于大宛⑩，张骞所致⑪，有黄、白、黑三种。成熟之时，子实逼侧⑫，星编珠聚。西域多酿以为酒，每来岁贡。在汉西京⑬，似亦不少，杜陵田五十亩中⑭，有蒲萄百树。今在京兆⑮，非直止禁林也⑯。"信曰："乃园种户植，接荫连架。"昭曰："其味何如橘柚？"信曰："津液奇胜，芬芳减之。"谨曰："金衣素裹，见苞作贡。向齿自消，良应不及⑰。"（《木篇》）

【注】

①庾信（513—581）：字子山，新野（今属河南）人。仕梁为散骑常侍、建康令、御史中丞。出使西魏，梁亡，遂留长安。先仕西魏，入周，累迁骠骑大将军、开府仪同三司。隋文帝开皇元

年卒。《周书》卷四一、《北史》卷八三有传。尉谨：也作"尉瑾"，字安仁。仕魏为中书舍人。入齐，累迁右仆射。《北齐书》卷四〇有传。　②邺：今河北临漳西南。北朝东魏都城。　③陈昭：梁将陈庆之子，庆之卒，承袭永兴县侯。生平不详。　④徐君房：生平不详。据本书卷十二"魏肇师"条称"庶子"，应做过梁太子属官。　⑤体物：描摹物体的形态。　⑥魏肇师：东魏使臣。生平不详。　⑦魏文：原作"魏武"，今据《艺文类聚》卷八七、《太平御览》卷九七二引《魏文帝诏》改。　⑧饴（yí）：用米、麦制成的糖浆，发黏。这里义为"甜腻"。　⑨酢（cù）：同"醋"。　⑩大宛：古代西域三十六国之一，今乌兹别克斯坦费尔干那。　⑪张骞（？—前114）：汉中成固（今陕西城固）人。汉武帝时，应募出使大月氏，建元二年（前139）出陇西，经匈奴，被俘。在匈奴十馀年，始终秉汉节。后西行至大宛，经康居，抵大月氏。一年后，归国途中，又被匈奴拘留。元朔三年（前126），逃归汉朝，授以太中大夫。六年，随卫青击匈奴有功，封博望侯。后又出使乌孙，元鼎二年（前115）还，拜大行，翌年卒。汉通西域，张骞立首功。相传葡萄、苜蓿、石榴、胡桃、胡麻等，皆为骞自西域传入中土。《史记》卷一一一、《汉书》卷六一有传。　⑫逼侧：攒聚。　⑬汉西京：指长安（今陕西西安）。　⑭杜陵：今陕西西安东北。　⑮京兆：指京兆郡（今陕西西安）。　⑯禁林：帝王的园林。　⑰良：的确。

【评】

　　蒲萄（今作葡萄）是西汉初年张骞从西域引进的，至南北朝时期种植已有六百年，但其产地似乎还不是很多，远没有成为一般民众可以享用的水果。这从梁朝接待东魏使者的这段席间谈话中，不难得到证明。庾信在大同十一年（545）33 岁时，曾以通直散骑常侍出使东魏，"文章辞令，盛为邺下所称"（《周书·庾信传》）。邺下给他留下了许多美好印象，而当时吃了不少葡萄，让他颊齿留香，久难忘怀。当魏使来访，他不由地又提及葡萄，称赞"奇有滋味"。陈昭是梁臣，没见过葡萄，问是什么形状，徐君房说像软枣，庾信说像生荔枝。魏肇师、尉谨来自东魏，自然是熟悉葡萄的，于是一个介绍葡萄的滋味是"甘而不饴，酸而不酢"，一个介绍葡萄引种的历史以及在中国栽种的情况。按庾信的话说，在当时的长安已经"园种户植，接荫连架"。只是江南似尚未引种，故陈昭又问其味道是不是比江南的橘柚好，庾信回答说，津液比橘柚多，香气比橘柚少。尉谨说，黄皮白瓤，入口消融，那种感觉是橘柚远远比不上的。说到这里，没有见过更没有吃过葡萄的陈昭，应该能够知道葡萄的引种史、当今产地、生长形态及其色、香、味了。这几个人的对话，紧扣主题，妙于形容，确实是一段脍炙人口的好文字。

菩提树

菩提树① 出摩伽陀国②，在摩诃菩提寺。盖释迦如来成道时树③，一名思惟树，茎干黄白，枝叶青翠，经冬不凋。至佛入灭日④，变色凋落，过已还生。至此日，国王、人民大作佛事，收叶而归，以为瑞也。树高四百尺，下有银塔，周回绕之。彼国人四时常焚香散花，绕树作礼。

贞观中⑤，频遣使往，于寺设供，并施袈裟。至高宗显庆五年⑥，于寺立碑，以纪圣德。

此树梵名有二⑦，一曰宾拨梨力叉，二曰阿湿曷咃婆力叉。《西域记》谓之卑钵罗⑧，以佛于其下成道，即以道为称，故号菩提婆力叉，汉翻为道树。

　　昔中天无忧王剪伐之[9]，令事火婆罗门积薪焚焉[10]。炽焰中忽生两树，无忧王因忏悔，号灰菩提树，遂周以石垣。至赏设迦王[11]，复掘之，至泉，其根不绝，坑火焚之，溉以甘蔗汁，欲其焦烂。后摩揭陀国满胄王[12]，无忧之曾孙也，乃以千牛乳浇之，信宿[13]，树生如旧。更增石垣，高二丈四尺。玄奘至西域[14]，见树出垣上二丈馀。（《木篇》）

【注】

　　① 菩提树：一种桑科榕树乔木。相传释迦牟尼在这种树下悟道成佛，该树便被称为菩提婆力叉，汉译为道树、觉树等，佛教视为圣树。　② 摩伽陀国：古印度十六大国之一，其领地大体相当今印度比哈尔邦的巴特那和加雅地方。　③ 释迦如来：如来是释迦牟尼佛的通称，其义有三：以法身为解释，即"无所从来，亦无所去"；以报身来解释，即"第一义谛名如，正觉名来"；以应身来解释，即"乘如实道，来成正觉"。　④ 入灭：佛教称达到不生不死的境界，指僧尼死亡。　⑤ 贞观：唐太宗李世民年号（627—649）。　⑥ 显庆五年：660年。按，唐显庆五年，王玄策曾到摩诃菩提僧伽蓝（大菩提寺）巡礼，受到寺主戒龙的热情接待。王玄策等人奉唐高宗令在此寺树碑，碑文见《法苑珠林》卷二九。　⑦ 梵：古印度。　⑧《西域记》：即玄奘、辩机撰《大唐西域记》的简称，书中记述玄奘赴五天竺游学的见闻，是研究中亚、南亚社会历史和中外交通的重要历史文献。卑钵罗：梵文Pippala的音译，一

译毕钵罗。卑钵罗树即菩提树。见《大唐西域记》卷二《健驮罗国》。　⑨中天：中天竺的简称。古印度分为中、北、西、东、南五部分，称五天竺。无忧王：阿育王的意译。为古印度名王旃陀罗笈多之孙，宾头沙罗之子，公元前273年即位，几乎统一印度全境，以佛教为国教。事见《阿育王经》《阿育王传》。　⑩婆罗门：印度四种姓的第一等。　⑪赏设迦王：公元6世纪末、7世纪前期的高达国（位于今孟加拉国与印度西孟加拉邦地区）的国王，对佛教极端仇视。　⑫满胄王：梵文音译为补剌拏伐摩王，此为意译。满胄王是无忧王的后代，大约在公元七世纪初，是摩揭陀地方的一位藩王。　⑬信宿：二三天。　⑭玄奘（600—664）：俗名陈祎，洛州缑氏（今河南偃师）人。隋末出家。贞观元年（627），只身赴天竺求法。十九年，返回长安，太宗礼遇甚隆，特建慈恩寺，召为上座，组织译经。又以其亲历撰为《大唐西域记》十二卷。《旧唐书》卷一九一有传。

【评】

　　菩提树在唐朝以前已引入中国，常种植在佛寺中，作为佛陀昭示的象征，但是此前人们未必都知道菩提树的掌故。段成式精通佛典，对佛教传说也有着浓厚的兴趣，于是他为我们转述了一段神奇而美妙的故事。诸如菩提树的来历和不同名称，佛寂灭之日变色凋落，无忧王悔烧菩提树，赏设迦王反佛毁树，满胄王如何使树复生，等等，其中的善恶之争耐人深思，而异域文化背景也为故事蒙上了绚丽的色彩。不过在咀嚼回味之馀，我们必须指出，段成式的这段文字基本抄自《大唐西域记》卷八《摩揭陀国上》第十七节《菩提树垣》，为了便于彼此对照，同时也可以保存一段珍贵的史料，不妨把《西域记》的原文照录如下：

　　金刚座上菩提树者，即毕钵罗之树也。昔佛在世，高数百尺，屡经残伐，犹高四五丈。佛坐其下成等正觉，因而谓之菩提树焉。茎干黄白，枝叶青翠，冬夏不凋，光鲜无变。每至如来涅槃之日，叶皆凋落，顷之复故。是日也，诸国君王、异方法俗，数千万众，不召而集，香水香乳，以溉以洗。于是奏音乐，列香花，灯炬继日，竞修供养。如来寂灭之后，无忧王之初嗣位也，信受邪道，毁佛遗迹，兴发兵徒，躬临剪伐。根茎枝叶，分寸斩截，次西数十步而积聚焉，令事火婆罗门烧以祠天。烟焰未静，忽生两树，猛火之中，茂叶含翠，因而谓之灰菩提树。无忧王睹异悔过，以香乳溉馀根，洎乎将旦，树生如本。王见灵怪，重深欣庆，躬修供养，乐以忘归。王妃素信外道，密遣使人，夜分之后，重伐其树。无忧王旦将礼敬，唯见蘖株，深增悲慨，至诚祈请，香乳溉灌，不日还生。王深敬异，垒石周垣，其高十馀尺，今犹见在。近设赏迦王者，信受外道，毁嫉佛法，坏僧伽蓝，伐菩提树，掘至泉水，不尽根柢，乃纵火焚烧，以甘蔗汁沃之，欲其焦烂，绝灭遗萌。数月后，摩揭陀国补剌拏伐摩王，无忧王之末孙也，闻而叹曰：'慧日已隐，唯馀佛树，今复摧残，生灵何睹？'举身投地，哀感动物，以数千牛构乳而溉，经夜树生，其高丈馀。恐后剪伐，周峙石垣，高二丈四尺。故今菩提树隐于石壁，上出二丈馀。

无石子

　　无石子①　出波斯国②，波斯呼为摩贼③。树长六七丈，围八九尺，叶似桃叶而长。三月开花，白色，花心微红。子圆如弹丸，初青，熟乃黄白。虫食成孔者正熟，皮无孔者入药用。其树一年生无石子，一年生跋屡子^④，大如指，长三寸，上有壳，中仁如栗黄，可啖^⑤。(《木篇》)

【注】

①无石子：又名无食子、没石子、墨石子，是波斯语的音译，是一种乔木。　②波斯国：今伊朗。　③摩贼：又名麻茶，波斯语的音译。　④跋屡子：又名蒲芦，波斯语的音译。　⑤啖(dàn)：吃。

【评】

《隋书·西域传》已谈到波斯国有无食子，但没有具体描写，《酉阳杂俎》此条的介绍应该是较早的。又据宋赵汝适《诸蕃志》卷下《志物》"没石子"条说："没石子出大食勿厮离。其树如樟，岁一开花，结实如中国之茅栗，名曰沙没律，亦名蒲芦，可采食之。次年再生，名曰麻茶，没石子也。明年又生沙没律，间岁方生没石子，所以贵售。一根而异产，亦可怪也。"值得注意的是"大食勿厮离"这个地名，据考其地在今伊拉克西北部之摩苏尔，而这一地名在我国载籍中出现，以《酉阳杂俎》为最早。《酉阳杂俎·续集》卷十说："大食勿斯离国，石榴重五六斤。"由此可以推断，今伊朗高原和阿拉伯半岛都是无石子的产地。

紫铆树

紫铆树^①　出真腊国^②，真腊国呼为勒佉。亦出波斯国^③。树长一丈，枝条郁茂。叶似橘，经冬而凋。三月开花，白色，不结子。天大雾露及雨，沾濡其树枝条，即出紫铆。波斯国使乌海及沙利深所说并同。真腊国使折冲都尉沙门陀沙尼拔陀言^④："蚁运土于树端作窠，蚁壤得雨露，凝结而成紫钡。"昆仑国者善^⑤，波斯国者次之。(《木篇》)

【注】

　　① 紫钡（kuàng）：一种树胶。　② 真腊国：柬埔寨的古称。　③ 波斯国：此指马来亚波斯。　④ 折冲都尉：唐各州有折冲府，设折冲都尉一人，是一种武官，掌宿卫、教习之职。沙门：指僧徒。　⑤ 昆仑国：今印度尼西亚马鲁古群岛。

【评】

　　紫钡也称紫胶，美国学者谢弗曾有过研究，可以帮助我们解读段成式的这段文字。谢弗在《唐代的外来文明》第十三章中的一节写道：

　　除了猩猩血之外，唐朝的中国人还确实使用过一种来源于动物的颜料。这种颜料就是紫胶，所谓的紫胶，就是指紫胶虫的分泌物。在印度支那地区的许多树上都生有紫胶虫。这种虫子还可以在树枝上沉淀出一种含有树脂的物质，这种物质就是市场上流通的虫胶制剂的原料，唐朝的珠宝工匠将这种虫胶作为黏合剂使用，这与后来的马来人用它将波纹刀刃短剑的刀片与刀柄黏合在一起的用法正好是相同的。在唐朝，紫胶颜料被称作'紫矿'——这说明人们错误地理解了这种颜料的来源；当时还有另外一种叫法，就是使用外来语，称"紫胶"为'勒佉'。紫胶是从安南和林邑输入的，它被用作丝绸染料和化妆用的胭脂。(中国社会科学出版社1995年版，第458—459页)

阿　魏

阿魏[①]　出伽阇那国[②]，即北天竺也[③]。伽阇那呼为形虞。亦出波斯国[④]，波斯国呼为阿虞截。树长八九丈，皮色青黄。三月生叶，叶似鼠耳，无花实。断其枝，汁出如饴，久乃坚凝，名阿魏。拂林国僧弯所说同[⑤]，摩伽陀国僧提婆言[⑥]："取其汁，和米豆屑，合成阿魏。"（《木篇》）

【注】

①阿魏：一种药物和调料。　②伽阇那国：即《大唐西域记》所说漕矩吒国的都城鹤悉那（Gasna），在今阿富汗首都喀布尔以南155公里处。　③北天竺：古印度分东、南、西、北、中五部分。　④波斯：今伊朗。　⑤拂林国：唐对东罗马帝国（拜占庭帝国）的称呼。今西亚及地中海沿岸一带。　⑥摩伽陀国：古印度十六国之一，在今印度比哈尔邦。

【评】

有关阿魏的史料，又见于宋赵汝适《诸蕃志》卷下、明李时珍《本草纲目》卷三四。《诸蕃志》说："阿魏出大食木俱兰国（在今巴基斯坦近伊朗处）。其树不甚高大，脂多流溢，土人以绳束其梢，去其尾，纳以竹筒，脂满其中。冬月破筒取脂，以皮袋收之。或曰，其脂最毒，人不敢近。每采阿魏时，系羊于树下，自远射之，脂之毒着于羊，羊毙，即以羊之腐为阿魏。"《本草纲目》则介绍其药用，如止臭、杀虫，甚至与牛乳或肉汁一起煎服可以"辟鬼除邪"。这是唐以后人对阿魏的认识。据考，唐朝人使用阿魏，主要是利用了它"体极臭而能止臭"的奇异性能。阿魏来自海外，至于它输入中国的情况，我们不妨引录美国人谢弗《唐代的外来文明》（中国社会科学出版社 1995 年版）中一段话来说明："阿魏作为一种药物和调料，在唐朝很有名气。唐朝人普遍接受了这种药物的西域的名称，将它称为'阿魏'。这个名字很可能就是吐火罗语ankwa的译音，唐朝人还知道它的梵文名称hingu（形虞）。进口的阿魏有晒干的树脂饼和根切片两种，据认为，后者的质量不及前者。当时有许多亚洲国家都向唐朝提供这种昂贵的药材。其中主要者有谢䫻，此外还有波斯以及其他没有记载国名的南亚和中亚的国家。阿魏进入唐朝有两条途径，其一是由位于准噶尔边缘的唐朝重镇北庭每年作为土贡向朝廷进贡，另外一个途径就是由商舶经由南中国海运来。"（第十一章《药物》）谢弗的上述研究向我们提供了段成式记述阿魏的背景。段成式的记述虽不是靠亲身观察得来，但却是亲耳听来的。提供信息的是两个僧人，一个来自拂林国，一个来自摩伽陀国。两个人的说法还有些不同，段成式采取了两说并存的记录形式，是很客观的。由这里我们可以看到强盛的唐朝是如何的开放，唐朝与海外的交通、贸易又是如何的发达。一想到段成式与外国僧人交谈的情况，让人不禁对大唐油然产生出不少向往之情。

胡　椒

胡椒　出摩伽陀国[①]，呼为昧履支。其苗蔓生，茎极柔弱。叶长寸半，有细条，与叶齐。条上结子，两两相对。其叶晨开暮合，合则裹其子于叶中。子形似汉椒[②]，至辛辣，六月采。今人作胡盘肉食，皆用之。（《木篇》）

【注】

①摩伽陀国：又译摩揭陀国，古代印度十六国之一，其领地相当今印度比哈尔邦的巴特那和加雅地区。　②汉椒：我国土产的花椒，今称秦椒。

【评】

在唐代以前，我国烹饪时使用的辛辣调味品是"椒"，也称"秦椒""蜀椒"，也就是这里所说的"汉椒"。随着唐朝的兴盛及中外交通的发展，胡椒开始传入中国。从它的命名可以看出，一则指明它是胡人的椒，说明它来自西域；一则指明它属于辛辣调味品，是汉椒的代用品。据考证，胡椒原产于缅甸，先传入印度、波斯，再由波斯传入中国及亚洲各地。摩伽陀在梵文中是胡椒的一个别称，推测其地必定曾是一个胡椒生产中心，所以这里说"胡椒出摩伽陀国"。胡椒在唐朝既是调味品，又是香料和药材。作为药材，孟诜（621—713）的《食疗本草》说可以治"心腹冷痛"。作为调味品，这里只说用于做"胡盘肉"，显然是一种外国风味的菜肴。这同时也说明当时胡椒的使用还不普遍，仅限于特色菜肴。推想未能普遍使用的原因，恐怕与当时价格昂贵有关。拥有一定数量的胡椒就意谓着财富，故《新唐书·元载传》记载，宰相元载以势凌主被赐死，"籍其家，钟乳五百两，诏分赐中书、门下台省官，胡椒至八百石，它物称是"。

阿勃参

阿勃参①　出拂林国②。长一丈馀，皮青白色。叶细，两两相对。花似蔓菁，正黄。子似

胡椒，赤色。斫其枝，汁如油，以涂疥癣，无不瘥者③。其油极贵，价重于金。（《木篇》）

【注】

①阿勃参：即巴尔酥麻香。　②拂林：又写作"拂菻"，今西亚及地中海沿岸一带。　③瘥（chài）：病愈。

【评】

关于阿勃参，美国学者劳费尔曾有考证，见《中国伊朗编》，节引如下：

段成式根据辗转听来的传说，对此树所作的描述相当正确。Amyris gileadensis或勃参树（balsam-tree）是一种常青的灌木或树，属于Amyridaceae目，为热带植物，大半生长在阿拉伯南部，尤其在麦加和麦地那附近和阿比西尼亚。它确是在古代移植到巴力斯坦，所以段成式说它出产在拂林，说得对了。这树大约有十四尺高，树身的直径八至十英寸。有两层树皮——一层是外皮，薄，色红；一层内皮，厚，色绿。嚼这树皮时有一种腻滑的感觉，口中留有馀香。花是成双成对的，果实灰红色，如小豆大小，椭圆形，两头尖。这树很罕有，难于种植。段成式所说的油当然是从树枝流出的浅绿色的香胶，向来被视为贵重的药品，治创伤特别有效。它是非常值钱的药剂。段成式说它与金子同价，提奥夫剌斯塔说它为银价的双倍，两人的说法是一致的。（商务印书馆1964年版，第255—256页）

前集卷十九

苔

苔　慈恩寺唐三藏院后檐阶①，开成末②，有苔状如苦苣③，布于砖上，色如蓝绿，轻嫩可爱。谈论僧义林，太和初④，改葬基法师⑤。初开冢，香气袭人，侧卧砖台上，形如生。砖上苔厚二寸馀，作金色，气如栴檀⑥。（《草篇》）

【注】

①慈恩寺：在今陕西西安城南。玄奘自印度取经归来，于贞观二十二年（648）住此寺译经。唐三藏院：即玄奘译经院。　②开成：唐文宗李昂年号（836—840）。　③苣（qǔ）：苣荬菜，野生植物。　④太和：唐文宗李昂年号（827—835）。　⑤基法师：指窥基（632—682），玄奘弟子，也是玄奘佛学的权威继承者。据《宋高僧传》卷四《唐京兆大慈恩寺窥基传》，窥基以永淳元年（682）十一月十三日卒，"葬于樊村北渠，祔三藏奘师茔陇焉"，"太和四年（830）庚戌七月癸酉，迁塔于平原"。　⑥栴檀：即檀香。

【评】

玄奘、窥基师徒是法相宗（唯识宗）的创宗者，因为长期住在长安的慈恩寺，故又称慈恩宗。作为中国佛教中的一个大乘宗派，法相宗影响深远。在玄奘、窥基死后，由其后继者附会一些灵异之事是很自然的。这里说玄奘住过的译经院檐阶上生苔、窥基墓砖上生苔，轻嫩可爱，气如栴檀，无非是一种赞颂之词。除此之外，《宋高僧传》卷四《窥基传》还说到改葬徙棺时，"见基齿有四十根不断如玉，众弹指言，是佛之一相焉"，也同样是礼佛颂美之词。

牡丹花

牡丹，前史中无说处，惟《谢康乐集》中[①]，言竹间水际多牡丹。成式检隋朝《种植法》七十卷中[②]，初不记说牡丹，则知隋朝花药中所无也。开元末[③]，裴士淹为郎官，奉使幽冀回，至汾州众香寺，得白牡丹一窠，植于长安私第。天宝中[④]，为都下奇赏。

当时名公有《裴给事宅看牡丹》诗，诗寻访未获。一本有诗云："长安年少惜春残，争认慈恩紫牡丹。别有玉盘承露冷，无人起就月中看。"太常博士张乘，尝见裴通祭酒说。又房相有言[⑤]："牡丹之会，瑁不预焉。"至德中[⑥]，马仆射镇太原[⑦]，又得红紫二色者，移于城中。元和初犹少，今与戎葵角多少矣。

韩愈侍郎有疏从子侄[⑧]，自江淮来，年甚少。韩令学院中伴子弟[⑨]，子弟悉为凌辱。韩知之，遂为街西假僧院[⑩]，令读书。经旬，寺主纲复诉其狂率[⑪]，韩遽令归，且责曰："市肆贱类营衣食，尚有一事长处，汝所为如此，竟作何物？"偁拜谢，徐曰："某有一艺，恨叔不知。"因指阶前牡丹曰："叔要此花青、紫、黄、赤，唯命也。"韩大奇之，遂给所须试之。

乃竖箔曲⑫，尽遮牡丹丛，不令人窥。掘窠四面⑬，深及其根，宽容人座。唯赍紫矿、轻粉、朱红⑭，且暮治其根。凡七日，乃填坑，白其叔曰："恨校迟一月⑮。"时冬初也。

牡丹本紫，及花，发色白红历绿。每朵有一联诗，字色紫分明，乃是韩公出官时诗⑯，一韵曰"云横秦岭家何在，雪拥蓝关马不前"十四字⑰。韩大惊异。偁且辞归江淮，竟不愿仕。(《草篇》)

【注】

①谢康乐：即谢灵运（385—433），陈郡阳夏（今河南太康）人。《宋书》卷六七、《南史》卷一九并有传。　②种植法：《旧唐书·经籍志》："种植法七十卷，诸葛颖撰"。　③开元：唐玄宗李隆基年号（713—741）。　④天宝：唐玄宗年号（742—755）。　⑤房相：指房琯（697—763），字次律，河南（今河南洛阳）人。天宝十五载（756）为宰相。《旧唐书》卷一一一、《新唐书》卷一三九有传。　⑥至德：唐肃宗李亨年号（756—757）。　⑦马仆射：即马燧（726—795），字洵美，汝州郏城（今河南郏县）人。建中三年（782），为尚书左仆射。贞元元年（785），拜晋绛慈隰节度使，镇太原。《旧唐书》卷一三四、《新唐书》卷一五五并有传。　⑧韩愈（768—824）：字退之，河阳（今河南孟县）人。贞元八年（792）登进士第。元和元年（806），授国子博士，分司东都。十二

年，随裴度宣慰淮西，为行军司马。淮西平，以功授刑部侍郎。十四年，因上表谏迎佛骨忤旨，贬潮州刺史，量移袁州。长庆元年（821），召为国子祭酒，转兵部侍郎。次年改吏部侍郎。三年，拜京兆尹，兼御史大夫。四年十二月卒，谥文。世称韩吏部或韩文公。《旧唐书》卷一六〇、《新唐书》卷一七六有传。疏从子侄：远房子侄。　⑨学院：学校，这里指家学。　⑩假：借。　⑪狂率：狂妄轻率。　⑫箔曲：用秫秸结成矩形的屏障。　⑬窠：同"棵"。　⑭赍（jī）：持。紫矿：一种树脂，是做胭脂的材料。轻粉：一种白色矿物粉末。　⑮校（jiào）：比较。　⑯出官：离开京城到外地做官。　⑰云横秦岭家何在，雪拥蓝关马不前：这是韩愈《左迁至蓝关示侄孙湘》诗中的第三联。元和十四年（819），韩愈由刑部侍郎贬潮阳刺史，路经蓝关，作诗与前来送行的侄孙韩湘告别。全诗如下："一封朝奏九重天，夕贬潮阳路八千。欲为圣明除弊事，肯将衰朽惜残年。云横秦岭家何在，雪拥蓝关马不前。知汝远来应有意，好收吾骨瘴江边。"蓝关：蓝田关，即峣关，在今陕西蓝田县南，为关中平原通向南阳盆地的交通要隘。

【评】

　　这则记载本来是要考究事物起源和流变的，后来竟然演变成了"八仙"故事中韩湘子形象的蓝本。书中前几段考证性文字，可以验证段成式的记事立场。其考证有这样几点：（1）前史中没有说到牡丹；（2）晋、宋间谢灵运的诗偶一提及，只是一个孤证；（3）隋朝《种植法》七十卷不说牡丹，知为隋朝花药中所无；（4）唐开元末，裴士淹从汾州得白牡丹一棵，植于长安私第，天宝中为都下奇赏；（5）至德中，马仆射又从太原得红、紫二色，移于京城；（6）元和初犹少；（7）到段成式生活的晚唐时期，牡丹种类已经很多，而且开始讲究变种变色。这里的记载就是讲变种变色的，但其中却又参以道家神仙家言，使事情变得十分光怪离奇。考韩愈《戏题牡丹》诗，可知他家里确实种有牡丹。又据不见于韩集的《徐州赠族侄》诗，韩愈江淮间确实有一族侄，而且"自言有奇术，探妙知天工"（《五百家注释韩昌黎全集》卷一〇《左迁至蓝关示侄孙湘》注引）。不过"奇术"为何，并未明指，故清人赵翼亦曾猜疑为星相一流。但在宋代，刘斧的《青琐高议》则以诗话小说体敷演此事，将"侄孙"韩湘与"族侄"合为一，并把在牡丹花上出现的韩诗旧句，变成先知而后来应验的谶语（见《前集》卷九《湘子作诗谶文公》）。到了元代，又被衍为杂剧，纪君祥《韩湘子三度韩退之》、赵明道《韩湘子三赴牡丹亭》及无名氏的《蓝关记》都是写此事的，而元赵道一的《历世真仙体道通鉴》卷四二亦引韩湘子事，叙事与《青琐高议》相似而简明。此后，韩湘子便进入了神仙的行列，成了最为人熟知的"八仙"之一。回顾一下演进的过程，从不求仕进的族侄，到蓝关作诗谶的韩湘，中间一步重要的台阶即是这一则有关牡丹花的记载。

　　这则故事至清代还衍变为《韩文公雪拥蓝关》和《蓝关雪》杂剧，前者主要写韩湘至蓝关寻访韩愈，重在表现韩愈的忠贞正直，后者则写韩湘虽一心慕道，却尘缘未尽，暂时弃道返家，与妻子团聚，二者与故事的本源已相去甚远。

·

茄　子

　　茄子　"茄"字本莲茎名①，革遐反②。今呼"伽"③，未知所自。成式因就廊下食伽子数蒂④，偶问工部员外郎张周封伽子故事⑤，张云："一名落苏⑥，事具《食料本草》。"此误作《食疗本草》⑦，元出《拾遗本草》⑧。

成式记得隐侯《行园》诗云⑨："寒瓜方卧垅，秋菰正满陂⑩。紫茄纷烂漫，绿芋郁参差。"又一名昆仑瓜⑪。

岭南茄子⑫，宿根成树，高五六尺。姚向曾为南选使⑬，亲见之。故《本草》记广州有慎火树⑭，树大三四围。慎火景天也，俗呼为护火草。

茄子熟者，食之厚肠胃，动气发疾。根能治龟瘃⑮。欲其子繁，待其花时，取叶布于过路，以灰规之，人践之，子必繁也，俗谓之嫁茄子⑯。僧人多炙之，甚美。有新罗种者⑰，色稍白，形如鸡卵，西明寺僧造玄院中，有其种⑱。

《水经》云⑲："石头西对蔡浦，浦长百里，上有大荻浦，下有茄子浦⑳。"（《草篇》）

【注】

①莲茎：荷叶的茎。《尔雅》说："荷，其茎茄。"　②革遐反："反"即反切，是古代的一种注音方法。"革遐反"是说取"革"字的声母，取"遐"字的韵母和声调，二者相拼即是"茄"的读音。　③伽（qié）：同"茄"。　④廊下食：节日食品。　⑤工部员外郎：尚书省工部司次官，掌城池土木工程建筑事务。张周封：事迹不详。《新唐书·艺文志》著录"张周封《华阳风俗录》一卷"，注："字子望，西川节度使李德裕从事，试协律郎。"或即

此人。　⑥落苏：宋陆游《老学庵笔记》卷二说："《酉阳杂俎》云：'茄子一名落苏。'今吴人正谓之落苏。"　⑦《食疗本草》：唐孟诜撰。孟诜（621—713），汝州梁（今河南临汝）人。垂拱初，累迁凤阁舍人。长安中，为同州刺史。少好方术，神龙初致仕后专以药饵为事。著《食疗本草》三卷，所收食物二百六十馀种，从食宜、食忌、食方三方面加以论述，是我国第一部以"食疗"命名的饮食学著作。《旧唐书》卷一九一、《新唐书》卷一九六有传。　⑧元：同"原"。　⑨隐侯：即沈约（441—513），字休文，吴兴武康（今浙江德清南）人。南朝诗人，身历宋、齐、梁三代。在梁累迁侍中、尚书令，领太子少傅，封建昌县侯。天监十二年卒官，年七十三，谥曰隐。《宋书》卷一〇〇、《梁书》卷一三、《南史》卷五七有传。《行园》诗：见《谢宣城集》卷四，谢朓有和诗，故附见谢集。全诗凡十句，此处所引为前四句，后六句是："初菘向堪把，时韭日离离。高梨有繁实，何减万年枝。荒渠集野雁，安用昆明池。"　⑩菰（gū）：茭白。　⑪昆仑瓜：隋大业四年（608），炀帝"改茄子为昆仑紫瓜"。事见唐杜宝《大业拾遗录》。　⑫岭南茄子：晋人嵇含的《南方草木状》说："茄树，交、广草木经冬不衰，故蔬圃之中种茄，宿根有三五年者，渐长枝干，乃成大树。每夏秋成熟，则梯树采之。五年后树老子稀，即伐去之，别栽嫩者。"　⑬姚向：曾为司勋员外郎，见《唐尚书省郎官石柱题名考》卷八。南选使：唐上元三年（762），因桂、广、交、黔等地，任命当地人为官，或人非其才，于是派遣郎官、御史为选补使，往选适当人才，名为南选。　⑭慎火树：一种防火草。《艺文类聚》卷八一引沈怀远《南越志》说："广州有树，可以御火，山北谓之慎火。或谓戒火，多种屋上，以防火也。但南中无霜雪，故成树。"《本草经》："景天，一名戒火，一名水母花，主明目轻身。"　⑮龟瘃（zhú）：脚跟冻疮。　⑯嫁：原作"稼"，今据《太平广记》改。　⑰新罗：朝鲜半岛古国，故地在今半岛东南部。⑱西明寺：在唐长安（今陕西省西安）延康坊西南隅。　⑲《水经》：旧题汉桑钦撰，疑为三国时人所作。北魏郦道元为之作注，二十倍于原书，共分四十卷，所记水道一千三百八十九条，逐一说明源头、流向、支脉、汇交河道等概况，遂成为古地理学名著。　⑳茄子浦：在建康（今江苏南京）附近的长江边上。《资治通鉴》（晋成帝咸和三年）胡注引《类篇》说："盖其地宜茄子，人多于此树艺，因以名浦。"

【评】

　　茄子是我们现在餐桌上的普通菜蔬，上溯其历史，则可以在西汉历史文献中找到踪影。据考，茄子原产于印度，西汉时我国西南地区首先引种，故蜀人王褒在《僮约》中已提及茄子。魏晋南北朝时期，南方一带已广泛种植，不仅有诗人形诸歌咏，甚至有了因盛产茄子而得名的村镇。隋唐以来，茄子的栽培技术有了较大提高，唐人所撰农书如《郭橐驼种树书》《四时纂要》，皆记有改良品质、增加产量的方法。段成式的这则记载也告诉我们，唐朝人对茄子的食用特性和药用价值的认识较前人更为深入，而且也注意到不断引进新的品种。这些都反映了唐朝人对茄子是珍爱有加的。

异　菌

　　异菌　开成元年春①，成式修竹里私第书斋前②，有枯紫荆数枝蠹折，因伐之，馀尺许。至三年秋，枯根上生一菌，大如斗，下布五足，顶黄白两晕，缘垂裙，如鹅鞴③，高尺馀。至午，色变黑而死。焚之，气如芋香。成式常置香炉于枿台上④，每念经，门生以为善征⑤。

后览诸《志怪》⑥：南齐吴郡褚思庄⑦，素奉释氏，眠于梁下，短柱是楠木，去地四尺馀，有节。永明中⑧，忽有一物如芝，生于节上，黄色鲜明，渐渐长，数日，遂成千佛状⑨，面目爪指及光相衣服⑩，莫不完具，如金镖隐起⑪，摩之殊软。常以春末生，秋末落，落时佛形如故，但色褐耳⑫。至落时，其家贮之箱中。积五年，思庄不复住其下，亦无他显盛，阖门寿考。思庄父终九十七，兄年七十，健如壮年。（《草篇》）

【注】

①开成元年：836年。开成是唐文宗李昂的年号（836—840）。　②私第：官员的私人住宅。段成式于太和九年（835）随父迁居长安。　③鹅鞴（bèi）：用鹅毛制成的车轼上的铺垫物。　④枿（niè）台：伐后的树桩。　⑤善征：吉兆。　⑥《志怪》：记述神仙方术、鬼魅妖怪、殊方异物、佛法灵异的小说，是中国古小说（特别是魏晋南北朝时期小说）的一个主要种类。《酉阳杂俎》较早使用"志怪"作小说分类的概念。　⑦南齐：公元479年，萧道成灭刘宋，建立齐朝。至502年萧衍以梁代齐，齐朝首尾凡二十三年。因为定都建康城（今江苏南京），史称南齐。吴郡：今江苏苏州。　⑧永明：齐武帝萧赜年号（483—493）。原作"大明"，大明为宋孝武帝刘骏年号，与"南齐吴郡褚思庄"不合，

今改。　⑨千佛：指现世佛释迦牟尼。　⑩光相：佛光。　⑪金鍱（yè）：金箔。　⑫褐：黄黑色。

【评】

古人认为菌是木芝，而木芝是一种神草，"德至于草木则芝草生"（《孝经援神契》），芝草生则兆示着祥瑞。段成式看到书斋前的枯根上生菌，也以为是吉兆，还认为这和自己曾在那个树桩上放置香炉念经有关。这吉兆预示着什么呢？段成式想到他读过的志怪小说，其中有南齐褚思庄的故事，也是家中发现了木芝，结果全家尽享高寿，其父活到九十七岁，其兄七十岁时仍然十分健壮。段成式想到这些可能非常高兴，但不幸的是，书斋前的木芝并没有给他带来长寿，他父亲段文昌死于太和九年（835），只有六十三岁，他咸通四年（863）卒于长安，大约享年六十一岁，父子均未达到古稀之年，可见木芝兆瑞之说不过是一种无稽之谈。

地日草

地日草　南方有地日草，三足乌欲下食此草①，羲和之驭②，以手掩乌目，食此，则美闷不复动。东方朔言③："为小儿时，井陷，坠至地下，数十年无所寄托。有人引之，令往此草，中隔红泉，不得渡。其人以一只屐④，因乘泛红泉，得至草处，食之。"（《草篇》）

【注】

①三足乌：神话传说中太阳里的神鸟，是日之精。又传为驾

日车者。　②羲和：神话传说中日车的驭手。　③东方朔：字曼倩，平原厌次（今山东陵县东北）人。汉武帝时，为太中大夫、给事中。因为性善诙谐滑稽，好事者便说他是仙人。《史记》卷一二六、《汉书》卷六五有传。　④屐（jī）：木底鞋。

【评】

《太平广记》引此条，谓出《酉阳杂俎》，实际上并非段成式杜撰，而是摘引自东汉郭宪《洞冥记》，郭文如下：

武帝末年，弥好仙术，与东方朔狎暱。帝曰："朕所好甚者不老，其可得乎"朔曰："臣能使少者不老。"帝曰："服何药耶？"朔曰："东北有地日之草，西南有春生之草。"帝曰："何以知之？"朔曰："三足乌数下地食此草，羲和欲驭，以手掩乌目，不听下也。长其食此草。盖鸟兽食此草，则美闷不能动矣。"帝曰："子何以知乎？"朔曰："臣小时掘井，陷落地下数十年，无所托寄。有人引臣欲往此草中，隔红泉不得渡。其人以一只屐与臣，臣泛红泉，得至此草之处，臣采而食之。其国人皆织珠玉为业，邀臣入云煹之幕，设玄珉雕枕，刻黑玉铜镂为日月云雷之状，亦曰缕云枕。又荐蛟毫之白褥，以蛟毫织为褥也。此毫柔而冷，常以夏日舒之，因名柔毫褥。又有水藻之屏，臣举手拭之，恐水流湿其席，乃其光也。"

（卷四）

前集卷二十

鸷 雏

凡鸷鸟①，雏生而有惠②，出壳之后，即于窠外放巢③。大鸷恐其坠堕，及为日所曝④，热暍致损⑤，乃取带叶树枝，插其巢畔，防其坠堕及作阴凉也。欲验雏之大小，以所插之叶为候。若一日、二日，其叶虽萎，而尚带青色。至六七日，其叶微黄。十日后枯瘁，此时雏渐大，可取。（《肉攫部》）

【注】

① 鸷（zhì）鸟：猛禽。这里指鹰。 ② 惠：通"慧"，智慧。 ③ 窠：禽鸟的洞穴。 ④ 曝（pù）：晒。 ⑤ 暍（yē）：中暑。

【评】

《酉阳杂俎·前集》卷二十名《肉攫部》，《说郛》（重编本）、《五朝小说》、《唐人说荟》都曾裁篇别出，单独列目。《肉攫部》是专门讲养鹰方法的，从取鹰、驯鹰到鹰性、鹰品及有关鹰事等，无所不包。这一则是讲如何取雏鹰的，看来段成式对鹰的习性观察得很透彻，对于何时取鹰雏来驯养也很在行，故写来文简意赅，从容不迫。

白　鹘

齐王高纬，武平六年①，得幽州行台仆射河东潘子晃所送白鹘②，合身如雪色，视臆前微微有纵白斑之理③，理色曖昧如纁④。觜本之色，微带青白，向末渐乌。其爪亦同于觜，蜡胫并作黄白赤。是为上品。黄麻色，一变为鸹，其色不甚改易，惟臆前纵斑渐阔而短。鸹转出后，乃至累变，背上微加青色，臆前纵理转就短细，渐加膝上鲜白。此为次色。青麻色，其变色，一同黄麻之鸹。此为下品。（《肉攫部》）

【注】

①高纬：北齐后主，565年至576年在位，昏庸残暴，政治腐败。武平六年：575年。　②幽州：今河北涿州。行台：在地方代表朝廷行尚书省事的机构。潘子晃：原作"潘子光"，今据《北齐书》改。潘子晃：北齐司徒潘乐之子，尚公主，拜驸马都尉。武平末，为幽州道行台右仆射、幽州刺史。隋大业初卒。《北齐书》卷一五有传。鹘（hú）：一种鹰类猛禽，一说即隼。　③臆：胸脯。　④纁（xūn）：浅红色。

【评】

这里讲的是如何分辨鹰的等次，由幼雏至成鸟，从毛色的变化可分为上品、中品、下品。段成式对于驯鹰可能是个内行，或者专门请教过养鹰师傅，至少他在驯鹰方面兴趣很大。史载齐后主高纬不理政事，整日弹唱作乐，弄得府库空虚，民不聊生。玩鹰看来也是他的一大癖好，所谓玩物丧志，齐后主亦其一例也。

续集卷一

旁㐌

新罗国有第一贵族金哥[①]，其远祖名旁㐌，有弟一人，甚有家财。其兄旁㐌因分居，乞衣食。国人有与其隙地一亩，乃求蚕谷种于弟，弟蒸而与之，㐌不知也。

至蚕时[②]，有一蚕生焉，日长寸馀，居旬[③]，大如牛，食数树叶不足。其弟知之，伺间杀其蚕。经日，四方百里内蚕，飞集其家。国人谓之巨蚕，意其蚕之王也。四邻共缲之[④]，不供[⑤]。

谷唯一茎植焉，其穗长尺馀，旁㐌常守之。忽为鸟所折，衔去。旁㐌逐之，上山五六里，鸟入一石罅[⑥]。日没径黑，旁㐌因止石侧。至夜半，月明，见群小儿赤衣共戏。一小儿云："尔要何物？"一曰："要酒。"小儿露一金锥子，击石，酒及樽悉具。一曰："要食。"又击之，饼饵羹炙，罗于石上[⑦]。良久，饮食而散，以金锥插于石罅。旁㐌大喜，取其锥而还。所欲随击而办，因是富侔国力[⑧]，常以珠玑赡其弟[⑨]。

弟方始悔其前所欺蚕谷事，仍谓旁㐌："试以蚕谷欺我，我或如兄得金锥也。"旁㐌知其愚，谕之不及，乃如其言。弟蚕之，止得一蚕，如常蚕。谷种之，复一茎植焉。将熟，亦为鸟所衔。其弟大悦，随之入山。至鸟入处，遇群鬼，怒曰："是窃予金锥者！"乃执之，谓曰："尔欲为我筑糠三版乎⑩？欲尔鼻长一丈乎？"其弟请筑糠三版。三日饥困不成，求哀于鬼，乃拔其鼻。鼻如象而归，国人怪而聚观之，惭恚而卒⑪。

其后，子孙戏击锥求狼粪，因雷震，锥失所在。(《支诺皋上》)

【注】

①新罗国：古朝鲜国，居朝鲜半岛南部，与高句丽、百济并立。最盛时曾统一半岛大部。后为王氏高丽所灭。　②蚕时：养蚕的月份。　③居旬：相隔十来天。　④缫：(sāo)：抽丝。　⑤供：供给。　⑥罅（xià）：裂缝。　⑦罗：罗列。　⑧侔（móu）：相等。　⑨珠玑：珠宝，珠玉。　⑩筑糠三版：用砻糠建成三版土墙。古时筑墙以两版相夹，中填泥土夯实。　⑪恚（huì）：愤恨。

【评】

这是我国东邻朝鲜的一则古老传说，讲的是该国第一贵族金哥远祖的故事。金哥的远祖有旁㐌兄弟二人，分开过日子，兄穷而善，弟富而恶，结果穷而善者终得宝物（"金锥子"），变得心想事成，而富而恶者贪心不足，怙恶不悛，总与宝物无缘，甚至"惭恚而卒"。这里虽有具体的人物、时间、地点，但它所叙写的善与恶的主题，却早已突破了此处人与事的具体限制，升华为一种人类普遍性的认识。在古今中外的许多神话故事、民间传说中，都可以找到旁𥳑兄弟的影子。这则故事的描写手法，总体来说是粗线条的，但其中也有两处细节写得既富于变化又蕴含哲理。前一处写旁𥳑逐鸟入山，所见是"群小儿赤衣共戏"，后一处写弟入山一如其兄，所见却是"群鬼"。前之"群小儿"就是后之"群鬼"，行文上的变化也许正要说明善者与恶者眼中的世界不同，也就是说，他们在心理上显然有光明与阴暗、高尚与卑劣之分。这是作者的缜密用笔所给了我们的第一点启示，还有第二点启示是，一旦认定"群小儿"即"群鬼"，那么两兄弟的贫富、生死，乃至巨蚕、嘉谷之类种种奇异之事，这一切不都出于鬼神的安排了吗？在善有善报、恶有恶报的故事外壳之下，内里所宣扬的不过是鬼神主宰一切的天命思想。"群鬼"让其弟"筑糠三版"（版撒糠散，如何能筑墙），固然是对人间恶者的惩罚，而如故事结尾所说，即令是金锥的继承者，对鬼神稍有亵渎，同样会被剥夺一切，这对善者不也是一种警世通言吗？

智　通

临湍西北有寺①，寺僧智通，常持《法华经》入禅②。每晏坐，必求寒林净境，殆非人所至。经数年，忽夜有人环其院呼"智通"，至晓，声方息。历三夜，声侵户。智通不耐，应曰："汝呼我何事？可入来言也。"

有物长六尺馀，皂衣青面，张目巨吻，见僧，初亦合手③。智通熟视良久，谓曰："尔寒乎？就是向火④。"物亦就坐，智通但念经。至五更，物为火所醉，因闭目开口，据炉而鼾。智通睹之，乃以香匙举灰火，置其口中。物大呼起走，至阃，若蹶声⑤。

其寺背山，智通及明，视其蹶处，得木皮一片。登山寻之，数里，见大青桐，树稍已童矣⑥，其下凹根若新缺然。僧以木皮附之，合无绽隙。其半，有薪者创成一蹬，深六寸馀，盖魅之口，灰火满其中，火犹荧荧⑦。智通以焚之，其怪自绝。（《支诺皋上》）

【注】

①湍：原作"濑"，今据《太平广记》卷四一五《僧智通》条引《酉阳杂俎》改。　②《法华经》：《妙法莲华经》的略称。入禅：入定，僧人闭目静坐，使心定于一处。　③合手：两手相合，表示敬意。　④就：靠近。　⑤阃（kǔn）：门槛。蹶（jué）：跌倒。　⑥童：秃。　⑦荧荧：微弱的光。

【评】

古人认为"物老成精"，千百年的古树往往具有某种神灵，或者砍之流血，或者化形作祟，这在唐前志怪小说中屡见不鲜。这里所写的是枯死的青桐树幻化而出，向僧人智通挑战。智通"常持《法华经》入禅"，法力广大，所以见怪不怪。智通逼视良久，原本以为可以吓退树魅，谁知树魅竟敢近前向火；于是智通将计就计，趁其不备，用火烧之。树魅遁逃，智通犹穷追不舍，直至将青桐枯树连根焚毁。这则故事写树魅"张目巨吻"，面目狰狞，恐怕是因为化形功力不足，道行不深，因而无法进犯高僧。这里面显然蕴含着神化佛教，鼓吹持经的意思。但是，若剥去神佛的外壳，我们从中看到的智通分明是一个不怕邪恶，勇于抗争，善于制敌，除恶务尽的智勇者的形象。

叶　限

南人相传，秦汉前有洞主吴氏，土人呼为吴洞。娶两妻，一妻卒。有女名叶限，少惠，善陶钧，父爱之。末岁父卒，为后母所苦[①]，常令樵险汲深[②]。

时尝得一鳞，二寸馀，赪鬐金目[③]，遂潜养于盆水。日日长，易数器，大不能受，乃投于后池中。女所得馀食，辄沉以食之。女至池，鱼必露首枕岸，他人至，不复出。

其母知之，每伺之，鱼未尝见也。因诈女曰："尔无劳乎？吾为尔新其襦[④]。"乃易其弊衣。后令汲于他泉，计里数里也。母徐衣其女衣[⑤]，袖利刃，行向池呼鱼，鱼即出首，因斫杀之[⑥]。鱼已长丈馀，膳其肉，味倍常鱼，藏其骨于郁栖之下[⑦]。

逾日，女至向池，不复见鱼矣，乃哭于野。忽有人披发粗衣，自天而降，慰女曰："尔无哭，尔母杀尔鱼矣，骨在粪下。尔归，可取鱼骨藏于室，所须第祈之⑧，当随尔也。"女用其言，金玑衣食，随欲而具。

及洞节，母往，令女守庭果。女伺母行远，亦往，衣翠纺上衣，蹑金履。母所生女认之，谓母曰："此甚似姊也。"母亦疑之。女觉，遽反，遂遗一只履，为洞人所得。母归，但见女抱庭树眠，亦不之虑。

其洞邻海岛，岛中有国名陀汗，兵强，王数十岛，水界数千里。洞人遂货其履于陀汗国，国主得之，命其左右履之，足小者，履减一寸，乃令一国妇人履之，竟无一称者。其轻如毛，履石无声。陀汗王意其洞人以非道得之，遂禁锢而拷掠之，竟不知所从来。

乃以是履弃之于道旁，即遍历人家捕之，若有女履者，捕之以告。陀汗王怪之，乃搜其室，得叶限，令履之而信。叶限因衣翠纺衣，蹑履而进，色若天人也⑨。始具事于王，载鱼骨与叶限俱还国。其母及女即为飞石击死，洞人哀之，埋于石坑，命曰懊女冢⑩。洞人以为媒祀，求女必应。

陀汗王至国，以叶限为上妇。一年，王贪求，祈于鱼骨，宝玉无限。逾年，不复应。王乃葬鱼骨于海岸，用珠百斛藏之⑪，以金为际。至征卒叛，时将发以赡军。一夕，为海潮所沦⑫。

成式旧家人李士元所说⑬。士元本邕州洞中人⑭，多记得南中怪事⑮。（《支诺皋上》）

【注】

①苦：困辱。　②樵险汲深：到高山上打柴，到深潭边汲水，比喻危险境地。　③赪（chēng）鬐（qí）：红色的脊鳍。　④襦（rú）：短衣。　⑤徐：从容不迫。　⑥斫（zhuó）：原作"斤"，今据《学津讨原》本改。砍，砍击。　⑦郁栖：粪土。　⑧第：只管。　⑨天人：神仙，天仙。　⑩懊（ào）：悔恨。　⑪斛（hú）：量词，十斗为一斛。　⑫沦：沦没，淹没。　⑬家人：奴仆。　⑭邕州：今广西南宁。　⑮南中：泛指南方。

【评】

这则记载来自民间传说，有较强的故事性，是《酉阳杂俎》中少数近于小说体裁的篇章之一。作为小说，情节的发展有两个主线，前半部分的主线是鱼，后半部分的主线是履（鞋）。叶限受后母虐待，"樵险汲深"，弊衣疏食，好不容易养了一条鱼作伴，又被后母用计杀死吃了。她无奈地在野外哭，幸得神灵指点，找到鱼骨，从此得到帮助，久蓄心头的愿望一一获得满足。鱼在这里既代表了叶限的精神寄托，又体现出叶限具有勤劳、善良、热爱生活的优秀品格，它为后来的结局提供了情理上的铺垫。叶限衣鲜履新地去赶洞节，路遇后母，怕被认出，急忙往家跑，丢失了一只金鞋。这只金鞋传到邻国陀汗王手中，百般追寻，终于找到金鞋的主人，最后娶叶限为王后。追寻金鞋的过程写得很细，先是"命左右履之"，接着"令一国妇人履之"，再后来"弃之于道旁，即遍历人家捕之"，这才搜索到叶限，"令履之而信"。这一曲折的过程不仅出于事理之必须，而且富有象征意义，喻示着好事多磨，美好愿望的实现是要经过一番不懈努力的。读过这则故事，是不是马上会联想到欧洲灰姑娘的水晶鞋呢？一点不错，杨宪益先生早就指出叶限就是中国的"灰姑娘"，详细考证请看其《译馀偶拾》第64页《中国的扫灰娘故事》（山东画报出版社2006年版）。

周　乙

元和中①，国子监学生周乙者②，常夜习业，忽见一小鬼，髼鬙头③，长二尺馀，满头碎光如星，眨眨可恶④，戏灯弄砚，纷搏不止⑤。学生素有胆，叱之稍却，复傍书案。因伺其所为，渐逼近，乙因擒之。踞坐求哀⑥，辞颇苦切。

天将晓，觉如物折声，视之，乃弊木杓也，其上粘粟百馀粒。（《支诺皋上》）

【注】

①元和：唐宪宗李纯年号（806—820）。　②国子监：简称国学，主要招收官僚子弟入学。每年生徒毕业，经考试合格，推荐给尚书省参加科举考试。　③髼（péng）鬙（sēng）：头发散乱的样子。　④眨眨：一眨一眨，一闪一闪。　⑤纷搏：同"纷薄"，纷杂交错。　⑥踞坐：蹲坐，臀足着地，双膝上耸。

【评】

一把破旧的木杓化形作怪，既不见有恐怖场景，也不见有深奥道理，只感到一种即兴凑趣的好玩和一种狡黠的幽默。开头写小鬼

"长二尺馀，满头碎光如星"，不合比例，不同寻常，一下子抓住你的注意力，让你感觉其中必有文章。等到最后抖开包袱，揭示出"乃弊木杓也，其上粘粟百馀粒"，回头再去想"长二尺馀，满头碎光如星"，定会让人哑然失笑。

李和子

元和初①，上都东市恶少李和子②，父名努眼。和子性忍③，常攘狗及猫食之④，为坊市之患。常臂鹞立于衢⑤，见二人紫衣，呼曰："公非李努眼子，名和子乎？"和子即遽祗揖⑥。又曰："有故，可隙处言也。"因行数步，止于人外，言："冥司追公⑦，可即去。"和子初不受，曰："人也，何绐言⑧！"又曰："我即鬼。"因探怀中，出一牒，印窠犹湿⑨。见其姓名分明，为猫犬四百六十头论诉事。

和子惊惧，乃弃鹞子，拜祈之，且曰："我分死⑩，尔必为我暂留，具少酒。"鬼固辞不获已。初，将入毕罗肆⑪，鬼掩鼻，不肯前。乃延于旗亭杜家⑫，揖让独言，人以为狂也。遂索酒九碗，自饮三碗，六碗虚设于西座，且求其为方便以免。二鬼相顾："我等既受一醉之恩，须为作计。"因起曰："姑迟我数刻⑬，当返。"

未移时至，曰："君办钱四十万，为君假三

年命也。"和子诺，许以翌日及午为期。因酬酒直，且返其酒。尝之，味如水矣，冷复冰齿。和子遽归，货衣具凿楮⑭，如期备醹焚之，自见二鬼挈其钱而去。及三日，和子卒。鬼言三年，盖人间三日也。(《支诺皋上》)

【注】

①元和：唐宪宗李纯的年号（806—820）。　②上都：京城的通称，此指长安（今陕西西安）。　③忍：残忍。　④攘：偷窃。　⑤衢：通衢，十字街口。　⑥祗揖：恭敬地行拱手礼。　⑦冥司：阴间。　⑧绐（dài）：欺诈。　⑨印窠：图章的印痕。⑩分（fèn）：缘分，命运。　⑪毕罗肆：卖毕罗的饮食店。毕罗是唐代的一种有馅的面食。《资暇集》说："蕃中毕氏、罗氏好食此味，今字从食，非也。"可见这是由外族传进的食品。《酉阳杂俎》卷七《酒食》记载，当时有"韩约樱桃饆饠"，是京城名食。　⑫延：邀请。旗亭：酒楼。　⑬迟：等待。　⑭凿楮：纸钱。

【评】

李和子无疑是一个街头无赖，生性残忍，偷鸡摸狗，成了坊市一害。冥司因为他滥杀猫犬四百六十头，立追他的性命，这当然是一件让人拍手称快的事。谁知李和子这厮混迹江湖之上，颇懂得一些阴曹地府的"隐情"，竟邀请索命鬼至酒楼宴饮，酒足饭饱之后，无情的索命鬼也变得心软起来，主动要李和子出钱四十万，代为求情，结果是苟延了三日性命。本来是法不容情的生死案，却因为李和子的行贿和冥司的受贿而变了味。生死案尚且如此，其他公事可想而知也。故事明说的虽是阴间事，而暗中影射的还不就是阳世的官府吗？

柳　成

贞元末①，开州军将冉从长②，轻财好事，而州之儒生道者多依之。有画人宁采，图为《竹林会》③，甚工。

坐客郭萱、柳成二秀才④，每以气相轧。柳忽晒图，谓主人曰："此画巧于体势，失于意趣。今欲为公设薄技，不施五色，令其精彩殊胜⑤，如何？"冉惊曰："素不知秀才艺如此，然不假五色⑥，其理安在？"柳笑曰："我当入彼画中治之。"郭抚掌曰⑦："君欲绐三尺童子乎⑧？"柳因邀其赌，郭请以五千抵负，冉亦为保。柳乃腾身赴图而灭，坐客大骇。

图表于壁，众摸索不获。久之，柳忽语曰："郭子信未？"声若出画中也。食顷⑨，瞥自图上坠下⑩，指阮籍像曰："工夫只及此。"众视之，觉阮籍图像独异，吻若方啸。宁采睹之，不复认。冉意其得道者，与郭俱谢之⑪。数日，竟他去。

宋存寿处士在冉家时⑫，目击其事。（《支诺皋上》）

【注】

①贞元：唐德宗李适年号（785—804）。　②开州：今重庆开县。　③《竹林会》：描写三国魏末"竹林七贤"的人物画。　④秀才：唐初设秀才科取士，后废止，秀才遂泛指读书人。　⑤殊

胜：特别好。　⑥假：借。　⑦抚掌：拍手，表示得意。　⑧绐：欺骗。　⑨食顷：吃一顿饭功夫，形容时间短。　⑩瞥：突然。　⑪谢：道歉。　⑫在冉家时：原作"在释时"，今据《太平广记》卷八三《柳成》条引《酉阳杂俎》改。

【评】

　　"竹林七贤"是指三国魏末的七个名士，他们是嵇康、阮籍、山涛、向秀、刘伶、阮咸、王戎，彼此互有交往，且曾集于山阳（今河南修武）竹林之下优游暇豫，越名教而任自然。东晋以后，以"竹林七贤"为题材的绘画颇为流行，唐张彦远《历代名画记》中已有记述。这里讲到唐贞元末宁采也画有"七贤"图，称作《竹林会》，两个秀才在图前打赌争胜，其中一人进入画中修改了阮籍像，使之发出微笑，结果连画家本人都不敢承认是自己所画了。这则故事在《酉阳杂俎》中编入续集《支诺皋》（专记巫祝鬼神变怪之谈）之属，在《太平广记》则编入"异人"之属，如此这般，柳成就变得浑身仙气，由平凡而入乎神奇了。其实可以推想，柳成应当也是一位绘画高手，只看他批评《竹林会》"巧于体势，失于意趣"，便知他深谙画理，既主张构图要巧于安排，更主张人物要神似，要有意境和雅趣。他把阮籍像改得"吻若方啸"，神采飞扬，使画师宁采也不得不折服，这还不足以说明事情的本相吗？就是这样一件平平常常的事情，写出来却出神入化，充满悬念和神秘，个中三人的应答简短而富有个性，形神毕肖，尤其令人叹服。

崔　汾

　　醴泉尉崔汾①，仲兄居长安崇贤里②。夏月，乘凉于庭际疏旷，月色方午，风过，觉有异香。顷间，闻南垣土动簌簌③，崔生意其蛇鼠也。

忽睹一道士，大言曰："大好月色！"崔惊惧遽走。道士缓步庭中，年可四十，风仪清古。良久，妓女十馀④，排大门而入⑤，轻绡翠翘⑥，艳冶绝世。有从者具香茵⑦，列坐月中。

崔生疑其狐媚⑧，以枕投门阃警之。道士小顾，怒曰："我以此差静⑨，复贪月色。初无延伫之意⑩，敢此粗率。"复厉声曰："此处有地界耶⑪？"欻有二人，长才三尺，巨首儋耳⑫，唯伏其前。道士颐指崔生所止⑬，曰："此人合有亲属入阴籍，可领来。"二人趋出。

一饷间⑭，崔生见其父母及兄悉至，卫者数十，捽曳批之⑮。道士叱曰："我在此，敢纵子无礼乎？"父母叩头曰："幽明隔绝，诲责不及。"道士叱遣之，复顾二鬼曰："捉此痴人来！"二鬼跳及门，以赤物如弹丸，遥投崔生口中，乃细赤绠也⑯。遂钓出于庭中，又诟辱之。崔惊失音，不得自理。崔仆妾悉号泣。其妓罗拜曰："彼凡人，因讶仙官无故而至⑰，非有大过。"怒解，乃拂衣由大门而去。

崔病如中恶⑱，五六日方差⑲。因迎祭酒醮谢⑳，亦无他。崔生初隔纸隙，见亡兄以帛抹唇如损状，仆使共讶之。一婢泣曰："几郎就木之时[21]，面衣忘开口。其时匆匆就剪，误伤下唇，然旁人无见者。不知幽冥中二十馀年，犹负此苦。"（《支诺皋上》）

【注】

①醴泉：今陕西礼泉北。　②仲兄：二哥。崇贤里：即崇贤坊，在长安朱雀门街西第二街。　③簌（sù）簌：象声词。　④妓女：女歌舞艺人。　⑤排：推。　⑥绡（xiāo）：有花纹的薄丝绸。　⑦茵：坐垫。　⑧狐媚：狐为媚，狐狸作祟。　⑨差静：比较安静。　⑩初无：并没有。　⑪地界：土地神。　⑫儋（dān）：同"聸"，耳下垂。　⑬颐指：用脸色示意。　⑭一饷：片刻。　⑮捽（zuó）：揪住。批：以手击打。　⑯绠（gěng）：绳。　⑰仙官：神仙。　⑱中恶：突患急病。　⑲差（chài）：同"瘥"，病愈。　⑳祭酒：酹酒祭神之长者。醮（jiào）谢：设坛祭祀，表示道歉。　㉑就木：犹入棺，婉言死。

【评】

《太平广记》以此事为神仙故事，而《湖海新闻夷坚续志》则以为鬼怪故事。的确，这里没有交代玩月道士为何路神仙，而且动辄拘传土地，调动阴兵，颐指气使，欺压良善，也不像飘然世外的神仙所为，视为鬼魅更其合理。这则故事值得欣赏的地方不在立意，而在叙事手法。道士出场之前，先闻到异香，继而听到簌簌之声，然后才看到一人赏月，高声赞叹月色美好，其氛围描写可谓有声有色。再如写崔生的表现，开始时"意其蛇鼠"，不当回事，突然看到道士缓步庭中，便"惊惧遽走"，一副落荒而逃的样子，等到被捉遭受诟辱，竟然惊恐到"失音，不得自理"的地步，事后大病一场，还要请道士来醮谢，其神情其举止也可以说是写得入情入理，活灵活现。最妙的是，作者为了把前面发生的活见鬼的事坐实，特别点出亡兄有唇伤，一婢证明系入殓时剪刀刺伤，于是亡兄及父母的现形就成了真实的存在，而玩月的道士随之也就实有其事了。这结尾的一笔如同画龙点睛，给通篇的虚诞注入了生命和活力，不能不让人咄咄称奇。

辛　秘

辛秘五经擢第后①，常州赴婚②。行至陕③，因息于树阴。旁有乞儿箕坐④，痂面虮衣⑤，访辛行止。辛不耐而去，乞儿亦随之。辛马劣，不能相远，乞儿强言不已。

前及一衣绿者，辛揖而与之语，乞儿后应和。行里馀，绿衣者忽前马骤去。辛怪之，独言："此人何忽如是？"乞儿曰："彼时至，岂自由乎！"辛觉语异，始问之曰："君言'时至'，何也？"乞儿曰："少顷当自知之。"将及店，见数十人拥店，问之，乃绿衣者卒矣。辛大惊异，遽卑下之，因褫衣衣之⑥，脱乘乘之。乞儿初无谢意，语言往往有精义。

至汴⑦，谓辛曰："某止是矣，公所适何事也⑧？"辛以娶约语之，乞儿笑曰："公士人，业不可止。此非君妻，公婚期甚远。"隔一日，乃扛一器酒与辛别，指相国寺刹曰："及午而焚，可迟此而别⑨。"如期，刹无故火发，坏其相轮⑩。临去，以绫帕复赠辛⑪，带有一结，语辛："异时有疑，当发视也。"

积二十馀年，辛为渭南尉⑫，始婚裴氏。洎裴生日⑬，会亲宾，忽忆乞儿之言，解帕复结，得楮幅⑭，大如手板⑮，署曰"辛秘妻河东裴氏⑯，某月日生"，乃其日也。辛计别乞儿之年，妻尚未生。岂蓬瀛籍者，谪于人间乎⑰！方之蒙袂辑屦⑱，有愤于黔娄⑲，摘埴索途⑳，见称于杨子㉑，羞不同耳㉒。（《支诺皋上》）

【注】

① 辛秘（757—821）：字藏之，陇西（今属甘肃）人，贞元中，抉明经第，授华原主簿，调长安尉。再迁兵部员外郎。元和初，为湖州刺史。九年（814），改常州刺史，选为河南尹。十二年，拜检校工部尚书。十五年卒，年六十四。《旧唐书》卷一五七、《新唐书》卷一四三有传。五经擢第：唐以经义、策问取士，其科目有五经、三经、二经、学究一经、三礼、三传、史科之别。"五经擢第"是指五经科考试登第。　② 常州：今属江苏。　③ 陕：陕县，今属河南。　④ 箕坐：箕踞而坐，其形如簸箕，谓不拘礼数。　⑤ 痂面虱衣：脸上有疮痂，身上有虱子。　⑥ 褫衣：脱衣，指脱下自己的衣服。　⑦ 汴：今河南开封。　⑧ 适：到某处去。　⑨ 迟：等待。　⑩ 相轮：佛教用来指塔刹的主要部分。　⑪ 帕复：即"帕腹"，俗谓肚兜。　⑫ 渭南尉：渭南（今属陕西）县的副长官。　⑬ 洎（jì）：到。　⑭ 楮（chǔ）幅：纸

张。　⑮手板：即“笏（hù）”，官吏上朝或谒见上司时所执，用以记事。　⑯河东：今山西永济一带，是裴姓的郡望。　⑰蓬瀛：指蓬莱、瀛洲，传说是仙人的居所。籍者：管理户籍的人。谪：被罚流放或贬职。　⑱方：比方。蒙袂辑屦：用衣袖蒙住脸，拖着鞋子。这是说因贫穷而不愿见人的样子。《礼记·檀弓下》说：“齐大饥，黔敖为食于路，以待饿者而食之。有饿者蒙袂辑屦，贸贸然来。黔敖左奉食，右执饮，曰：‘嗟！来食。’扬其目而视之曰：‘予唯不食嗟来之食，以至于斯也。’从而谢焉，终不食而死。”　⑲黔娄：战国时齐隐士，家贫。以上两句是说，故事中的乞儿就像不食嗟来之食的黔娄一样，是真隐士、活神仙。　⑳摘埴索途：指盲人以杖点地摸索道路。扬雄《法言·修身》说：“摘埴索途，冥行而已矣。”　㉑杨子：即杨（一作扬）雄（前53—18），字子云，成都（今属四川）人。博学多识，工于辞赋。成帝时，为给事黄门郎。王莽称帝后，校书于天禄阁，复召为大夫。天凤五年卒，年七十一。好深思，著有《法言》十三篇、《太玄》十九篇。《汉书》卷八七有传。以上两句是说，故事中的辛秘就像杨雄所提到的盲者，对于自己的一生茫然无知。　㉒差不同：略有不同，大体相同。

【评】

　　这是一则神仙故事，但其底蕴又不全在神仙。这里说辛秘无意访仙却真的遇上了神仙，而神仙以“痂面虮衣”的乞儿面目出现，又使得肉眼凡胎的辛秘不知道自己已经有幸站在了神仙面前。等到验证了衣绿者瘁死、相国寺火灾、婚期预言兑现这几件事以后，辛秘这才恍然大悟，原来人的生死和一生遭际均由天定，凡人浑浑噩噩一概不知，唯有神仙可以预见一切。像这样来说故事，自然难逃宣扬宿命、神化道教之嫌。不过作者的篇末结语说：“方之蒙袂辑屦，有愤于黔娄，摘埴索途，见称于杨子，差不同也。”意思是，人懵懵懂懂走过的一生，就像盲者扶杖前行，切不可轻言放弃。即使身处逆境，像黔娄一样频于贫困，也要有勇气不吃嗟来之食，保持人格的尊严。后面这层意思涉及对黔娄这个典故的理解，这里的黔娄无疑是指喻故事中的乞儿，乞儿是神仙，尽管"痂面虮衣"，仍不失其指点人生的神仙风范，这就是一种内在的精神力量。我想也只有如此解释，才能把前后两层意思贯通到底。倘若上述理解无误，则结语貌似与前文不相连属，而实则却是作者发自内心的感慨，这种感慨显然已跳出了神仙故事的窠臼，具有了人生箴言的意味。

续集卷二

樊 宗

太和七年①，上都青龙寺僧契宗②，俗家在樊川。其兄樊宗，因病热，乃狂言虚笑。契宗精神总持③，遂焚香敕勒④。兄忽诟骂曰："汝是僧，第归寺住持，何横于事？我止居在南柯，爱汝苗硕多获，故暂来耳。"契宗疑其狐魅，复禁桃枝击之⑤。其兄但笑曰："汝打兄不顺，神当殛汝⑥，可加力勿止。"契宗知其无奈何，乃已。

病者欻起，牵其母，母遂中恶⑦。援其妻，妻亦卒。迩摹其弟妇，回面失明。经日，悉复旧。乃语契宗曰："尔不去，当唤我眷属来。"言已，有鼠数百，縠縠作声⑧，大于常鼠，与人相触，驱逐不去。及明，失所在，契宗恐怖加切。其兄又曰："慎尔声气，吾不惧尔。今须我大兄弟自来。"因长呼曰："寒月，寒月，可来此！"至三呼，有物大如狸，赤如火，从病者脚起，缘衾止于腹上，目光四射。契宗持刀就击之，中物一足，遂跳出户。烛其穴，踪至一房，见其物潜走瓮中。契宗举巨盆覆之，泥固其隙。

经三日发视，其物如铁，不得动。因以油煎杀之，臭达数里。其兄遂愈。月馀，村有一家，父子六七人暴卒，众意其兴蛊⑨。(《支诺皋上》)

【注】

①太和七年：833年。　②青龙寺：故址在长安朱雀门街东第四街新昌坊。　③精神总持：精于咒语。总持是梵语陀罗尼的意译，是说持善不失，持恶不生，具备众德。　④敕勒（lè）：驱鬼术。　⑤禁：即符咒，一种巫术。　⑥殛（jí）：诛杀。　⑦中恶：突发急病。　⑧縠（gǔ）縠：象声词。　⑨蛊：蛊毒，害人虫。

【评】

这是一则老鼠精作怪的故事，搅得樊竟一家死去活来，不得安宁。幸好樊竟有弟名契宗，虽然出家为僧，却不信邪，穷追猛打，终于使鼠精走投无路，进入瓮中，变成铁黑色一团臭肉。契宗还不算完，又把一团臭肉烧成了灰烬。或许这就是人与鼠害斗争的拟人化反映，而契宗的勇往直前、坚持到底，正是人们战胜鼠害所不可或缺的一种精神。

王　申

贞元中①，望苑驿西有百姓王申②，手植榆于路旁成林，构茅屋数椽③。夏月，常馈浆水于行人，官者即延憩具茗④。有儿年十三，每令伺客。忽一日，白其父："路有女子求水。"因令呼入。

女少年，衣碧襦白幅巾，自言："家在此南十馀里，夫死无儿，今服禫矣⑤，将适马嵬访亲情⑥，丐衣食。"言语明悟，举止可爱。王申乃留饭之，谓曰："今日暮，夜可宿此，达明去也。"女亦欣然从之。其妻遂纳之后堂，呼之为妹。

倩其成衣数事⑦，自午至戌悉办⑧，针缀细密，殆非人工⑨。王申大惊异，妻犹爱之，乃戏曰："妹既无极亲，能为我家作新妇子乎？"女笑曰："身既无托，愿执粗井灶⑩。"王申即日赍衣贳酒⑪，礼纳为新妇。

其夕暑热，戒其夫："近多盗，不可辟门⑫。"即举巨椽捍户而寝。及夜半，王申妻梦其子披发诉曰："被食将尽矣！"惊，欲省其子⑬，王申怒之："老人得好新妇，喜极呓言耶！"妻还睡，复梦如初。申与妻秉烛，呼其子及新妇，悉不复应。启其户，户牢如键。乃坏门阃⑭，才开，有物圆目凿齿⑮，体如蓝色，冲人而去，其子唯馀脑骨及发而已。（《支诺皋上》）

【注】

①贞元：唐德宗李适年号（785—805）。　②望苑驿：在今陕西兴平西，因为可以遥望宫苑而得名。　③椽：房屋的间数。　④延憩：邀请小坐。　⑤服禫（dàn）：服丧期满。禫是除

丧服之祭。旧礼，父母之丧，自服丧至禫祭为二十七个月。　⑥马嵬：马嵬坡，在今陕西兴平。亲情：亲戚。　⑦倩（qìng）：请人代为做衣。　⑧午：相当于今中午11时至13时。戌：相当于今晚19时至21时。　⑨殆：恐怕，大概。　⑩执粗井灶：谦称为主妇。⑪赁（lìn）衣贳（shì）礼：指租借衣物，操办婚事。⑫辟：开。　⑬省（xǐng）：察看。　⑭阖：门板。　⑮凿齿：长牙如凿。凿是木工挖槽打孔用的工具。

【评】

　　王申乐善好施，待人极有礼数，就因为误信孤女之言，为子娶妇，反害了其子性命。积善之家无辜遇害，这在情理上是说不通的。但这是一则妖怪小说，较不得真。那鬼魅"言语明悟，举止可爱"，我们只能承认它伪装得巧妙，骗过了王申这样老实本分的人家。故事的结果写得血淋淋的，似也可以给人深刻的教训，这教训就是：为人处事，恻隐之心固不可少，而警惕之心亦不可缺，须知世间鬼魅多有，切切不可轻信盲从。

姚司马

　　姚司马者①，寄居邠州②，宅枕一溪。有二小女，常戏钓溪中，未尝有获。忽挠竿，各得一物，若鳝者而毛，若鳖者而鳃。其家异之，养以盆池。经年③，二女精神恍惚，夜常明灯刬针④，染蓝涅皂⑤，未常暂息，然莫见其所取也。

　　时杨元卿在邠州⑥，与姚有旧，姚因从事邠州。又历半年，女病弥甚。其家张灯戏钱，忽见二小手出灯下，大言曰："乞一钱。"家人或唾之，又曰："我是汝家女婿，何敢无礼。"一称乌郎，一称黄郎，后常与人家狎熟。杨元卿知之，因为求上都僧瞻⑦。瞻善鬼神部，持念⑧，治魅病者多著效。

瞻至其家，摽钉界绳⑨，印手敕剑⑩，召之。后设血食盆酒于界外⑪。中夜，有物如牛，鼻于酒上。瞻乃匿剑，蹦步大言⑫，极力刺之。其物匿刃而走，血流如注。瞻率左右，明炬索之。迹其血，至后宇角中，见若乌革囊，大可合簀⑬，喘如鞴囊⑭，盖乌郎也。遂燹薪焚杀之，臭闻十馀里，一女即愈。自是风雨夜，门庭闻啾啾。

次女犹病，瞻因立于前，举伐折罗叱之⑮，女恐怖泚额⑯。瞻偶见其衣带上有皂袋子，因令侍婢解视之，乃小籥也⑰。遂搜其服玩，籥勘得一簀⑱，簀中悉是丧家搭帐衣，衣色唯黄与皂耳。瞻假将满，不能已其魅⑲，因归京。

逾年，姚罢职入京，先诣瞻，为加功治之。浃旬⑳，其女臂上肿起如沤㉑，大如瓜。瞻禁针刺之，出血数合㉒，竟差㉓。（《支诺皋上》）

【注】

①司马：唐时府州的上佐之一，品高俸厚，无具体职任，多用以安置贬谪大臣。　②邠州：今陕西彬县。③经年：过了一年。　④明灯剚针：指缝纫不辍，挑灯夜战。　⑤染蓝涅（niè）

皂：指洗染频繁。"涅"是一种黑色染料，这是用作动词。　⑥杨元卿（763—833）：少孤，慷慨有术略。元和十三年（818），授蔡州刺史、兼御史中丞。淮西平，诏为左金吾卫将军。不久，改邠州刺史。长庆初，迁泾、原、渭节度使。居六年，移授怀州刺史。太和五年（831），改汴、宋、亳观察使。七年，以疾归东都。卒，年七十。《旧唐书》卷一六一、《新唐书》卷一七一有传。　⑦上都：京城，指长安（今西安）。　⑧持念：念诵经咒。　⑨摽：通"标"，标志。　⑩印手：用手指作印相，标志法界性德。　⑪血食：杀牲取血作为祭品。　⑫蹝（xǐ）步：脚尖着地而行，徐行。大言：高声说话。　⑬篑（kuì）：盛土的竹筐。　⑭鞴（bèi）囊：吹火使炽的革囊。　⑮伐折罗：梵文的音译，又译缚日罗、伐阇罗，即金刚杵。　⑯泚（cǐ）：汗水渗出的样子。　⑰籥（yuè）：同"钥"，即钥匙。　⑱勘：调查。　⑲已：停止，阻止。　⑳浃旬：十天。　㉑沤（ōu）：水中气泡。　㉒合（gě）：容量单位，一升的十分之一。　㉓差（chài）：同"瘥"，病愈。

【评】

　　面对精怪作祟，昏庸者往往惶恐、姑息，终致酿成大祸，而明智者则勇于斗争，务求斩草除根。姚司马就是一个昏庸的角色，明明二小女已被精怪附体，精神恍惚，但一两年间仍然不思求治。后来杨元卿得知消息，马上请来京城最好的法师治魔，结果精怪现出原形，所谓"乌郎"、"黄郎"者不过是丧家搭帐衣而已，从此送走瘟神，二女康复。史称杨元卿自幼"慷慨有术略"，看他这一次请僧治鬼，慨然以为己任，不禁为之拍案称赏，大呼痛快。

僧太琼

　　上都僧太琼者①，能讲《仁王经》②。开元初③，讲于奉先县京遥村④，遂止村寺。经两夏，于一日，持钵将上堂，阖门之次，有物坠檐前。时天才辨色，僧就视之，乃一初生儿，其襁褓甚新⑤。僧惊异，遂袖之，将乞村人。行五六里，觉袖中轻，探之，乃一弊帚也⑥。（《支诺皋上》）

【注】

　　①上都：指京城长安（今陕西西安）。　②《仁王经》：佛经名，有两种版本：一名《佛说仁王般若波罗蜜经》二卷，鸠摩罗什译；一名《仁王护国般若波罗蜜经》，亦二卷，不空译。仁王是古印度十六大国的国王，佛对诸王说经，使各护其国。据说受此经则七难不起、灾民不生、万民丰乐。　③开元：唐玄宗李隆基年号（713—741）。　④奉先县：原作"奉化县"，今据《太平广记》卷三六八《僧太琼》条引《酉阳杂俎》改。奉先，今陕西蒲城。　⑤襁褓（qiǎng tì）：即襁褓，包裹婴儿的被子和背负用的宽带。　⑥弊帚：破笤帚。

【评】

　　这是一则关于弃婴的故事。僧太琼在佛堂门前捡得一初生儿，出于救助之心，抱起来欲送给村人。走着走着发觉怀抱中轻了，再一看初生儿竟变成了一把破笤帚。这个结果十分出人意外，《太平广记》选录此事编入《精怪》门，似乎是认定弊帚作祟。但以现实社会为背景来作分析，也许这件怪事正反映了当地的弃婴陋俗，并且对视弃婴如弊帚之举不啻是一种意味深长的讽谕。

韩　幹

建中初^①，有人牵马访马医，称马患脚，以二十镮求治^②。其马毛色骨相，马医未常见，笑曰："君马大似韩幹所画者，真马中固无也。"因请马主绕市门一匝^③，马医随之。忽值韩幹，幹亦惊曰："真是吾设色者。乃知随意所匠^④，必冥会所肖也^⑤"。遂摩挲，马若蹶^⑥，因损前足，幹心异之。至舍，视其所画马本，脚有一点黑缺，方知是画通灵矣。马医所获钱，用历数主，乃成泥钱。（《支诺皋上》）

【注】

① 建中：唐德宗李适年号（780—783）。　② 镮：铜钱，用作量词，表示价值很小。　③ 匝：周。　④ 匠：制作。　⑤ 冥会：默契，暗合。肖：仿效。　⑥ 蹶：跌倒。

【评】

韩幹（？—780）是唐朝的大画家，善写人物，尤工鞍马。据《唐画断》说，唐玄宗天宝初，韩幹被召入宫为供奉，玄宗让他拜画马高手陈闳为师学画马，他回答说："臣自有师，陛下内厩马，皆臣之师也。"可见他的画风重写真，一切技巧均得自实践，因而逼真传神，自成一家。这里的一则逸事是说他画马通灵，所画马居然从卷面脱窍进入世间，化为活生生的真马。神乎其技的说法在《宣和画谱》卷十三还有两处记载，一处说有鬼使者求韩幹赐画，几天后有人来谢："蒙君惠骏足，免为山水跋涉之苦。"一处说有人携韩幹所画马一幅欲渡江，风波大作，三日不可过，夜梦水神告："留马当相济。"翌日风止乃渡。这些传说集中到一点，都想说明韩幹画马已经达到以假乱真、感天地泣鬼神的境界。我们如果把这些传说的叙事顺序倒过来看，则不难发现正是因为师法自然，勤于观察，刻苦磨炼，韩幹才有了如此精妙的笔法。这恐怕就是画马通灵故事所蕴含的合理内核吧。

这则故事大约曾使清人蒲松龄灵感迸发，其《聊斋志异》卷八有一篇《画马》，专写画马通神。不过主人公已不再是韩幹，而是元人赵孟頫（子昂），情节亦有较大变化。

淮西军将

元和中①，有淮西道军将使于汴州②，止驿。夜久，眠将熟，忽觉一物压己。军将素健，惊起，与之角力，其物遂退。因夺手中革囊，鬼阍中哀祈甚苦。军将谓曰："汝语我物名，我当相还。"良久曰："此搐气袋耳③。"军将乃举甓击之④，语遂绝。

其囊可盛数升，无缝，色如藕丝，携于日中无影。（《支诺皋上》）

【注】

①元和：唐宪宗李纯年号（806—820）。　②淮西道：即淮南西道，治寿州（今安徽寿县）。汴州：今河南开封。　③搐（chù）气袋：也称取气袋，即新屠宰的牛、猪的尿脬，民间迷信以为鬼到人间勾魂即用此工具。　④甓（pì）：砖。

【评】

　　这是一则不怕鬼的故事。唐朝民俗普遍相信鬼魂的存在，认为人所以死去，就是因为魂被冥司勾走了。派来勾魂的鬼使用搐气袋取人魂灵，这在《酉阳杂俎》中有多处描写。例如本卷"光宅坊民"（《太平广记》卷三四五引）条，写光宅坊看病者将死，见一鬼入户，家人惊逐，乃投一物于瓮间，用热水烫之，得一袋，即搐气袋，鬼失袋后哀求说："把袋还我，我将取他人以代病者。"其家掷还之，病者也就痊愈了。可见人不必惧怕勾魂鬼，战胜疾病便是战胜了勾魂鬼。这里写的军将奋力抗争，有胆气和鬼魅角力，结果不仅击退了勾魂鬼，甚至还缴获了搐气袋。军将留下了搐气袋也未见鬼魅报复，这就更加说明只要自己心中无鬼，就不必怕鬼，只要敢于斗争，就能战胜鬼魅。

李固言

　　相国李公固言①，元和六年下第②，游蜀，遇一老姥③，言："郎君明年芙蓉镜下及第，后二纪拜相④，当镇蜀土。某此时不复见郎君出将之荣也，愿以季女为托⑤。"明年，果然状头及第，诗赋题有《人镜芙蓉》之目。

　　后二十年，李公登庸⑥，其姥来谒。李公忘之，姥通曰："蜀民老姥，尝嘱季女者。"李公省前事，具公服谢之⑦，延入中堂，见其妻女。坐定，又曰："出将入相定矣。"李公为设盛馔，不食，唯饮酒数杯，即请别。李固留不得，但言

"乞庇我女"。赠金皂襦帼⑧，并不受，唯取其妻牙梳一枚，题字记之。李公从至门，不复见。

及李公镇蜀日，卢氏外孙子九龄不语，忽弄笔砚，李戏曰："尔竟不语，何用笔砚为？"忽曰："但庇成都老姥爱女，何愁笔砚无用也。"李公惊悟，即遣使分诣诸巫。巫有董氏者，事金天神⑨，即姥之女，言能语此儿。请祈华岳三郎⑩。如其言，诘旦，儿忽能言。因是蜀人敬董如神，祈无不应。富积数百金，恃势用事，莫敢言者。

洎相国崔郸来镇蜀⑪，遽毁其庙，投土偶于江，仍判责事金天王董氏杖背，递出西界⑫。今在贝州⑬，李公婿卢生舍之于家，其灵歇矣。（《支诺皋上》）

【注】

①李固言（782—860）：字仲枢，赵郡（今河北赵州）人。元和七年（812）进士。太和四年（830）官给事中。七年，转尚书左丞。八年，出为华州刺史。寻为吏部侍郎。九年，以门下侍郎同平章事。后为李训取代，出为兴元节度使。开成元年（836），复召为平章事。后与郑覃不和，出为成都尹、剑南西川节度使。武宗时，领河中节度使。宣宗即位，累授检校司徒、东都留守。大中末，拜太子太傅，分司东都。卒，年七十八。《旧唐书》卷一七三、《新唐书》卷一八二有传。　②元和六年：811年。　③姥（mǔ）：老妇。　④纪：十二年为一纪。　⑤愿以季女为托：此六字原缺，今据《太平广记》补。　⑥登庸：选择任用。　⑦公服：官服。　⑧襦（rú）：短袄。帼（guó）：妇女的发饰。　⑨金天

神：唐玄宗先天二年（713）封西岳华山神为金天王。　⑩华岳三郎：即金天神，见《河东记》。一说是华山神的三公子，事见《广异记》，是个纨绔子弟形象。　⑪洎（jì）：至。崔郸（？—849）：武城（今河北清河东北）人。开成四年（839），以太常卿同平章事，加中书侍郎。会昌元年（841），出为剑南西川节度使。《旧唐书》卷一五五、《新唐书》卷一六三有传。　⑫递：递解，由官府押令出境，按点轮传。　⑬贝州：今河北清河西。

【评】

　　这是一则巫祝故事。巫术是古人幻想凭借超自然的力量影响鬼神、控制环境，从而实现某种愿望的行为。以巫术为职业者，古称巫觋、巫祝，亦称师姥，专事降神、占卜、预言、行术等活动，骗人钱财，甚至加祸于人。在这则故事的前半，女巫老姥未卜先知，既预言李固言二十馀年后拜相，且出镇蜀土，又预言自己的小女儿将在李固言手中发迹，似乎一切尽在掌握之中。事情开始时似乎也是如此发展的，李固言拜相后又入蜀，找到老姥的小女董氏，制造影响，使"蜀人敬董如神"，从此董氏富可敌国，"恃势用事"，到了无人敢管的地步。按照常情揣断，人们也许认为事金天神的董氏一定道行很深，通天接神，世间恐怕已无法再加节制。如果真这么想，就正好中了巫祝们的圈套，只会助长邪恶的气焰，进一步毒化社会风气。故事的后半，崔郸来镇蜀。他不信邪，一点也不买女巫的账，坚决、彻底地把巫祝敬奉的土木偶像统统扔进江河，还判令董氏挨板子，押解出州境。这样一治理，成都的社会环境大有改善自不必说，人们对巫祝兴风作浪的邪恶本质应当也会有新的认识。因为当日不可一世的董氏，落得个杖背出境的下场，竟也不能有任何灵异显现，可见当初的"祈无不应"亦不过是虚妄的骗局。以后董氏虽然仍被李固言的女婿接去奉养，但"其灵歇矣"，确也实实在在回归了一个凡人的角色。

李　简

开元末①，蔡州上蔡县南李村百姓李简，痫疾卒②。瘗后十馀日③，有汝阳县百姓张弘义④，素不与李简相识，所居相去十馀舍⑤，亦因病死，经宿却活⑥，不复认父母妻子，且言："我是李简，家住上蔡县南李村，父名亮。"遂径往南李村，入亮家。

亮惊问其故，言："方病时，梦有二人著黄，赍帖见追⑦。行数里，至一大城，署曰王城。引入一处，如人间六司院⑧。留居数日，所勘责事，悉不能对。忽有一人自外来，称错追李简，可即放还。一吏曰：'李简身坏，须令别托生。'时忆念父母亲族，不欲别处受生，因请却复本身。少顷，见领一人至，通曰：'追到杂职汝阳张弘义。'吏又曰：'弘义身幸未坏，速令李简托其身，以尽馀年。'遂被两吏扶持却出城，但行甚速，渐无所知。忽若梦觉，见人环泣及屋宇，都不复认。"

亮访其亲族名氏，及平生细事，无不知也。先解竹作⑨，因自入房，索刀具，破蔑成器。语音举止，信李简也，竟不返汝阳。

时成式三从叔父⑩，摄蔡州司户，亲验其事。昔扁鹊易鲁公扈、赵齐婴之心⑪，及寤，互返其室，二室相咎。以是稽之⑫，非寓言矣。（《支诺皋上》）

【注】

① 开元：唐玄宗李隆基年号（713—741）。　②蔡州上蔡县：今属河南。痫疾：即癫痫，俗称羊角风。　③瘗（yì）：埋葬。　④汝阳县：今属河南。　⑤舍：三十里为一舍。　⑥经宿：过了一夜。　⑦追：追命，勾魂。　⑧六司：唐时，州府置司功、司仓、司户、司兵、司法、司士六官，掌管州务。　⑨竹作：制作竹器。　⑩三从叔父：同高祖的叔父。　⑪扁鹊：战国时名医。原名秦越人，勃海郡郑（今河北任丘东北）人，家于卢国（今山东长清）。学医于长桑君，历游齐、赵。入秦，秦太医令李醯自知医术不如，使人刺杀之。《史记》卷一〇五有传。易鲁公扈、赵齐婴之心：鲁公扈、赵齐婴二人得病，共同请扁鹊来治。扁鹊说，你们二人的病是与生俱来的，鲁公扈"志强而气弱，故足于谋而寡于断"，齐婴"志弱而气强，故少于虑而伤于专"，必须互相换心，才能"均于善"。于是"剖胸探心，易而置之"。二人醒来回家，公扈返齐婴之室，"妻子弗识"，齐婴还公扈之室，"妻子亦弗识"。两家争吵，找扁鹊评理。扁鹊说出了其中的原由，事情也就平息了。事见《列子·汤问篇》。　⑫稽：考证。

【评】

　　在古人民间信仰的鬼神世界里，魂灵与肉身是可以分离的，所谓死亡便是魂灵被阴间勾去了。魂灵被勾走后，时间一长，肉身就要腐烂或被埋葬。如果阴间出了错，错勾魂再要回阳世便失去了住宅。这样的忧虑使古人备感苦恼，为了找到解决的办法，在古代志怪小说中因此而杜撰了许多魂身再度合一的悲剧、喜剧或闹剧。这里写的李简的故事，应该算是一个喜剧。李简被渎职的无常鬼错勾了魂，等到发现时肉身已坏，只好借刚刚死去的张弘义尸体还魂，醒来后不认张家而又跑回了相距数百里的李家，尽享天年。这个故事的圆满结局，表达了古人对死于非命的恐惧，以及因恐惧而产生的美好期望。李简借尸复生的结局，在我们现在看来，肯定显得滑稽可笑，但在古人可能是一种巨大的精神慰藉，所以即使是知书达理的段成式，也试图用扁鹊为鲁公扈、赵齐婴易心的传说来证明借尸还魂是完全可能的。不过我们读这则故事时有一点似不应忽视，古人所虚拟的阴间就是阳世的折射，从李简看到的冥府王城"如人间六司院"已可得到明证，那么阴间勾错魂，岂不就是人间官府可能草菅人命的反映吗？

郑琼罗

　　成式三从房叔父某者[①]，贞元末[②]，自信安至洛[③]，暮达瓜洲[④]，宿于舟中。夜久弹琴，觉舟外有嗟叹声，止息即无。如此数四，乃缓轸还寝[⑤]。梦一女子，年二十馀，形悴衣败，前拜曰："妾姓郑名琼罗，本居丹徒[⑥]，父母早亡，依于孀嫂。嫂不幸又殁，遂来杨子寻姨⑦。夜至逆旅⑧，市吏子王惟举乘醉将逼辱⑨，妾知不免，因以领巾绞项自杀，市吏子乃潜埋妾于鱼行西渠中。其夕，再见梦杨子令石义留，竟不为理。复见冤气于江，石尚谓非烟之祥，图而表奏。抱恨四十年，无人为雪。妾父母俱善琴，适听郎君琴声⑩，奇音翕响⑪，心感怀叹，不觉来此。"

　　寻至洛北河清县温谷⑫，访内弟樊元则。元则自少有异术，居数日，忽曰："兄安得此一女鬼相随，请为遣之⑬。"乃张灯焚香作法。顷之，灯后窣窣有声。元则曰："是请纸笔也。"即投纸笔于灯影中。少顷，旋纸疾落灯前，视之，书盈于幅。书若杂言七字，辞甚凄恨。元则遽令录之，言鬼书不久辄漫灭。及晓，纸上若煤污，无复字也。元则复令具酒脯纸钱，乘昏焚于道，有风旋灰，直上数丈，及聆悲泣声⑭。

　　诗凡二百六十二字，率叙幽冤之意，语不甚晓，词故不载。其中二十八字曰："痛填心兮不能语，寸断肠兮诉何处。春生万物妾不生，更恨香魂不相遇。"（《支诺皋上》）

【注】

　　① 三从房叔父：同高祖的叔父。《太平广记》引作"从弟"。　② 贞元：唐德宗李适年号（785—805）。　③ 信安：今

浙江衢州。洛：今河南洛阳。　④ 瓜洲：长江中的沙洲，在今江苏扬州南，长江北岸。　⑤ 轸（zhěn）：弦乐器上转动弦线的轴。　⑥ 丹徒：今江苏镇江。　⑦ 杨子：今江苏扬州南。　⑧ 逆旅：旅店。　⑨ 市吏：管理市场的官吏。　⑩ 适：刚才。　⑪ 翕（xī）：和谐。　⑫ 寻：不久。河清县：今河南孟县西南。　⑬ 遣：排除。　⑭ 聆：细听。

【评】

　　郑琼罗是个十分不幸的女子，从小父母双亡，与寡嫂相依为命；寡嫂又殁，只好到杨子县寻亲，在旅店里受到纨绔子弟凌辱，被迫自杀。死后托梦给杨子县令申冤，不被理睬，又把一腔冤气弥漫在江石上，反而被杨子县令视为祥瑞之兆，画成图卷上表请功去了。就这样"抱恨四十年，无人为雪"。一个偶然的机会才找到段某（成式三从房叔父）诉说冤情，又被段某的内弟当作恶鬼来治，最后只好留下一纸悲愤之词，飘然远逝。故事是从女鬼的出现写到女鬼随风而去，可以说通篇是鬼事。但是我们听着女鬼的诉说，觉得入情入理，不禁随之叹惋，随之愤恨，并不感到有丝毫阴森恐怖气息。这是为什么呢？我想这和作者的立场和叙事方法有关。作者无疑是同情弱女子郑琼罗的，即使写其为鬼，亦只是执着申冤，一点也不曾为害人间。我们从中看到的是市吏子为非作歹，残害良善，杨子令庸碌昏贪，欺上压下，社会黑暗，吏治腐败，弱女子简直是走投无路。在故事的写法上，作者引入本家叔父的亲历目击，于是更加增强了故事的真实性，让人不得不信。

韩 确

越州有卢冉者①，时举秀才②，家贫，未及入京，因之顾头堰③，堰在山阴县顾头村，与表兄韩确同居，自幼嗜鲙④，在堰尝凭吏求鱼⑤。

韩方寐，梦身为鱼，在潭有相忘之乐⑥。见二渔人，乘艇张网，不觉入网中，被掷桶中，覆之以苇。复睹所凭吏，就潭商价，吏即揭鳃贯鲠，楚痛殆不可忍。及至舍，历认妻子婢仆。有顷，置砧斲之⑦，苦若脱肤。首落方觉，神痴良久。

卢惊问之，具述所梦。遽呼吏，访所市鱼处，洎渔子形状⑧，与梦不羌。韩后入释⑨，住祇园寺。时开成二年⑩，成式书吏沈郂家在越州，与堰相近，目睹其事。（《支诺皋上》）

【注】

①越州：治山阴（今浙江绍兴）。　②秀才：唐时科举科目之一。唐初定制诸州每岁贡士三人应秀才科。永徽二年（651）停科，开元二十四年（736）后虽复置，但士人多不愿应试，主司也以其科久废不愿收取。　③之：到某处去。　④鲙（kuài）：细切的鱼肉，即生鱼片，加调料为食。　⑤凭：依仗。　⑥相忘之乐：优游自得。语出《庄子·大宗师》："泉涸，鱼相与处于陆，相呴以湿，相濡以沫，不如相忘于江湖。"　⑦斲（zhuó）：切，剖。　⑧洎（jì）：通"暨"，和。　⑨入释：出家为僧。　⑩开成二年：837年。

【评】

这则记事的含义浅白直露，无非劝人不要杀生，一心向佛，但它的构思却甚为新奇，取譬精妙，颇具说服力。譬如，开头说韩确"自幼嗜鲙"，显然是嗜杀成性，那么怎么样才能使他幡然改悔呢？于是设想一个梦境，让韩确在梦境中化身为鱼，从遨游水中、被网捕获，到擢鳃贯鳃被买去，最后在砧板上被砍下脑袋，直接经历一番。这是一个从生到死的过程，是一个从大喜到大悲的过程，其中的诸般苦痛真正让韩确感同身受。特别是面对妻子婢仆时，那种无以言状的内心煎熬，想必他一生都不会忘却。正因为有了这一生死经历，韩确从此不再食鲙，而且看破红尘，遁入空门中去了。化身为鱼的构思或许出于庄周梦蝶的寓言，不能说一无依傍，但无论如何，作者用梦境沟通现实，从而寄寓一种道理的写作手法，是生动、逼真，奇巧而有馀味的。

张　和

成都坊正张和①，蜀郡有豪家子②，富拟卓、郑③，蜀之名姝④，无不毕致。每按图求丽，媒盈其门，常恨无可意者。或言："坊正张和，大侠也；幽房闺稚，无不知之，盍以诚投乎⑤？"豪家子乃具籝金箧锦⑥，夜诣其居，具告所欲，张欣然许之。

异日，谒豪家子，偕出西郭一舍⑦，入废兰若⑧，有大像岿然。与豪家子升像之座，坊正引手扪佛乳揭之，乳坏成穴，如碗，即挺身入穴，因拽豪家子臂，不觉同在穴中。

道行十数步⑨，忽睹高门崇墉⑩，状如州县。坊正叩门五六，有丸髻婉童启迎⑪，拜曰："主人望翁来久矣。"有顷，主人出，素衣贝带⑫，侍者十馀，见坊正甚谨⑬。坊正指豪家子曰："此少君子也⑭，汝可善待之。予有切事须返，不坐而去。"言已，失坊正所在。豪家子心异之，不敢问。

主人延于堂中，珠玑缇绣⑮，罗列满目。又有琼杯，陆海备陈⑯。饮彻，命引进妓数四，支鬟撩鬓，缥若神仙。其舞杯闪球之令，悉新而多思⑰。有金器，容数升，云擎鲸口，钿以珠粒⑱。豪家子不识，问之，主人笑曰："此次皿也⑲，本拟伯雅⑳。"豪家子竟不解。

至三更，主人忽顾妓曰："无废欢笑，予暂有所适㉑。"揖客而退，骑从如州牧㉒，列烛而出。豪家子因私于墙隅㉓，妓中年羞暮者遽就谓曰㉔："嗟乎，君何以至是？我辈早为所掠，醉其幻术，归路永绝。君若要归，第取我教㉕。"授以七尺白练㉖，戒曰："可执此，候主人归，诈祈事设拜，主人必答拜，因以练蒙其头。"将曙，主人还，豪家子如其教，主人投地乞命曰："死妪负心，终败吾事，今不复居此。"乃驰去。所教妓即共豪家子居。

二年，忽思归，妓亦不留，大设酒乐饯之。饮既阑㉗，妓自持锸㉘，开东墙一穴，亦如佛乳，推豪家子于墙外，乃长安东墙堵下㉙。遂乞食方达蜀，其家失已多年，意其异物，道其初始信。贞元初事㉚。（《支诺皋上》）

【注】

①成都：今属四川。坊正：管理街巷的小吏。　②豪家子：富豪子弟。　③卓、郑：指卓王孙、程郑，二人皆汉武帝时蜀郡临邛富家。　④姝：美女。　⑤盍：何不。　⑥籝（yíng）金箧（qiè）锦：用竹箱笼盛装金银、锦帛。　⑦郭：城的外围加筑的一道城墙。舍：三十里为一舍。　⑧兰若：寺院。　⑨道：通"导"，引导。　⑩崇墉：高墙。　⑪丸髻：圆形发髻。　⑫贝带：以贝壳为装饰的腰带，比喻华贵。　⑬谨：恭敬。　⑭少君子：敬称他人之子。　⑮珠玑：珠宝。缇（tí）绣：赤缯与文绣，喻华贵丝织物。　⑯陆海：指山珍海味。　⑰多思：多情思。　⑱钿：镶嵌。　⑲次（xián）皿：承接口涎的器皿。"次"同"涎"。这里暗含讥讽之意，谓豪家子来此有所慕欲而垂涎三尺，需用大器皿承接。　⑳伯雅：大酒杯。三国魏曹丕《典论·论酒》："荆州牧刘表跨有南土，子弟骄贵，并好酒，为三爵，大曰伯雅，次曰仲雅，小曰季雅。伯受七升，仲受六升，季受五升。"（《太平御览》卷四九七引）　㉑适：到某处去。　㉒骑从：侍从。州牧：州郡长官。　㉓私：小便。　㉔年差暮：年龄稍长。遽就：急步近前。　㉕第：只要。　㉖白练：白色熟绢。　㉗阑：残尽。　㉘锸（chā）：铁锹。　㉙长安：今陕西西安。　㉚贞元：唐德宗李适年号（785—804）。

【评】

《太平广记》卷二八六引录此条编在幻术类，本文记事中也有"醉其幻术"的说法，就整个故事来说，佛像肚子里的乾坤也应该是子虚乌有之事，豪家子的一番经历不过是一场梦而已。但是，作者描写这场梦境却煞有介事，先是有人推荐半人半仙的大侠张和，接着张和引导豪家子由佛乳进入幻境，然后是锦绣世界，美女如云，智逼主人出走，独与众妓共居，两年后意兴全消，于是又被众妓推出墙外，回到家中才知道出走已经几年了。故事层层推展，人物应对入乎情理，成功营造出一种貌似真实的气氛。《酉阳杂俎》虽说可以宽泛地划在小说范围之内，但大多数条目记事简略，不具备曲折的情节和性格鲜明的人物形象，人物可能实有其人，但所写之事则多属虚幻。只有像"张和"这样的篇章，叙事委婉而离奇，具有较多的小说创作的意味。至于本则故事的思想意义，我以为"富贵不能淫"这句话可以当之。

村人供僧

世有村人供于僧者，祈其密言①，僧绐之曰②："驴。"其人遂日夕念之。经数岁，照水，见青毛驴附于背。凡有疾病魅鬼，其人至其所立愈。后知其诈，咒效亦歇。（《支诺皋上》）

【注】

①密言：咒语。　②绐（dài）：欺骗。

【评】

佛道二教固然有着神圣的光环，很能迷惑一些人，但在不信鬼神的人们眼中，僧人、道士之所为有时难免也要沦为笑柄。你看这位乡里人，诚心供养僧人，所学经咒竟是僧人信口胡诌的"驴"字，一旦西洋镜被拆穿，便狗屁不如。像这样披着宗教外衣而欺世盗名的僧人，又有何神圣可言呢？《太平广记》卷四三六征引此条，并不把它编入《道术》《异僧》之属，而是据文中提及的驴字，径自编入《畜兽》之属，足见宋朝人也是将此僧人和村人看作笑料的。

韦　陟

韦斌虽生于贵门①，而性颇厚质②，然其地望素高③，冠冕特盛④。虽门风稍奢，而斌立朝侃侃⑤，容止尊严，有大臣之体。每会朝，未尝与同列笑语。

旧制，群臣立于殿庭，既而遇雨雪⑥，亦不移步廊下。忽一旦，密雪骤降，自三事以下⑦，莫不振其簪裾，或更其立位，独斌意色益恭⑧，俄雪甚至膝。朝既罢，斌于雪中拔身而去，见之者咸叹重焉。

斌兄陟⑨，早以文学识度，著名于时，善属文，攻草隶书。出入清显⑩，践历崇贵，自以门第才华，坐取卿相，而接物简傲，未尝与人款曲⑪。衣服车马，犹尚奢侈，侍儿阍竖⑫，左右常数十人。或隐几摚颐⑬，竟日懒为一言⑭。

其于馔羞^⑮，犹为精洁，仍以鸟羽择米。每食毕，视厨中所委弃，不啻万钱之直^⑯。若宴于公卿，虽水陆具陈^⑰，曾不下箸^⑱。

每令侍婢主尺牍^⑲，往来复章，未尝自札^⑳，受意而已。词旨重轻，正合陟意，而书体遒利，皆有楷法，陟唯署名。尝自谓所书"陟"字如五朵云，当时人多仿效，谓之"郇公五云体"^㉑。尝以五彩纸为缄题^㉒，其侈纵自奉，皆此类也。

然家法整肃，其子允，课习经史，日加诲励，夜分犹使人视之。若允习读不辍，旦夕问安，颜色必悦。若稍怠惰，即遽使人止之，令立于堂下，或弥旬不与语。

陟虽家僮数千人，应门宾客，必遣允为之，寒暑未尝辍也，颇为当时称之。然陟竟以简倨恃才^㉓，常为持权者所忌。（《支诺皋上》）

【注】

①韦斌（？—756）：京兆万年（今陕西西安）人。武则天时宰相韦安石子。世为关中著姓。景云初，授太子通事舍人。天宝中，为中书舍人、太常少卿。五载（746），受韦坚事牵累，贬巴陵、临安刺史。安史之乱中，受伪黄门侍郎，忧愤卒。《旧唐书》卷九二、《新唐书》卷一二二有传。　②厚质：质朴敦厚。《新唐书》作"质厚"。　③地望：魏晋以后，推行九品中正制，士族大姓垄断地方选举权力，一姓与其所在郡县相联系，称地望。这里指韦姓在京兆万年世代为豪族。　④冠冕：指仕

宦。　⑤侃侃：刚直的样子。　⑥既而：不久。⑦三事：即三公，唐以太尉、司徒、司空为三公。　⑧意色：神情。　⑨陟：韦陟（696—760），字殷卿。开元中，历中书舍人、礼部侍郎、吏部侍郎。后贬襄阳刺史、昭州平乐尉。肃宗立，授御史大夫兼江东节度使。后入朝，为洛阳留守。史思明寇洛阳，领兵守陕州。晚岁郁郁不得志，终吏部尚书。卒于虢州（今河南灵宝），年六十五。《旧唐书》卷九二、《新唐书》卷一二二有传。　⑩清显：指官位清要显达。　⑪款曲：殷勤酬应。　⑫阉（yān）竖：如太监之类供奔走役使的人。　⑬隐几：倚着几案。搘（zhī）颐：以手托颊。　⑭竟日：整天。　⑮馔羞：美味饭菜。　⑯不啻（chì）：不只。直：价值。　⑰水陆：指水陆所产，即山珍海味。　⑱曾：竟。箸：筷子。　⑲尺牍：指书信。　⑳自札：亲自书写。㉑郇（xún）公：韦陟父安石于景云元年（710）改封郇国公，陟于天宝中袭封。　㉒缄题：信函的封题。　㉓简倨：高傲。

【评】

　　韦氏在关中为望族。韦安石官至宰相，晚年喜得陟、斌二子，视同掌上明珠。加上陟、斌自幼聪敏，风标整峻，有文采，长于书法，所以韦氏父子在当时声名显赫，陟、斌兄弟尤为一时美谈。这则记载属于二韦逸事，大抵出于实录，已被《旧唐书》和《新唐书》所采用，写入传记。从这则记载分析，虽然同出贵门，而韦斌为人方正，犹尚质朴，韦陟则恃才傲物，极尽奢华。特别是有关韦陟食不厌精的事例，读之令人发指。譬如这里说"每食毕，视厨中所委弃，不啻万钱之直。若宴于公卿，虽水陆具陈，曾不下箸"，这是何等的穷奢极欲啊！又如，唐冯贽《云仙杂记》卷三也说到："韦陟厨中，饮食之香错杂，人人其中，多饱饫而归，语曰：'人欲不饭筋骨舒，魙缘须入郇公厨。'"卷五还说："韦陟家宴，使每婢执一烛，四面行立，人呼为'烛围'"。"郇厨"（郇公厨、郇国厨、郇庖）、"烛围"此后竟成为精食美馔和人身屏风的典故，时常见于后人的诗文中。此外，这里还说到韦陟"尝以五彩纸为缄题"，这在当时也是极奢侈的做法，不过因为楷法遒利，韦陟签名亦自成一体，故而备受珍视。后来此事也成为典故，人们往往以"郇笺"敬称他人书札。

崔玄微

天宝中①，处士崔玄微②，洛东有宅，耽道③，饵术及茯苓三十载。因药尽，领童仆辈入嵩山采芝④，一年方回。宅中无人，蒿莱满院。时春季夜间，风清月朗，不睡，独处一院，家人无故辄不到。

三更后，有一青衣云："君在院中也，今欲与一两女伴过，至上东门表姨处，暂借此歇，可乎？"玄微许之。须臾⑤，乃有十馀人，青衣引入。有绿裳者前曰："某姓杨氏。"指一人曰："李氏"。又一人曰："陶氏。"又指一绯衣小女曰："姓石，名阿措。"各有侍女辈。玄微相见毕，乃坐于月下，问行出之由，对曰："欲到封十八姨⑥。数日云欲来相看，不得，今夕众往看之。"

坐未定，门外报封家姨来也，坐皆惊喜出迎。杨氏云："主人甚贤，只此从容不恶⑦，诸处亦未胜于此也。"玄微又出见封氏，言词泠泠⑧，有林下风气⑨。遂揖入坐，色皆殊绝⑩，满座芬芳，馥馥袭人。命酒，各歌以送之，玄微志其一二焉⑪。

有红裳人与白衣送酒，歌曰："皎洁玉颜胜白雪，况乃青年对芳月。沉吟不敢怨春风，自叹容华暗消歇。"又白衣人送酒，歌曰："绛衣披拂露盈盈，淡染胭脂一朵轻。自恨红颜留不住，莫怨春风道薄情。"至十八姨持盏，性颇轻佻，翻酒污阿措衣。阿措作色曰："诸人即奉求⑫，余不奉畏也⑬。"拂衣而起。十八姨曰："小女弄酒⑭。"皆起，至门外别。十八姨南去，诸人西入苑中而别。玄微亦不知异。

明夜又来，云："欲往十八姨处。"阿措怒曰："何用更去封姨舍，有事只求处士，不知可乎？"诸女皆曰："可。"阿措来，言曰："诸女伴皆住苑中，每岁多被恶风所挠，居止不安，常求十八姨相庇。昨阿措不能低回⑮，应难取力。处士倘不阻见庇，亦有微报耳。"玄微曰："某有何力，得及诸女？"阿措曰："但求处士每岁岁日⑯，与作一朱幡，上图日月五星之文，于苑东立之，则免难矣。今岁已过，但请至此月二十一日，平旦⑰，微有东风，即立之，庶可免也。"玄微许之，乃齐声谢曰："不敢忘德！"各拜而去，玄微于月中随而送之。踰苑墙，乃入苑中，各失所在。乃依其言，至此日立幡。

是日，东风振地，自洛南折树飞沙，而苑中繁花不动。玄微乃悟，诸女曰姓杨姓李，及颜色衣服之异，皆众花之精也。绯衣名阿措[18]，即安石榴也[19]。封十八姨，乃风神也。后数夜，杨氏辈复至愧谢，各裹桃李花数斗，劝崔生："服之，可延年却老。愿长如此住，护卫某等，亦可至长生。"

至元和初[20]，玄微犹在，可称年三十许人[21]。（《支诺皋上》）

【注】

①天宝：唐玄宗李隆基年号（742—755）。　②处士：隐居而不做官的人。　③耽道：沉溺于道术。　④嵩山：在今河南登封境。　⑤须臾：一会儿。　⑥封十八姨：又名"封姨""风姨"，民间信仰中的风神。　⑦从容：盘桓逗留。　⑧泠泠：形容声音清越、悠扬。　⑨林下风气：形容妇女闲雅飘逸的风采。　⑩色：美色。　⑪志：记。　⑫奉求：恳求。　⑬奉畏：敬畏。　⑭弄酒：酒醉后使性子。　⑮低回：迁就，迎合。　⑯岁日：农历正月初一。　⑰平旦：清晨。　⑱绯（fēi）：红色。　⑲安石榴：石榴的别名。　⑳和：唐宪宗李纯年号（806—820）。　㉑许：表示约数。"三十许人"即三十岁左右。

【评】

这则故事当采自郑还古的《博异记》。故事的主线是说崔玄微学道有成，得以长生不老。崔在天宝中已"饵术及茯苓三十载"，则他至迟生在开元初年，至元和初他还在世，应该是九十老翁了，但看起来只是"三十许人"，足见其养生有道。故事的侧线是花神抵抗风神的肆虐，插写这一段本来是想说明崔玄微由"饵术及茯苓"，转食桃李花而致长寿。但因为花神与风神均取拟人写法，性格刻画生动传神，反倒使这一段插曲变成故事的中心环节。其中如写红衣陶氏（桃树）歌颂白衣李氏（李树）："皎洁玉颜胜白雪，况乃青年对芳月。沉吟不敢怨春风，自叹容华暗消歇。"白衣歌颂红衣："绛衣披拂露盈盈，淡染胭脂一朵轻。自恨红颜留不住，莫怨春风道薄情。"恰好点醒了桃、李孤芳自赏、逆来顺受的纤弱性格。写绯衣石氏（安石榴树）不畏强暴、自尊自立，以及封十八姨（风神）恃强凌弱、冷酷轻佻，亦形象逼肖，笔简而情深。作者在这里似乎不太信服命运的安排，主张抗争，透露出一种乐观的人生态度。

明末冯梦龙纂集话本小说集《醒世恒言》卷四《灌园叟晚逢仙女》一节，节录此则故事作为入话。清代《卫花符》杂剧亦敷演其事，唯主人公崔玄微因避讳而改为崔元微，并以卫花符替代"上图日月五星之文"的朱幡。

续集卷四

陆　畅

　　予门吏陆畅[①]，江东人[②]，语多差误，轻薄者多加诸以为剧语[③]。予为儿时，常听人说，陆畅初娶董溪女，每旦，群婢捧匜[④]，以银奁盛澡豆[⑤]，陆不识，辄沃水服之[⑥]。其友生问[⑦]："君为贵门女婿，几多乐事？"陆云："贵门礼法，甚有苦者，日俾予食辣麨[⑧]，殆不可过。"

　　近览《世说新书》云[⑨]："王敦初尚公主[⑩]，如厕[⑪]，见漆箱盛干枣，本以塞鼻，王谓厕上下果，食至尽。既还，婢擎金漆盘贮水，琉璃碗进澡豆[⑫]。因倒著水中，既饮之，群婢莫不掩口[⑬]。"（《贬误》）

【注】

　　①门吏：看门人。　②江东：指今安徽芜湖、江苏南京间长江南岸地区。　③剧语：戏谑的话柄。　④匜（yí）：古人洗手时，用匜盛水在上面浇，下面用盘盛接。　⑤奁（lián）：精巧的匣子。澡豆：用猪胰磨成糊状，合豆粉、香料等制成的块状物，用于洗沐，可去污。　⑥沃：灌水。　⑦友生：朋友。　⑧俾：使。麨（chǎo）：以米麦等炒熟后磨成粉做成的干粮。　⑨《世说新书》：

即南朝宋刘义庆撰《世说新语》，初名《世说》，亦名《世说新书》，后人改称今名。　⑩王敦：字处仲，尚晋武帝女襄城公主，拜驸马都尉。《晋书》卷九八有传。尚：特指娶公主为妻。　⑪如：到某处去。　⑫琉璃：一种有色半透明的玉石。　⑬掩口：指掩口而笑。

【评】

《酉阳杂俎·续集》卷四别题《贬误》，即首条末所谓"乃录宾语甚误者，著之于此"，皆属于文史考证文字。全卷凡引《座右方》等古书五十馀种，今事与古典相参，指其谬误，稽其本源。这里说陆畅出身微贱，入娶富家，不懂规矩，误食洗沐用的澡豆，传为笑谈。这是段成式小时听大人说到的身边事，等到后来读了《世说新书·纰漏篇》所记王敦事，才知道数百年前的晋朝已有这类事，现在的人们又把此事安在陆畅头上，不过是"轻薄者"的恶作剧罢了。这则记载的价值还不完全在于考证，其中提及《世说新书》却是极紧要处，说明至迟在晚唐时，今所谓《世说新语》仍称《世说新书》，这与刘义庆书的唐写本残卷是一致的。这则史料已为宋人黄伯思《东观馀论》引用，清修《四库全书总目提要》亦引以为据。

许　彦

《续齐谐记》云①："许彦于绥安山行②，遇一书生，年二十馀，卧路侧，云足痛，求寄鹅笼中。彦戏言许之，书生便入笼中，笼亦不广。书生与双鹅并坐，负之不觉重。至一树下，书生乃出笼，谓彦曰：'欲薄设馔。'彦曰：'甚善。'乃于口中吐一铜盘，盘中海陆珍羞方丈盈前③。酒数行，谓彦曰：'向将一妇人相随，今欲召之。'彦曰：'甚善。'遂吐一女子，年十五六，容貌绝伦，接膝而坐。俄书生醉卧，女谓彦曰：'向窃一男子同来，欲暂呼，愿君无言。'又吐一男子，年二十馀，明恪可爱④，与彦叙寒温，挥觞共饮。书生似欲觉，女复吐锦行障，障书生。久而书生将觉，女又吞男子，独对彦坐。书生徐起，谓彦曰：'暂眠，遂久留君。日已晚，当与君别。'还复吞此女子及诸铜盘，悉纳口中。留大铜盘，与彦曰：'无以藉意⑤，与君相忆也⑥。'"

释氏《譬喻经》云⑦："昔梵志作术，吐出一壶，中有女，与屏处作家室。梵志少息，女复作术，吐出一壶，中有男子，复与共卧。梵志觉，次第互吞之，拄杖而去。"余以吴均尝览此事⑧，讶其说，以为至怪也。

【注】

①《续齐谐记》：志怪小说集，南朝梁吴均撰，原本三卷，已散佚。今存一卷，十七则，有《顾氏文房小说》本、《增订汉魏丛书》本等。　②绥安：在今江苏宜兴西南。《太平广记》卷二八四《阳羡书生》条引《续齐谐记》作"阳羡许彦于绥安山行"，"阳羡"即今江苏宜兴。　③方丈：一丈见方。　④明恪：聪慧恭谨。

⑤藉（jiè）：抚慰。　⑥与君相忆也：此句下《太平广记》引文尚有"彦大元中为兰台令史，以盘饷侍中张散。散看其铭，题云是汉永平三年所作"四句。　⑦《譬喻经》：即《旧杂譬喻经》，共二卷，三国吴僧人康僧会译。　⑧吴均（469—520）：字叔庠，吴兴故鄣（今浙江安吉）人。家世寒微，少年仗气行侠。梁天监二年（503），为吴兴主簿。六年，扬州刺史建安王萧伟引兼记室，掌文翰。九年，补国侍郎。十二年，除奉朝请。普通元年卒，年五十二。著有《续齐谐记》。《梁书》卷四九、《南史》卷七二有传。

【评】

　　正如段成式所指明的，《续齐谐记》中的许彦（阳羡书生）故事不是吴均的独家创作，而是来自佛教经典《旧杂譬喻经》。查《旧杂譬喻经》卷上有寓言说：

　　昔有国王，持妇女急。正夫人谓太子："我为汝母，生不见国中，欲一出。汝可白王。"如是至三。太子白王，王则听。太子自为御车出，群臣于道路奉迎为拜。夫人出其手开帐，令人得见之。太子见女人而如是，便诈腹痛而还。夫人言："我无相甚矣。"太子自念："我母尚如此，何况余乎！"夜便委国去。入山中游观，时道边有树，下有好泉水。太子上树，逢见梵志独行，入水池浴，出饭食，作术，吐出一壶，壶中有女人，与于屏处作家室，梵志遂得卧。女人则复作术，吐出一壶，壶中有年少男子，复与共卧。已，便吞壶。须臾，梵志起，复内（纳）妇著壶中，吞之。已，作杖而去。太子归国白王，请道人及诸臣下，持作三人食，著一边。梵志既至，言："我独自耳。"太子曰："道人当出妇共食。"道人不得止，出妇。太子谓妇："当出男子共食。"如是至三，不得止，出男子共食。已，便去。王问太子："汝何因知之？"答曰："我母欲观国中，我为御车。母出手，令人见之。我念女人能多欲，便诈腹痛还。入山，见是道人藏妇腹中，当有奸。如是，女人奸不可绝，愿大王赦宫中，自在行来。"王则赦后宫中，其欲行者从志也。

这则寓言似乎是说人心藏奸，不可禁绝，莫如去其禁忌，求其自然。寓言的比拟手法十分离奇，恰和中国的志怪小说有相通之处。吴均改头换面用作自己的创作素材，既可以说是一种艺术上的借鉴，也可以说是佛经教义深入人心的结果。对于古小说创作中深受佛教影响的问题，鲁迅《中国小说史略》曾有精辟的论述，他在引述《续齐谐记》阳羡书生故事后说："然此类思想，盖非中国所故有，段成式已谓出于天竺……所云释氏经者，即《旧杂譬喻经》，吴时康僧会译，今尚存；而此一事，则复有他经为本，如《观佛三昧海经》（卷一）说观佛苦行时白毫毛相云：'天见毛内有百亿光，其光微妙，不可具宣。于其光中，现化菩萨，皆修苦行，如此不异。菩萨不小，毛亦不大。'当又为梵志吐壶相之渊源矣。魏晋以来，渐译释典，天竺故事亦流传世间，文人喜其颖异，于有意或无意中用之，遂蜕化为国有，如晋人荀氏作《灵鬼志》，亦记道人入笼子中事，尚云来自外国，至吴均记，乃为中国之书生。"鲁迅此说可为段成式的贬误作一个最后结论了。

顾玄绩

相传天宝中①，中岳道士顾玄绩②，尝怀金游市中。历数年，忽遇一人，强登旗亭③，扛壶尽醉④。日与之熟，一年中输数百金。

其人疑有为，拜请所欲。玄绩笑曰："予烧金丹八转矣⑤，要一人相守，忍一夕不言，则济吾事。予察君神静有胆气，将烦君一夕之劳。或药成，相与期于太清也⑥。”其人曰：“死不足酬德，何至是也。”遂随入中岳。

上峰险绝，岩中有丹灶盆，乳泉滴沥，乱松闭景。玄绩取干饭食之，即日上章封剧⑦。及暮，授其一板云：“可击此知更，五更当有人来此，慎勿与言也。”其人曰：“如约。”

至五更，忽有数铁骑呵之曰：“避！”其人不动。有顷，若王者，仪卫甚盛⑧，问：“汝何不避？”令左右斩之。其人如梦，遂生于大贾家⑨。及长成，思玄绩不言之戒。父母为娶，有三子。忽一日，妻泣：“君竟不言，我何用男女为！”遂次第杀其子。其人失声，豁然梦觉。鼎破如震，丹已飞矣。

释玄奘《西域记》云⑩：“中天婆罗疟斯国鹿野东⑪，有一涸池，名救命，亦曰烈士。昔有隐者于池侧结庵，能令人畜代形，瓦砾为金银。未能飞腾诸天，遂筑坛作法，求一烈士，旷岁不获⑫。后遇一人于城中，乃与同游，至池侧，赠以金银五百，谓曰：‘尽当来取。’如此数返，烈士屡求效命。隐者曰：“祈君终夕不言。”烈士曰：“死尽不惮，岂徒一夕屏息乎！”

于是令烈士执刀，立于坛侧，隐者按剑念

咒。将晓，烈士忽大呼，空中火下，隐者疾引此人入池。良久出，语其违约，烈士云："夜分后，惛然若梦⑬，见昔事主躬来慰谕，忍不交言，怒而见害。托生南天婆罗门家住胎⑭，备尝艰苦，每思恩德，未尝出声。及娶生子，丧父母，亦不语。年六十五，妻忽怒，手剑提其子：'如不言，杀尔子！'我自念已隔一生，年及衰朽，唯止此子，应遽止妻，不觉发此声耳。"隐者曰："此魔所为⑮，吾过矣。"烈士惭恚而死⑯。"盖传此之误，遂为中岳道士。（《贬误》）

【注】

　　①天宝：唐玄宗李隆基年号（742—756）。　②中岳：嵩山，在今河南登封。　③旗亭：酒楼。　④扛：双手举托。　⑤金丹：道士修炼之丹，有内丹、外丹，内丹乃修炼己身精气神而成之，外丹则以金石丹砂等烧炼成丹，有一转至九转之说，据称服之可以成仙。八转：八次提炼。晋葛洪《抱朴子·金丹》说："一转之丹之三年得仙，二转之丹服之二年得仙，三转之丹服之一年得仙，四转之丹服之半年得仙，五转之丹服之百日得仙，六转之丹服之四十日得仙，七转之丹服之三十日得仙，八转之丹服之十日得仙，九转之丹服之三日得仙。"　⑥太清：道家所说的三清之一，是仙人所居。《抱朴子·杂应》说："上升四十里，名曰太清。"《灵宝本元经》说："四人天之外曰三清境，玉清、上清、太清，亦名三天。"《太真经》说："三清之间，各有正位，圣登玉清，真登上清，仙登太清。"　⑦上章封䣝：上表章祭太清。"䣝"同"刚"，《抱朴子·杂应》说："太清之中，其气甚䣝，能胜人也。"　⑧仪卫：仪仗

队，文称仪，武称卫。　⑨ 大贾（gǔ）：富商。　⑩ 玄奘（600—664）：俗姓陈，名袆，洛州缑氏（今河南偃师）人。法相宗创宗人，通称三藏法师。贞观元年，只身西行求法。数年后至天竺（印度），居十馀年。十九年（645），返回长安。至其卒，其译出佛典七十五部，总一千三百三十五卷。《旧唐书》卷一九一有传。《西域记》：《大唐西域记》的简称，由玄奘和他的弟子辩机编撰，凡十二卷，记述玄奘赴五天竺游学见闻所及一百三十八个城邦、城区、国家，记其历史、地理、物产、风俗、文化、交通等，是研究中亚、南业社会历史和中外交通的重要历史文献。　⑪ 中天婆罗疤斯国：在今印度恒河左岸。今名瓦腊纳西，在阿拉哈巴德下游八十英里处。鹿野：又译鹿野苑、施鹿林等，在今瓦腊纳西以北约四英里处。　⑫ 旷：历时久远。　⑬ 惛：通“昏”。　⑭ 南天婆罗门：南天竺的婆罗门。婆罗门是古印度四种姓之一，奉事大梵天而修净行的祭司。　⑮ 魔：佛教指妨碍修行的邪恶之神。　⑯ 以上故事见《大唐西域记》卷七。

【评】

　　本来是《大唐西域记》所记载的佛教故事，却口耳相传，渐失其真，最后竟变成了中岳道士顾玄绩修炼金丹的事迹。这种情况既反映了佛教在民间的影响不断扩张，许多佛教故事为人们所熟知，同时也反映了道教与佛教彼此消长的斗争，道教一旦兴盛，佛教故事也被改造后纳入了道教的轨迹。看来段成式是个极认真的人，他发现了中岳道士的故事纯属误传，并从《西域记》中找到了原始出处，就写下来以正视听。不过若从小说创作角度看问题，汲取域外素材作营养也未尝不可，只是应咀嚼消化，不要像现在这样几乎等于抄袭才好。

　　其实这则故事的流传版本，还不止段成式所记录的顾玄绩说一种，唐牛僧孺《玄怪录》卷一的"杜子春"条、《太平广记》卷三五六《韦自东》条引《传奇》，其情节皆与段氏所记相仿佛。《杜子春》条以杜为"周、隋间人"，助道士守药炉。《韦自东》条则以韦为"贞元中"人，亦为道士守药炉。可见这一佛教故事流入民间，辗转为用，久而久之，已渐抹去了僧俗、释道的界限。而且取之为用的志怪、传奇的作者习见不鲜，也无一人如段成式这般再去认真追究故事的本源了。

市人小说

予太和末①，因弟生日观杂戏②。有市人小说③，呼"扁鹊"作"褊鹊"④，字上声。予令座客任道昇正之，市人言："二十年前，尝于上都斋会设此⑤，有一秀才甚赏某呼'扁'字与'褊'同声，云世人皆误。"予意其饰非，大笑之。

近读甄立言《本草音义》引曹宪云⑥："扁，布典反⑦。今步典，非也。"案扁鹊姓秦，字越人。扁县郡属渤海。（《贬误》）

【注】

①太和：唐文宗李昂年号（827—835）。　②杂戏：即"杂伎"，包括百戏、杂乐、歌舞戏、傀儡戏等。　③市人小说：指民间说话艺人。　④呼"扁鹊"作"褊鹊"：扁鹊（前406？—前310），姓秦，名越人，渤海鄚（今河北任丘）人。受禁方于长

桑君，终成一代名医。历游齐、赵，后入秦，秦太医令自知医不如人，使刺杀之。《史记》卷一〇五有传。按，《集韵·铣韵》说："扁，姓也。古有扁鹊，或作鶣。"隋刘善经《四声论》正作鶣鹊。清梁玉绳《汉书人表考》卷五说扁鹊之扁"似当音篇，乃'鶣'省文，取鹊飞鶣鶣之义"。　⑤上都：京城，这里指长安（今陕西西安）。斋会：寺院的节日集会。　⑥甄立言：甄权（541—643）弟，许州扶沟（今属河南）人。唐武德中累迁太常丞。贞观中，与孙思邈等共同校定《图经》。著有《本草音义》七卷、《古今录验方》五十卷。《旧唐书》卷一九一有传。曹宪：扬州江都（今江苏扬州）人。仕隋为秘书学士。唐贞观中，太宗征为弘文馆学士，因为年老不就，就家拜朝散大夫。一百五岁卒。精通诸家文字之书，著有《文选音义》《尔雅音义》等，甚为当时所重。《旧唐书》卷一八九上、《新唐书》卷一九八有传。　⑦布典反：反即反切，是古代的一种注音方式，用两个字拼合成一个字的读音。"布典反"即用"布"字的声母和"典"字的韵母、声调相拼。下文"步典"同。

【评】

　　这则记事是"市人小说"一词的最早出处。所谓"市人小说"，在唐代是杂戏中的一种伎艺，又称"人间小说"、"说话"或"言话"。入宋以后，这种伎艺一般叫作"说话"，元以后称"评话"，至清代则称"说书"。中国"说书"的传统直接导源于杂戏，独立成为一门伎艺约在中唐时期。这里所写的则是晚唐"说话"艺人在演说神医扁鹊的故事。作为中国小说史上的一条重要史料，这则记事的价值如胡士莹《话本小说概论》所说，至少给我们三点提示：（1）"市人"不指一般市民，而是指街坊艺人（包括各种伎艺），高承《事物记原》所谓"仁宗时市有谈三国事者"的"市"即"市人"义。（2）"说话"是在庆祝及斋会时用之。李义山《杂纂》(《说郛》本）之"冷淡"条"斋筵听说话"及《玉堂闲话》(《太平广记》卷二五七引）载唐营丘豪民值生辰，召僧道启斋筵，伶伦百戏毕备，均可证。(3)"说话"包括在"杂戏"(百戏）之内，作为杂戏中较小的单位演出。唐代长安东西两市的杂戏，也必然包括"说话"这一伎艺，"说话"为杂戏中的一种，直到宋代仍然是这样。

续集卷五

素和尚

东廊之南素和尚院庭[1]，有青桐四株，素之手植。元和中[2]，卿相多游此院。桐至夏有汗，污人衣如靬脂[3]，不可浣。昭国东门郑相[4]，尝与丞郎数人避暑，恶其汗，谓素曰："弟子为和尚伐此树，各植一松也。"及暮，素戏祝树曰："我种汝二十馀年，汝以汗为人所恶，来岁若复有汗，我必薪之。"自是无汗。宝历末[5]，予见说已十五馀年无汗矣。

素公不出院，转《法华经》三万七千部[6]。夜尝有貉子听经，斋时，鸟鹊就掌取食。长庆初[7]，庭前牡丹一朵合欢[8]，有僧玄幽题此院诗，警句云："三万莲经三十春，半生不踏院门尘。"（《寺塔记上》）

【注】

① 素和尚院庭：在长安靖善坊大兴善寺东廊之南。据宋敏求《长安志》，靖善坊为朱雀门街东第一街自北向南之第五坊。又据《酉阳杂俎·续集》卷五《寺塔记上》所记，"寺取大兴两字，

坊名一字为名"。唐代长安城中，此寺最大，清徐松《唐两京城坊考》卷二谓其占地"尽一坊之地"。　②元和：唐宪宗李纯年号（806—820）。　③辂（guǒ）脂：润滑车轴用的油脂。　④郑相：指郑绚（752—829），字文明，荥阳（今属河南）人。元和元年（806），拜中书侍郎、同平章事。郑宅在昭国坊东门内。《旧唐书》卷一五九、《新唐书》卷一六五有传。　⑤宝历：唐敬宗李湛年号（825—826）。　⑥《法华经》：《妙法莲华经》的省称，故下文题诗称"莲经"。　⑦长庆：唐穆宗李恒年号（821—824）。　⑧一朵合欢：指双头牡丹。

【评】

《酉阳杂俎·续集》卷五、卷六别题《寺塔记》上、下，据卷首题记，段成式于会昌三年（843），偕张希复、郑符同游大兴善寺。回来后翻阅文献，发现《两京新记》和《游目记》的记述多有遗略，于是决定历访长安寺院，补其不足。至慈恩寺，因为出外做官，游迹终止。大中七年（853），返归长安，整理旧日笔记，发现已十亡五六，于是将幸存部分编次为《寺塔记》两卷。此两卷中，每寺之下备载塔院像设、灵踪古迹、名木奇卉，尤详于绘画之事。大抵成式好佛，深痛会昌之难中寺庙遭毁弃，故于劫后述长安寺塔，以寓兴废之慨。

宝应寺

道政坊宝应寺①　韩幹②，蓝田人③。少时，常为赁酒家送酒④，王右丞兄弟未遇⑤，每一赁酒漫游。幹常征债于王家。戏画地为人马。右丞精思丹青⑥，奇其意趣，乃岁与钱二万，令学画十馀年。今寺中释梵天女，悉齐公妓小小等写真也⑦。寺有韩干画《下生帧》⑧，弥勒衣紫袈裟⑨，右边仰面菩萨及二狮子，犹入神⑩。

有王家旧铁石及齐公所丧一岁子，漆之如罗睺罗⑪，每盆供日出之⑫。寺中弥勒殿，齐公寝堂也。

东廊北面，杨岫之画鬼神⑬，齐公嫌其笔迹不工，故止一堵。(《寺塔记上》)

【注】

① 道政坊：在唐长安朱雀门街东第四街。宝应寺：本王缙宅，大历四年（769）舍宅为寺。　② 韩干（？—780）：唐著名画家。初师曹霸，后自成一家。擅长人物，尤工鞍马。天宝初，召为供奉、太府寺丞。事见《历代名画记》卷九、《唐代名画录》卷六、《宣和画谱》卷一三等。　③ 蓝田：今陕西蓝田西。④ 赊（shi）酒家：以赊酒为业的店铺。　⑤ 王右丞兄弟：指王维、王缙。王维（701？—761），字摩诘，其先太原（今属山西）人，父辈徙家于蒲，遂为河东（今山西永济）人。开元九年（721）登进士第。二十三年，为右拾遗。二十五年，迁监察御史。天宝十四载（755），转给事中。乾元元年（758），迁中书舍人、给事中。上元元年（760），转尚书右丞，世称王右丞。多才多艺，精于诗文、书画、音乐。上元二年卒。《旧唐书》卷一九〇、《新唐书》卷二〇二有传。王缙（？—781），字夏卿，王维弟。开元七年（719）登文词雅丽科。历侍御史，天宝七载（748）为大理丞。广德二年（764），拜黄门侍郎，同平章事。大历五年（770），迁同中书门下

平章事，封齐国公。十四年，迁太子宾客，留司东都。建中二年卒。善书法，工诗文。《旧唐书》卷一一八、《新唐书》卷一四五有传。　⑥丹青：本是绘画用的两种颜料，代指绘画。　⑦齐公：指齐国公王缙。　⑧下生帧：描绘弥勒自兜率天下生阎浮成佛的事迹。　⑨弥勒：生于南天竺（印度）婆罗门家，后成佛。事见《弥勒下生经》。　⑩犹：同"尤"，尤其。　⑪罗睺罗：佛的嫡子，十五岁出家，后为佛的十大弟子之一。　⑫盆供日：指盂兰盆节。旧俗于农历七月十五日举行盂兰盆会，超度亡灵。盂兰盆是梵文的音译，其义为救倒悬。　⑬杨岫之：唐大历中画家。生平不详。

【评】

　　按宋宋敏求《长安志》宝应寺下注引《代宗实录》和《唐会要》说："本王缙宅，缙为相，溺于释教。妻李氏，实妾也，大历四年以疾请舍宅为寺。代宗嘉之，赐以题号。每有节度使至，辄令出钱助之。"由这条史料可以知道宝应寺的来历，从而也就明白了段成式记宝应寺为什么和王右丞兄弟扯在了一起。段成式的记载还告诉我们，宝应寺中有韩幹画的弥勒下生图，又有杨岫之画的鬼神图，而这一切都是研究唐代绘画的珍贵资料。

宝　骨

　　寺之制度，钟楼在东，唯此寺缘李右座林甫宅在东①，故建钟楼于西。寺内有郭令玳瑁鞭及郭令王夫人七宝帐②。

　　寺主元竟③，多识释门故事，云："李右座每至生日，常转请此寺僧，就宅设斋。有僧乙尝叹佛④，施鞍一具，卖之，材直七万⑤。又僧广有声名，口经数年，次当叹佛⑥，因极祝右座功德，冀获厚襯⑦。斋毕，帘下出彩篚⑧，香罗帕籍一物⑨，如朽钉，长数寸。僧归，失望，惭惋数日。且意大臣不容欺己⑩，遂携至西市，示于商胡⑪。商胡见之，惊曰：'上人安得此物⑫，必货此，不违价。'僧试求百千，胡人大笑曰：'未也，更极意言之。'加至五百千，胡人曰：'此直一千万。'遂与之。僧访其名，曰：'此宝骨也⑬。'"（《寺塔记上》）

【注】

①此寺：指长安平康坊菩提寺。李右座林甫：李林甫（683—752），唐宗室。开元十四年（726），迁御史中丞、吏部侍郎，交结宦官和玄宗宠妃，僭伺帝意，故奏对称旨。二十三年，拜礼部尚书，同中书门下三品。二十四年，代张九龄为中书令。天宝元年（742），为右相，迁尚书左仆射。十一载，卒于家。居相位十九年，权倾朝列，蔽上罔下，妒贤嫉能，故《新唐书》列入《奸臣传》。《旧唐书》卷一〇六、《新唐书》卷二二三有传。　②郭令：指郭子仪（697—781），字子仪，华州郑县（今陕西华县）人。乾元元年（758），进中书令，人称郭令公。《旧唐书》卷一二〇、《新唐书》卷二百二十三上有传。　③元竟：《太平广记》卷四〇三《宝骨》条引《西阳杂俎》作"元意"。　④叹佛：僧徒用偈语赞颂佛主。⑤直：价值。⑥次：依次。⑦襯：同"嚫"（chèn），向僧、道施舍财物。　⑧篚（fěi）：竹筐。⑨籍（jiè）：垫着。⑩意：意料。⑪商胡：经商的西域人。⑫上人：对僧人的尊称。⑬宝

骨：指佛指舍利。释迦牟尼佛遗体火化后结成的硬物。

【评】

李林甫是唐朝的一代奸相，当开元、天宝之际，专权用事，恩宠莫比。《太平广记》卷三六二引《开天传信记》说："平康坊南街废蛮院，即李林甫旧第也。林甫于正寝之后，别创一堂，制度弯曲，有却月之形，名曰偃月堂。土木华丽，剞劂精巧，当时莫俦也。林甫每欲破灭人家，即入月堂，精思极虑，喜悦而出，其家不存焉。"可见李林甫的家不只是一般意义上的安乐窝，而且是设计谋害人的罪恶渊薮。这里说的平康坊菩提寺，其东面大约正与月堂毗邻，慑于李林甫的权势，在寺院建筑中，不得不一改成规，把本该建在东边的钟楼移建至西边。按说寺院是方外之地，可以不受世俗干扰，竟也屈膝迁就，说明李林甫的煊赫势焰确已到了"权等人主"的地步。《新唐书》本传还记载："凡御府所贡远方珍鲜，使者传赐相望。帝食有所甘美，必赐之。尝诏百僚阅岁贡于尚书省，既而举贡物悉赐林甫，辇致其家。"这就是说，皇家有什么，李家也就有什么，所以对于就宅设斋的僧人，随手赏赐，动辄万千，甚至还把皇家奉迎的佛指舍利，轻易赐给菩提寺僧。菩提寺僧不知为何物，遂转手卖给胡商。此事未见他书征引，不知是否信史，但有一点可以肯定，李林甫聚敛之无度、生活之侈靡，在当时肯定是登峰造极，无以复加的。

续集卷六

保寿寺

翊善坊保寿寺①　本高力士宅②。天宝九载③，舍为寺。初铸钟成，力士设斋庆之，举朝毕至，一击百千，有规其意④，连击二十杵。经藏阁规构危巧⑤，二塔火珠受十馀斛⑥。

河阳从事李涿⑦，性好奇古，与僧智增善⑧。尝俱至此寺，观库中旧物。忽于破瓮中，得物如被，幅裂污坌⑨，触而尘起。涿徐视之，乃画也。因以州县图三及缣三十获之，令家人装治之，大十馀幅⑩。

访于常侍柳公权⑪，公权方知张萱所画《石桥图》也⑫，玄宗赐高，因留寺中。后为鬻画人宗牧言于左军，寻有小使领军卒数十人至宅，宣敕取之，即日进入。先帝好古⑬，见之大悦，命张于云韶院⑭。（《寺塔记下》）

【注】

①翊善坊：在长安朱雀门街东第三街之第一坊，逼近东内，故多阉人居之。保寿寺：一作宝寿寺。《旧唐书·高力士传》："力士

资产殷厚，非王侯能拟，于来庭坊造宝寿佛寺、兴宁坊造华封道士观，宝殿珍台，侔于国力。"来庭坊与翊善坊南北相邻，故《旧唐书》称来庭坊，段成式称翊善坊。　②高力士（684—762）：本姓冯，因宦官高延福收养而改高姓。圣历初，入宫供事。开元初，为右监门卫将军，知内侍省事，权势甚大。太子称之为二兄，诸王公主称之为阿翁，驸马辈称之为爷。凡表奏文书，必先呈力士而后进。天宝七载（748）加骠骑大将军，封渤海郡公。十五载，玄宗幸蜀，随之成都。后还京师，为李辅国所诬，长流黔中巫州。宝应元年（762）遇赦，归至朗州，呕血而死。《旧唐书》卷一八四、《新唐书》卷二〇七有传。　③天宝九载：750年。　④规：通"窥"，窥察。　⑤危：高。　⑥火珠：塔顶盘盖所置宝珠形饰物，以其周围饰以火焰，故名。斛（hú）：量器，十斗为一斛。　⑦河阳：今河南孟县。从事：泛指藩镇幕僚。　⑧僧智增：《太平广记》引作"僧善"。　⑨坌（bèn）：灰尘。　⑩幅：布帛宽度，广二尺二寸为幅。　⑪柳公权（778—865）：字诚悬，京兆华原（今陕西耀县）人。工辞赋，尤精于书法。穆宗、敬宗、文宗三朝，皆侍书禁中。武宗时，累迁工部尚书。懿宗初，以太子太保致仕。《旧唐书》卷一六五、《新唐书》卷一六三有传。　⑫张萱：京兆（今陕西西安）人。开元时为史馆画直。工画人物，如贵公子、妇人、婴儿、鞍马等，名冠一时。有《唐后行踪图》传世，又有《捣练图》《虢国夫人游春图》传为宋徽宗摹本。　⑬先帝：当朝帝王已死的父亲。《类编长安志》卷五引作"文宗"，《图画见闻志》卷五《石桥图》叙事与本条全同，开端直言"文宗朝"，故此"先帝"指文宗。　⑭云韶院：即教坊。

【评】

两唐书本传都说高力士舍宅为寺，建筑极尽侈华之事，"珍楼宝屋，国赀所不逮”，当钟成，大宴公卿，“一扣钟，纳礼钱十万。有佞悦者至二十扣，其少亦不减十”（《新唐书》本传）。高力士的威势、贪婪，均不难想见。这里说的还不止此，在高力士身死，从舍宅为寺算起大约四十年后，又从其家旧物中发现了巨幅画作，这就是开元时期冠绝当时的画家张萱的名作《石桥图》，当日进献于玄宗，玄宗又赏赐给高力士，最后沦落在保寿寺库房中，破损尘封。好在李涿发现后重新装治，后来又进入皇宫收藏，也算是我国绘画史上的一段有趣的掌故。

慈恩寺

慈恩寺① 寺本净觉故伽蓝②，因而营建焉。凡十馀院，总一千八百九十七间，敕度三百僧。初，三藏自西域回③，诏太常卿江夏王道宗设《九部乐》④，迎经像入寺，彩车凡千馀辆，上御安福门观之⑤。太宗尝赐三藏衲⑥，约直百馀金，其工无针缝之迹。

初，三藏翻《因明》⑦，译经僧栖玄，以论示尚药奉御吕才⑧，才遂张之广衢，指其长短，著《破义图》⑨。其《序》云：“其谓《象》《系》之表⑩，犹开八正之门⑪；形器之先⑫，更弘二知之教⑬。立难四十馀条。”诏才就寺对论，三藏谓才云：“檀越平生未见《太玄》⑭，诏问须臾即解；由来不窥象戏⑮，试造旬日即成。以此有限之心，逢事即欲穿凿[16]。"因重申所难，一一收摄[17]，析毫藏耳[18]，衮衮不穷[19]，凡数千言。才屈不能领[20]，辞屈礼拜。(《寺塔记下》)

【注】

① 慈恩寺：在长安朱雀门街东第三街晋昌坊。本为隋无漏寺之地，武德初废。贞观二十二年（648），高宗在春宫，为文德皇后立寺，故以慈恩为名。寺南临黄渠，水竹森邃，为京都之最。　② 净觉故伽蓝：指已废的无漏寺。　③ 三藏：指三藏法师玄奘（600—664）。贞观初只身西行求法，数年后至天竺（印度），居十馀年，于十九年（645）返回长安。事见《旧唐书》卷一九一本传。　④ 太常卿：太常寺长官，掌宗庙郊社礼乐。江夏王道宗：李道宗（600—653），字承范。贞观中，以破突厥、平吐谷浑功，封江夏王。俄迁礼部尚书。十五年（641），送文成公主赴吐蕃。《旧唐书》卷六〇、《新唐书》卷七八有传。九部乐：唐宫廷音乐，亦称九部伎，即燕乐伎、清商伎、西凉伎、龟兹伎、天竺伎、康国伎、疏勒伎、安国伎、高丽伎。　⑤ 安福门：长安宫城西墙北门。　⑥ 衲：僧衣。　⑦ 因明：即"因明论"，是古印度关于逻辑推理的学说。　⑧ 尚药奉御：殿中省尚药局长官。吕才（600—665）：博州清平（今山东临清东南）人。少习阴阳、方技之书，尤长于音律。贞观三年（629），入直弘文馆。累官太常博士、太常丞等。奉命删定《阴阳书》，参论乐事，教习太宗所制《秦王破阵乐》等。《旧唐书》卷七九、《新唐书》卷一〇七有传。　⑨《破义图》：即《因明注释立破义图》，原书三卷，今已散佚，现仅存《因明注释立破义图序》，见《全唐文》卷一六〇。　⑩ 谓：《全唐文》引作"闻"。《象》《系》：本指《周易》的《象传》和《系辞》，借指《易》学。　⑪ 八正之门：佛教修行的八种基本法门，即正见、正

思维、正语、正业、正命、正精进、正念、正定。 ⑫形器：物体。 ⑬二知之教：指释、道二教。"知"通"智"。 ⑭檀越：施主。太玄：指西汉扬雄《太玄经》。《太玄经》体裁仿《周易》，杂糅儒、道、阴阳家思想，全书以"玄"为中心，认为"玄者，幽摛万类而不见形者也"，从中分化出阴阳，阴阳判合而生天地万物。 ⑮象戏：一种博弈之戏，其法已失传。 ⑯穿凿：牵强附会。 ⑰收摄：收束，总结。 ⑱析毫：分割毫芒，比喻分析细微透彻。藏耳：疑当作"藏舟"，语出《庄子·大宗师》："夫藏舟于壑，藏山于泽，谓之固矣，然而夜半有力者负之而走，昧者不知也。"比喻事物在变化，不可固守。 ⑲衮衮：连续不断。 ⑳领：领会。

【评】

这则故事记录了中国佛教史、思想史上的一大公案。当年玄奘归国后，住锡慈恩寺，慈恩寺也就成了规模宏大的佛经译场。唐太宗、唐高宗都曾为玄奘所译经作序，影响甚大。玄奘不仅译佛经，同时也翻译了印度因明学专著，如陈那的《因明正理门论》、天主的《因明入正理论》，因明学遂在中国得以传播。对于因明论，僧人神泰、明觉、靖迈等各有注疏，而尚药局奉御吕才从译经僧栖玄处看到因明论，并借得上述三家义疏研读后，竟然提出了四十馀条驳斥意见，还画了图以说明问题，于是与神泰等人展开了一场辩论。僧俗间的这场争论，最后闹到玄奘那里，要求裁决。按照段成式在这里的记述，玄奘似乎是一一做了总结，吕才辞屈理穷，只得礼拜谢罪。但当时慈恩寺译经僧慧立责难吕才说："近闻尚药吕奉御以常人之资，窃众师之说，造《因明图》，释宗因义。不能精悟，好起异端，苟觅声誉，妄为穿凿。排众德之正说，任我慢之偏心。媒炫公卿之前，嚣喧闾巷之侧。不惭颜厚，靡倦神劳。再历炎凉，情犹未已。"由此看来，即使在玄奘裁决之后，吕才亦未能服气。不过此后争论便告结束，因明学也成了法相唯识宗僧人们的垄断物，始终局限于用来宣扬教义，而没能推展到世俗一般说理议论中去。

段文昌

贞元十七年①，先君自荆入蜀②，应韦南康辟命③。洎韦之暮年④，为贼阉谗构⑤，遂摄尉灵池县⑥。韦寻薨⑦，贼阉知留后。先君旧与阉不合，闻之，连夜离县。至城东门，阉寻有帖⑧，不令诸县官离县。

其夕阴风，及返，出郭二里⑨，见火两炬夹道，百步为导。初意县吏迎侯，且怪其不前，高下远近不差，欲及县郭方灭。及问县吏，尚未知府帖也。时先君念《金刚经》已五六年⑩，数无虚日，信乎至诚必感，有感必应，向之导火，乃经所著迹也。

后阉逆节渐露，诏以袁公滋为节度使⑪。成式再从叔少从军⑫，知左营事，惧及祸，与监军定计，以蜡丸帛书通谋于袁。事旋发，悉为鱼肉⑬，贼谓先君知其谋于一时。先君念经夜久，不觉困寐。门户悉闭，忽觉，闻开户而入，言"不畏"者再三，若物投案，嚗然有声⑭。惊起之际，言犹在耳，顾视左右，吏仆皆睡，俾烛桦四索，初无所见，向之关扄，已开辟矣。先君受持此经十馀万遍，征应事孔著⑮。

　　成式近观晋、宋已来，时人咸著传记彰明其事。又先命受持讲解有唐已来《金刚经灵验记》三卷⑯，成式当奉先命受持讲解。太和二年⑰，于扬州僧栖简处，听《平消御注》一遍。六年，于荆州僧靖奢处，听《大云疏》一遍。开成元年⑱，于上都怀楚法师处⑲，听《青龙疏》一遍。复日念书写，犹希传照罔极⑳，尽形流通，摭拾遗逸，以备缺佛事，号《金刚经鸠异》㉑。

【注】

　　① 贞元十七年：801 年。　② 先君：已经死去的父亲，这里是段成式指其父段文昌。段文昌（773—835），字墨卿，一字景初，齐州临淄（今山东淄博东北）人，居荆州（今属湖北）。少贫困，曾就僧寺乞食。贞元十七年入蜀，依剑南西川节度使韦皋，表授校书郎。元和二年（807），受宰相李吉甫奖识，授登封尉、集贤校理，再迁左补阙，改祠部员外郎。十一年，充翰林学士，迁中书舍人。长庆元年（821）召入思政殿顾问，俄拜中书侍郎、同中书门下平章事。不到一年，拜章请退，出为剑南西川节度使、同平章事。二年，入选兵部尚书。文宗立，迁御史大夫，寻检校尚书右仆射、同平章事，节度淮南。太和四年（830），移镇荆南。六年，复为剑南西川节度使。九年卒，年六十三。《旧唐书》卷一六七、《新唐书》卷八九有传。　③ 韦南康：即韦皋（745—805），字城武，京兆万年（今陕西西安）人。历监察御史、殿中侍御史，贞元元

年（785）授成都尹、剑南西川节度使。《旧唐书》卷一四〇、《新唐书》卷一五八有传。　④洎（jì）：及、到。　⑤贼阙：指刘阙（？—806），字太初。贞元中，韦皋辟为从事。永贞元年（805），皋卒，自为留守。宪宗以给事中召之，不奉诏，得充剑南西川节度使。次年，势益骄横，求统三川，进围梓州。宪宗派兵征讨，破成都，被俘送京城处斩。事见《旧唐书》卷一四〇、《新唐书》卷一五八有传。　⑥灵池县：今四川成都东南龙泉驿。唐人笔记小说《玉泉子》说："文昌又尝佐太尉南康王韦皋，为成都馆驿巡官。忽失意，皋逐之，使作灵池尉。"　⑦寻：不久。薨（hōng）：死。唐时二品以上官死可称薨。　⑧帖（tiě）：告示。　⑨郭：外城。　⑩《金刚经》：又称《金刚般若经》《金刚般若波罗蜜经》，一卷。自晋至唐凡有六种译本，今皆存，以后秦鸠摩罗什译本最通行。《金刚经》是禅宗的主要经典，提倡以金刚不坏之志和大智慧之心乘度彼岸。　⑪袁公滋：即袁滋（749—818），字德深，陈郡汝南（今属河南）人。贞元二十一年（805），进中书侍郎、同平章事。刘阙反，奉诏为剑南两川、山南西道安抚使，半道，以检校吏部尚书、平章事为剑南东、西川节度使。当时贼势方炽，加以其兄袁峰在蜀为刘阙劫持，遂拥兵不进，被贬为吉州刺史。事见《旧唐书》卷一八五下、《新唐书》卷一五一有传。　⑫再从叔：同曾祖的堂叔。　⑬鱼肉：任人宰割，指被屠戮。　⑭嚗（bó）：物落地声。　⑮孔：甚，很。　⑯《金刚经灵验记》：疑即《金刚经报应记》，《通志·艺文略》注为"唐西川安抚使卢永撰"，《宋史·艺文志》作卢求。原书三卷，已佚，《太平广记》引数十条，多记《金刚经》报应故事。　⑰太和二年：828 年。　⑱开成元年：836 年。⑲上都：京都的通称，这里指长安（今陕西西安）。　⑳罔极：无限。　㉑鸠异：收集异闻。

【评】

《酉阳杂俎·续集》卷七别题《金刚经鸠异》，专门记述诵读、书写《金刚经》的应验故事，这一篇乃是段成式为《鸠异》所写的序言。佛教发展到唐朝臻于极盛，而中唐以后，主张众生是佛、顿悟成性的禅宗日渐得到广泛信仰。又由于社会状况的变化，也使得佛教因果报应的观念深入民间，成了整个社会普遍接受的价值观念。当时僧俗大众普遍信奉《金刚经》，民间广泛流传着《金刚经》的果报事例。编成于宋初的《太平广记》，以七卷（卷一〇二至一〇八）的冗长篇幅专录《金刚经》报应异事，这足以反映出中晚唐时期人们思想上的主流倾向。据《旧唐书》本传，段成式"家多书史，用以自娱，尤深于佛书"。《酉阳杂俎·续集》卷六"事征"条，段亦以"该悉内典"自诩。他这样一个精通佛教的人，又处在晚唐社会的大背景下，自然不能免俗，所以就有了为释教鼓吹的《鸠异》之作。《鸠异》中的故事多属道听途说，怪诞不经自不待言，即令是此序中所说"先君"两次脱险的经历，亦不过是似是而非的捕风捉影之谈。我们所以选评此序以及下面几则故事，只是为了让大家对唐代社会和《酉阳杂俎》一书增加一些了解。

僧惟恭

荆州法性寺僧惟恭[①]，三十馀年念《金刚经》，日五十遍。不拘僧仪，好酒，多是非，为众僧所恶。

后遇疾且死[②]，同寺有僧灵岿，其迹类惟恭，为一寺二害。因他故出，去寺一里，逢五六人，年少甚都③，衣服鲜洁，各执乐器，如龟兹部④，问灵岿："惟恭上人何在？"灵岿即语其处，疑其寺中有供也。

及晚回，入寺，闻钟声，惟恭已死，因说向来所见。其日，合寺闻丝竹声，竟无乐人入寺。当时名僧云："惟恭盖承《经》之力，生不动国⑤，亦以其迹勉灵岿也。"灵岿感悟，折节缁门⑥。（《金刚金鸠异》）

【注】

①荆州：今属湖北。　②且：将。　③都：美。　④龟兹（qiū cí）部：即龟兹乐，唐九部乐之一。唐设龟兹都督府，故地在今新疆库车。龟兹乐于北周时流行于中原，唐时盛于朝野。其歌曲有《万岁乐》《十二时》等，所用乐器有竖箜篌、琵琶、五弦、笙、箫、腰鼓等。　⑤不动国：即不动佛国。不为生死、烦恼所动。　⑥折节：强自克制，改变平日志向。缁门：佛门。僧徒衣缁（黑布衣服），故僧众称缁流，佛门称缁门。

【评】

僧惟恭是寺院中的恶人，虽然念《金刚经》三十年，日五十遍，也没能使他改邪归正，依然不守僧规，好酒生事。但他死后却被接上天堂，又说这是因为他平生念《金刚经》修来的造化，这就让人有些不好理解了。或者作者是想说，念《金刚经》是大德，行为不检是小眚，小眚而不掩大德。但故事的结尾强调"灵岿感悟，折节缁门"，似乎又在要求检点行为，全面修行。总之，这则故事构思有漏洞，恐怕也透露出一个信息，即在当时一般人眼里，念《金刚经》只为全生保身，与做个善良的好人也许关系不大。否则酒肉和尚反被鼓乐接引，又如何能引发人们对佛门的敬畏呢?

高　涉

太和七年冬①，给事中李公石为太原行军司马②。孔目官高涉③，因宿使院，至鼕鼕鼓起时，诣邻房，忽遇一人，长六尺馀，呼曰："行军唤尔。"涉遂行。行稍迟，其人自后拓之④，不觉向北。

约行数十里，至野外，渐入一谷底。后上一山，至顶四望，邑屋尽眼下。至一曹司⑤，所追者呼云："追高涉到。"其中人多衣朱绿⑥，当案者似崔行信郎中，判云："付司对。"复引出。

至一处，数百人露坐，与猪羊杂处。领至一人前，乃涉妹婿杜则也，逆谓涉曰："君初得书手时⑦，作新人局⑧，遣某买羊四口，记得否?今被相债，备尝苦毒。"涉遽云："尔时只使市肉⑨，非羊也。"则遂无言。因见羊人立啮则。

逡巡⑩被领他去，俄忽又见一处，露架方梁，梁上钉大铁环，有数百人，皆持刀，绳系人头，牵入环中，刳剔之。涉惧，走出，但念《金刚经》。

俄忽逢旧相识杨演云："李尚书时，杖杀贼

李英道，为劫贼事，已于诸处受生三十年⑪，今却诉前事，君尝记得无？"涉辞以年幼，不省⑫。又遇旧典段怡⑬，先与涉为义兄弟，逢涉云："先念《金刚经》，莫废忘否？向来所见，未是极苦处，勉树善业。今得还，乃《经》之力。"

因送至家，如梦，死已经宿⑭。向所拓处，数日青肿。（《金刚金鸠异》）

【注】

①太和七年：833年。　②给事中：门下省重职，掌封驳制诰奏章及本省日常事务。李公石：《太平广记》引作"李石"。李石（784—845）字中玉，唐宗室。太和五年（831）为刑部郎中，由兵部郎中令狐楚请为太原节度副使。七年，拜给事中。《旧唐书》卷一七二、《新唐书》卷一三一有传。行军司马：方镇幕职，掌军符号令、军籍、兵械、粮廪等，权任甚重。按，两唐书李石传皆言"太和三年为郑滑行军司马"，未称太原。　③孔目官：即孔目吏。唐州府方镇置孔目院，下设都孔目官一人，孔目官若干人，掌文书簿籍之类。　④拓（tuò）：推。　⑤曹司：官署。　⑥朱绿：指官服。　⑦书手：担任抄写职务的人员。这里指孔目官。　⑧局：宴会。　⑨市：买。　⑩逡巡：不一会。　⑪受生：投胎。　⑫不省（xǐng）：不懂，不知。　⑬典：州府方镇衙门中的吏职，掌抄写杂务。　⑭经宿：过了一夜。

【评】

由于佛教地狱说的影响，唐朝人对冥间世界充满了想象，他们大体上按照现实社会中官府衙门的样子设想了一个阴曹地府。这个阴曹地府一样有等级，有职司，有审判，有惩罚，甚至冥王之昏聩、阴吏之贪残、刑罚之苛繁等，也和人间没有两样。可以说，阴曹地府就是官府衙门的投影。这里写到的孔目官高涉，其魂灵无故被拉到冥府对案，各个事主均想拖他下水，以减轻自身罪责，后来查无实据，加上他平日笃信《金刚经》，于是魂灵得以遣还，死而复生。高涉的遭遇实际上是一个被诬与辩诬的故事，但在叙事中一一展示阴司的酷刑，又包含有威吓、劝善的意思。若论写作手法，其特点是粗中见细。譬如，前面说"行稍迟，其人自后拓之"，后面又说"向所拓处，数日青肿"，既能前后呼应，体现构思的完整性，又能神化冥府氛围，宣扬一种鬼神可怖可畏的思想。

王孝廉

大历中①，太原偷马贼诬一王孝廉同情②，拷掠旬日③，苦极强首④。推吏疑其冤⑤，未即具狱⑥。其人惟念《金刚经》，其声哀切，昼夜不息。

忽一日，有竹两节，坠狱中，转至于前，他囚争取之。狱卒意藏刃⑦，破视，内有字两行云"法尚应舍，何况非法"，书迹甚工。贼首悲悔，具承以匿嫌诬之⑧。（《金刚金鸠异》）

【注】

①大历：唐代宗李豫年号（766—779）。　②太原：今属山西。　③拷掠：本指鞭打，这里泛指刑讯。旬日：十天。　④强首：勉强服罪。　⑤推吏：判案的官吏。　⑥具狱：定案。　⑦意：怀疑。　⑧匿嫌：对旧嫌怀恨在心。《太平广记》卷一〇六《太原孝廉》条引《酉阳杂俎》引此句作"具承以旧嫌之故诬之也"。

【评】

　　这则故事的本意是说《金刚经》显灵，使蒙冤的王孝廉得以昭雪，其实解铃系铃全在于贼首，贼首一旦良心发现，交代了实情，王孝廉自然也就洗刷清白了。抛开灵异之事不说，我们透过王孝廉的遭遇所看到的，则是唐朝吏治的黑暗。一见到嫌疑人，不问青红皂白，先行拷掠，嫌疑人"苦极强首"之日，也就是案件告结之时，这是何等野蛮的司法制度啊！读"苦极强首"四字，不禁为之掬一把泪。

续集卷八

斗　鸡

　　威远军子将臧平者[1]，好斗鸡，高于常鸡数寸，无敢敌者。威远监军与物十匹强买之[2]，因寒食乃进[3]。十宅诸王皆好斗鸡[4]，此鸡凡敌十数，犹擅场怙气[5]。穆宗大悦[6]，因赐威远监军帛百匹。主鸡者想其距距[7]，奏曰："此鸡实有弟，长趾善鸣，前岁卖之河北军将[8]，获钱二百万。"（《支动》）

【注】

　　① 威远军：即威远营，分左右，属鸿胪寺，改隶金吾卫，是唐朝的禁军。子将：武官名。　② 监军：即监军使，随军监察，唐开元二十年（732）开始，以宦官为监军。　③ 寒食：每年冬至后一百五六日为寒食节，寒食后一二日为清明节。唐朝重视寒食、清明，放假四天，除扫墓外，还盛行各种文娱活动，如斗鸡、击鞠、摔跤、杂技等。　④ 十宅诸王：唐玄宗诸子幼时多住在禁内，开元后，在安国寺东附苑城为大宅，命诸王分院居住，号十王宅。有庆、忠、棣、鄂、荣、光、仪、颍、永、延、盛、济等王，取其整数称十王。参见《唐会要》卷五、《新唐书》卷八二。　⑤ 擅场：强者胜弱者，专据一场。怙（hù）气：恃气发威。　⑥ 穆宗：即李

恒（795—824），宪宗第三子。元和七年（812），立为太子。十五年，即帝位。在位仅四年，耽于游宴，亲信佞庸，致使府藏尽竭，政治腐败。后因服金丹致死，葬光陵。《旧唐书》卷一六、《新唐书》卷八有传。 ⑦距（zhǐ）距：鸡爪巨大。 ⑧河北：指河北道，治魏州（今河北大名东北）。

【评】

唐朝宫廷中斗鸡成风，《资治通鉴》说唐玄宗开元初，退朝即与诸王"相从宴饮、斗鸡"（卷二一一），还专门设置了斗鸡的侍臣，名为"斗鸡供奉"（《旧唐书·王铁传》）。上行下效，整个唐代社会都以斗鸡为乐，如《东城老父传》所说："诸王世家，外戚家，贵主家，侯家，倾帑破产市鸡，以偿鸡直。都中男女，以弄鸡为事。"这股斗鸡的热情，贯穿有唐一代而不衰。段成式在这里所记的是唐穆宗时，威远监军献斗鸡邀宠而终获赏赐事。其中说监军觊觎臧平的斗鸡，"与物十匹强买之，因寒食乃进"，就是说监军要赶在斗鸡最盛的寒食节献上无敌的斗鸡，其媚上欺下的无耻嘴脸，可谓暴露无遗。段成式的这一辛辣笔触，也是通篇闪烁着批判的光芒。

郎　巾

予幼时，尝见说郎巾谓狼之筋也。武宗四年①，官市郎巾②，予夜会客，悉不知郎巾何物，亦有疑是狼筋者。坐老僧泰贤云："泾帅段祐宅在招国坊③，尝失银器十馀事。贫道时为沙弥④，每随师出入段公宅，因令贫道以钱一千，诣西市贾胡求郎巾⑤。出至修竹南街金吾铺⑥，偶问官健朱秀，秀曰：‘甚易得，但人不识耳。’遂于古培摘出三枚[7]，如巨虫，两头光，带黄色。祐得，即令集奴婢寒庭炙之。虫慄蠕动，有一女奴脸唇眴动[8]，诘之，果窃器而欲逃者。"（《支动》）

【注】

　　① 武宗四年：即会昌四年（844）。　② 市：买。　③ 泾帅：即泾原节度使，治泾州（今甘肃泾川县北）。招国坊：在西安（今陕西西安）朱雀门街东第三街。　④ 沙弥：刚出家的僧徒。　⑤ 西市：在朱雀门街西醴泉坊，是胡商聚集的市场。　⑥ 金吾铺：即金吾卫士所居之处。　⑦ 古培：旧墙壁。　⑧ 眴（shùn）：眨眼。

【评】

　　这里讲了一个如何破案的故事。段祐宅中丢失了十馀件银器，肯定是怀疑奴婢所为，但又抓不到证据，无法确定究竟是何人。于是让奴婢环列庭中，假借一种体形巨大的虫蛹，说虫蛹尾部指向谁就是谁。虫蛹被烧得乱动，做贼者心虚，唯恐虫蛹指向自己，终于露出马脚，被毫不费力地指认出来。虫蛹辨认窃贼是假，运用心理战术破案是真，由"郎巾"的话头所引出的则是一段有趣的案例。

邓州卜者

　　邓州卜者[1]　有书生住邓州，尝游郡南[2]，数月不返。其家诣卜者占之，卜者视《卦》曰："甚异！吾未能了。可重祝。"祝毕，拂龟改灼，复曰："君所卜行人③，兆中如病非病，如死非死，逾年自至矣。"

果半年，书生归，云："游某山深洞，入值物蛰，如中疾，四支不能动，昏昏若半醉。见一物自明入穴中，却返。良久，又至，直附身，引颈临口鼻，细视之，乃巨龟也。十息顷方去④。"书生酌其时日，其家卜吉时焉。（《支动》）

【注】

① 邓州：今属河南。　② 郡南：唐邓州辖境相当今河南伏牛山以南的丹江、湍河、白河流域。　③ 行人：出门在外的人。　④ 息：呼吸。

【评】

用烧红的木棍贴近龟甲上预先穿凿出的圆窝，由于热胀冷缩的作用，龟甲发生爆裂，其裂纹便被当作兆象，从而解说吉凶，这就是所谓龟卜，也称龟占。灼龟以卜吉凶是原始的占卜方法，其来久远，这则故事则表明龟卜在唐代仍然很流行，大约当时市井、乡村中均有以此为职业者。这位卜者头一次灼龟后解释不清，又"拂龟改灼"，然后得出了肯定的结论，认为外出的人没有死，不出一年半载就会回来。这种预言吉凶的方式与其他种类的卜筮并无不同，唯有一点出奇制胜，那就是把龟卜形象化，让被卜之人亲眼看到神龟前来探视，确认气息尚存后才回去报信，这个时间恰好是卜者断言平安的时刻。龟卜本无所谓依据，一切不过是卜者莫须有的猜测而已，而此处却以神龟的实地考察来证明龟卜的灵验，其想象力亦足惊叹。

续集卷九

木龙树

木龙树　徐之高冢城南^①，有木龙寺。寺有三层砖塔，高丈馀。塔侧生一大树，萦绕至塔顶。枝干交横，上平，可容十馀人坐。枝杪四向下垂，如百子帐^②。莫有识此木者，僧呼为龙木。梁武曾遣人图写焉^③。(《支植上》)

【注】

　①高冢：今江苏盱眙西北。　②百子帐：南北朝时北方民族居住的篷帐，形制平圆，下容百人坐。　③梁武：指南朝梁武帝萧衍（464—549），《梁书》卷一、《南史》卷六有传。

【评】

　《酉阳杂俎·前集》卷十六至卷十九共四卷别题《广动植》，《续集》卷八题《支动》，卷九至十题《支植》，专以记载动物和植物。作者的写作动机见于《前集》卷十六序："成式以天地间，造化所产，突而旋成形者，樊然矣，故《山海经》《尔雅》所不能究。因拾前儒所著，有草木禽鱼未列经史，或经史已载，事未悉者，或接诸耳目，简编所无者，作《广动植》，冀掊土培丘陵之学也。昔曹丕著论于火布，滕脩献疑于虾须，蔡谟不识彭蜞，刘绍误呼荔挺，至今可笑，学者岂容略乎？"可见作者是有感于经史著述于动物、植物语焉不详，因而造成许多可笑的误认，所以才决心上承志怪小说中地理、博物一体的传统，专设动植一门，一则完善"土培丘陵之学"，一则可供博学者取资。综观前后七卷中所记，实有者固然很多，虚诞者亦复不少。不过这里写的木龙树，应该实有其事。据《资治通鉴》卷一四六记载，梁武帝北伐，于天监五年（506）六月，张惠绍等水陆俱进，攻魏彭城，围高冢戍。张惠绍不会见不到木龙树，如果以为怪异而向梁武帝报告，梁武帝遂派人去图写，是完全可能的。

续集卷十

醋心树

醋心树　杜师仁尝赁居①，庭有巨杏树。邻居老人每担水至树侧，必叹曰：“此树可惜！”杜诘之，老人云：“某善知木病，此树有疾，某请治。”乃诊树一处，曰：“树病醋心。”杜染指于蠹处尝之，味若薄醋。

老人持小钩披蠹，再三钩之，得一白虫，如蝎。乃傅药于疮中②，复戒曰：“有实，自青皮时，必摽之③，十去八九，则树活。”如其言，树益茂盛矣。又云：“尝见《栽植经》三卷，言木有病醋心者。”（《支植下》）

【注】

①杜师仁（？—834）：京兆（今陕西西安）人。杜信侄。尝官吉州、随州刺史。赁居：租房住。　②傅：通“敷”，涂抹。③摽（biào）：落，击落。

【评】

杏树发生虫害，“白虫如蝎”，深入树心，令树汁变酸，这在果木管理学上不知究竟属于何种病害，反正可以导致杏树枯死。这位邻居老人有经验，既挖出了害虫，又有药敷治，还告诫说："如果当年生了果实，在它还发青时就要摘掉，十去八九，让它充分休养生息，树就能活了。"一切照老人的话去做了，病树不但没枯死，反而更加茂盛了。老人后来说，他读过《栽植经》，知道树木会得一种醋心病。由此可见，老人的治树本领先是来自书本上的前人的经验总结，后来必是又在实践中加以提高，所以治理有病的杏树才显得那样从容不迫、得心应手，并能手到病除。这个小小的事例蕴含着一个普遍性的道理：读书是获取知识、认知世界的一个重要环节。

王母桃

王母桃　洛阳华林园内有之①。十月始熟，形如栝楼②。俗语曰："王母甘桃，食之解劳。"亦名西王母桃。（《支植下》）

【注】

①洛阳：今属河南。华林园：在洛阳城内东北角。魏明帝起名芳林园，齐王芳改为华林园。　②栝（guā）楼：即栝蒌，多年生草本植物，果实卵圆形，黄色，种子长圆形，可入药。

【评】

这则记事出自魏杨衒之《洛阳伽蓝记》卷一，原文说洛阳建春门内御道北有空地，乃晋朝的太仓处，太仓西南有翟泉，泉西有华林园，华林园中有大海（即汉天渊池），海西有景阳山，景阳山南有百果园，园中"有仙人枣，长五寸，把之两头俱出，核细如针，霜降乃熟，食之甚美。俗传云出昆仑山，一曰西王母枣。又有仙人桃，其色赤，表里照彻，得霜乃熟。亦出昆仑山，一曰王母桃也。"段成式也曾摘录仙人枣事，编入《酉阳杂俎·前集》卷十八："仙人枣，晋时，太仓南有翟泉，泉西有华林园，园有仙人枣，长五寸，核细如针。"看来《洛阳伽蓝记》一书，应在段成式撰述《酉阳杂俎》的引用书目之内，所引用的资料绝不止于此处所说的两条。

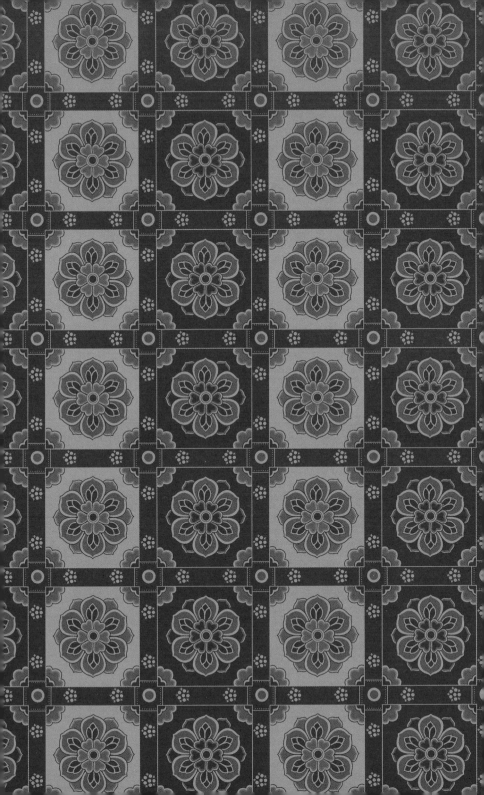

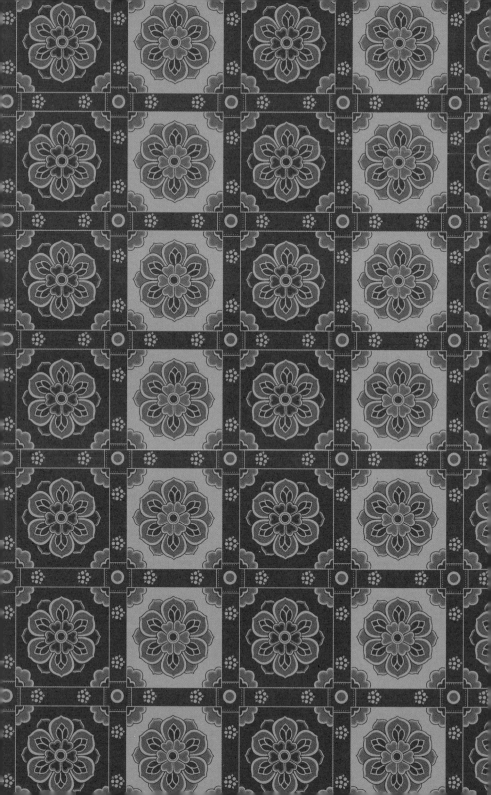